# 大明谏官庞泮

庞培芝　著

群众出版社
·北京·

**图书在版编目（CIP）数据**

大明读官庞泮/庞培芝著.—北京：群众出版社，2017.11
ISBN 978-7-5014-5761-8
Ⅰ.①大…　Ⅱ.①庞…　Ⅲ.①传记小说—中国—当代　Ⅳ.①I247.5
中国版本图书馆CIP数据核字（2017）第257139号

# 大明读官庞泮

庞培芝　著

出版发行：群众出版社
地　　址：北京市丰台区方庄芳星园三区15号楼
邮政编码：100078
经　　销：新华书店
印　　刷：三河市书文印刷有限公司

版　　次：2017年11月第1版
印　　次：2017年11月第1次
印　　张：8.25
开　　本：880毫米×1230毫米　1/32
字　　数：205千字

书　　号：ISBN 978-7-5014-5761-8
定　　价：42.00元

网　　址：www.qzcbs.com
电子邮箱：qzcbs@sohu.com

营销中心电话：010-83903254
读者服务部电话（门市）：010-83903257
警官读者俱乐部电话（网购、邮购）：010-83903253
文艺分社电话：010-83903973

# 史册彪炳旌庞泮

庞泮，字原化，天台人，成化二十年进士。授工科给事中。弘治初，御史畅亨劾中官张庆，反为诬讦，泮疏直之。中旨取善击铜鼓者，泮疏谏。屡迁刑科都给事中。副使杨茂元被逮，泮率同列救之，茂元得薄遣。九年四月，帝以岷王劾武冈知州刘逊，命逮之。泮率同官吕献等言："锦衣天子亲军，非不轨及妖言重情不可轻遣。逊所坐微，而王奏牵左证百人，势难尽逮。宜敕抚，按官体勘。"疏入忤旨下泮等四十二人，及御史刘绅等二十人诏狱。六科署空，吏部尚书屠滽请令中书代收部院封事。詹事杨守址贻书责滽不疏救会，御史张淳奉使还耻不与独抗疏论之。考功郎中储瓘亦谏，滽等复率九卿救之。帝乃释泮等，皆停俸三月。中官何文鼎以直言下狱，杨鹏、戴义夤缘入司礼监。泮等言："鼎狂直宣容。鹏等得罪先朝俾参机密，害非小。"会御史黄山、张泰等亦以为言。帝怒，诘外廷何由知内廷事，令对状，停泮等俸半岁。威甯伯王越谋启用，中官蒋琮、李广有罪，外戚周彧、张鹤龄纵家奴杀人，泮皆极论，直声甚著。十一年擢福建右参政。中官夺宋儒黄干宅为僧庵，泮

明·弘治皇帝敕封给庞泮的

"直声动天下"双龙金匾额

改为书院以祀干。迁河南右布政使。中旨取洛阳牡丹，疏请罢之。转广西布政使，致仕。

《明史方伯公列传》载大明一统志第一百八十卷

明·弘治皇帝恩赐在庞泮故里建造的“五凤楼”

天台县人民政府2000年12月立的县重点文物保护单位石碑

# 目录

# 序

余云安

初读长篇历史小说《大明谏官庞泮》之后感悟颇多，我深深地被庞泮清正廉洁的精神所感动。庞泮是鲁迅先生所说的“台州式硬气”的典型人物，代表着中华民族优秀文化的记忆传承。关于庞泮的人物传记为当代“反腐倡廉”工作提供了不可多得的史料。弘扬庞泮精神是对《联合国反腐败公约》的响应，也是对12月9日“反腐败日”的纪念。①

庞泮（1450—1516），字原化，号石壁，别号芹斋，里人昵称“庞矮”。浙江天台平桥镇花墅人。明成化进士，先后曾任工科后转刑科都给事中（亦称都谏）。福建右参政，河南右布政，广西左布政等职，他“直声甚著”等功绩载入《明史》。仕途生涯中留有著作《庞石壁谏垣稿》等五部四十二卷。他一身正气，忠于职守，刚正不阿，感动了清心望治的弘治皇帝，敕赐“直声动天下”的双龙金匾，并恩准在其故里建造五凤楼和跨街牌坊，以旌其功绩，彪炳史册。他确实是一位难得的好官、清官、谏官。所以民间流传的故事甚多，在

① 2003年10月31日，第58届联合国大会通过了《联合国反腐败公约》，并决定将每年12月9日确定为国际反腐败日，以唤起国际社会对反腐败问题的重视。

全国非物质文化遗产普查工作中，搜集到的“庞泮传说”已被列入市、县“非遗”保护名录。看了即将付梓的《大明谏官庞泮》一书后，我体会较深的大致有如下几个方面：

1. 幼年时的庞泮，因家贫无钱读书，替人放牛，忙里偷闲，到私塾屋外窗下偷听老师讲课。后来父亲送他到天台城关桥上姑母家放牛兼做杂活。有幸遇师，夜间到信行寺跟方丈和尚读书。庞泮到八岁时，姑丈夏暐发现他的学识已超过在县学读书的十岁的表兄，决定送他到县学读书。在县学，庞泮因学习成绩特别好，被县学史望岳老师当众称为“神童”。

2. 仕途中的庞泮真是直声标史册。例一，明弘治二年八月，庞泮因督修卢沟桥而被皇帝嘉奖。洪水突至，冲毁古桥两孔、河槽二百余米、堤岸多处、饰有石狮的桥栏柱四十八根。奉旨督修卢沟桥的庞泮当天就到现场，深入工地与民工打成一片，苦干、实干加巧干。后来，工部侍郎陈政到现场勘察时，高兴地看到工程进度快、质量好，不禁赞叹道：“庞大人功绩突出，我要启奏皇上给予重奖。”果然，几天后传来消息，说皇上龙心大悦。庞泮因为在卢沟桥修复工程中出色地完成任务，记功一次，京察一等，赏白银一百两，准休假二个月。

例二，弘治九年（1496 年）四月，孝宗偏听岷亲王之言，认为“武岗知州刘逊谋反”。孝宗下诏要拘捕刘逊等百余人，在朝中引起轩然大波。四月十一日，庞泮写了《奸回玩法疏》启奏，“此事真相未清，牵涉百余人，不可轻而捕人，请皇上查实后办”。孝宗认为亲王弹劾一个州官，竟有那么多人奏阻而大怒，下旨将庞泮等六十余人关入诏狱。朝廷六科署为之一空，无法办公。后经吏部尚书屠滽、御史张淳等联合九卿营救，孝宗不得已才下诏释放庞泮等六十余人，但还处罚庞泮停俸三个月。事后，谢阁老提醒庞泮：“批逆鳞上疏，搞不好触犯龙颜，有杀身之祸。”庞泮答曰：“事关公利，怎能为个人私利着想，知事不言岂非失职。”出狱后的庞泮仍不改其志，刚正敢言。

例三，外戚张鹤龄等人为争购两只鹌鹑而在北京城内聚众斗殴，顺天府、大理寺、刑部等却互相推诿不予惩办。庞泮知道后，立即进行调查，发现这些外戚还有放纵家奴掠夺民财、杀害无辜、强暴宫女等严重问题。庞泮于弘治九年九月写了《昭国法以保全外戚疏》呈给皇上，获得孝宗皇帝准奏。为此，庞泮声震朝野，被誉为“当今活着的包青天”。

例四，庞泮拼死弹劾李广“十当诛”之罪。内宫太监李广，因受宠而肆无忌惮地搞“招权纳贿”。庞泮认为太监横行霸道是朝廷腐败的毒瘤，于弘治十年写了《宦官招权纳贿疏》，以“十当诛”的极论奏之，得到孝宗皇帝的准奏。因此，声震朝野。

例五，为民办实事做好事。庞泮离开朝廷，先后到福建、河南、广西任职。他一心为公，阻止私分一箱白银而上交给国家。他勤政爱民，带领群众捉海盗破谋反，保百姓安居乐业。因此，福建百姓把武夷山上四季常开的象征清正廉洁的“建兰”献给庞泮。在河南分发救济粮时，因为办事认真公正，百姓为他编写了《庞布政散粮》的梆子戏。广西民众上百人载歌载舞，把上书“天下太平安居乐业”的大红匾送到省台布政衙门，赞颂庞泮是“为官一任造福一方百姓的好清官”。

3. 晚年的庞泮。弘治十八年（1505 年）五月七日，孝宗朱祐樘年仅三十八岁病故宫中。庞泮得知噩耗后，不禁泪如雨下。国丧期间，庞泮茶饭不思、精神恍惚。国丧过后，庞泮深感身体多病致工作力不从心，决定急流勇退。因此，庞泮立即写了要求告老还乡的报告，经武宗皇帝批准于当年秋天还乡。庞泮还乡后著书立说，所著书稿有《庞石壁谏垣稿》《明史略论》《归田乐》等五部四十二卷书。

现在只搜集到《庞石壁谏垣稿》一部三卷孤本。这是一部弥足珍贵的文献，它足以证明庞泮是个清官。正德十一年（1516年）闰十二月十九日，庞泮病卒家中，享年六十七岁，葬于花墅灵芝山石马坟。2002年4月，天台县人民政府批准庞泮墓为县级文物保护点，定为“不可移动文物”。

我认为阅读《大明谏官庞泮》应本着“古为今用”的观点出发，弘扬庞泮的廉政精神，为今日的“反腐倡廉”创建廉政文化出力，为社会主义精神文明建设服务。我们要以庞泮的廉政精神为指引，引导人们树立正确的世界观、人生观和价值观，为建设中国特色社会主义贡献自己的聪明才智，为实现中华民族的伟大复兴而努力奋斗。

（余云安，毕业于浙江大学中文系，1985年任中共天台县委党校副校长，1989年任天台县城关镇党委书记，1996年任天台县人大副主任。退休后，任济公文化发展有限公司经理。现任县慈善总会副会长、台州市天台山文化研究会荣誉副会长主持日常工作。）

# 楔　子

## 一、皇封金匾令庞泮“直声动天下”

弘治十年（1497年）元宵节，皇帝朱祐樘大宴文武百官。宴会开始前夕，忽有司礼秉笔太监出来宣布：“今天，皇上要下一道特殊恩旨。”紧接着，年轻英俊、神采奕奕的皇帝，轻启朱唇，用洪钟一般的声音道：“朕今天要颁布一道特旨，奖励一位在安邦治国中立下特殊功勋的功臣。”

说到这里，他那双隼鹰般的眼睛，搜寻着百官中的一个人。

此刻，众位大臣中，首先是三位内阁宰相，资格最老的太子太傅兼户部尚书、武英殿大学士刘健，太子少保、兵部尚书兼东阁大学士谢迁，太子少保、礼部尚书兼文渊阁大学士李东阳；其次是吏部尚书、刑部尚书、工部尚书、都察院左右都御史、大理寺卿、通政使；最后是太常寺卿、太仆寺卿、光禄寺卿、詹事、翰林学士、鸿胪寺卿、国子监祭酒、御马寺卿、尚宝寺卿等小九卿，个个都瞪大了眼睛，竖起羊角般的耳朵，都以为此番很有可能得到特殊封典的是自己。

然而，皇上的目光，却越过了三位位高权重的宰相，越过了六部九卿等高官，继续搜寻着一位谏官。他发现，平时上朝非常引人注目，经常劝谏自己的一位硬头官，此刻却像隐入桃花源一般不知所终，于是大声问："庞泮在哪里?"

"庞泮，皇上喊你!"吏部尚书焦急地对都给事中庞泮道。

"庞泮在哪里？快快出列!"内阁首辅刘健也在寻找。

原来是寻找那个硬头官"庞矮"（因为人矮体胖，故有了这个绰号）。官员们此刻才明白，皇帝真正要寻找的是庞泮，于是纷纷喊："庞都谏，庞都谏，快出列，皇上召见你呢!"

大家不明白，此刻皇上为何要表彰这个职位卑微的官员。庞泮任职刑科都给事中（俗称都谏），仅是六品官。明朝采用宋时给事中分治六房制度，每科设都给事中一人，左、右给事中各一人，给事中若干人，职责是监察百官，位卑权重。给事中虽级别只有七品，但享受四品规制；都给事中品级只有从六品，比县令仅仅高了一级，但享受三品规格，上朝时，虽位列一、二品大臣之后，但连一、二品大臣也对其拱手相让，不敢轻慢。

"来啦，微臣来啦!"随着铜钟般声音的响起，只见一个身穿鹭鸶图案官服，像个大皮球的官员，骨碌碌地滚到皇上面前。人群中顿时响起一片哄笑声。

"微臣刑科都给事中庞泮来到，不知皇上召见微臣有何旨意处罚?"他诚惶诚恐地说。虽然皇上说要奖励一位特殊功臣，但是他认为，肯定是一位德高望重的大臣，或是三公宰相，或是六部尚书，最起码也是朝廷九卿，绝不会是自己这样官职卑微的人！大概是皇上在奖励王公大臣时，首先要将自己开刀当作一块垫脚石吧。

此刻的庞泮内心如同十五个吊桶打水——七上八下，不知又会遭到什么不测风波。俗话说，天威莫测。他知道得太清楚了。十年来，作为谏官，由于自己刚直不阿，不顾利害犯颜直谏，几乎每次都碰得头破血流：不是被罚俸停职就是被撤职拘禁，甚至被打入大牢面临判重刑乃至杀头的危险。

“庞泮，你怎么就知道朕要处罚你?”皇帝微笑着反问，然后道：“庞爱卿，你是当朝一凤！朕今天要奖励你一块双龙金匾，以表彰你担任谏官十年来的赤胆忠心，为国为民无私无畏敢于直谏的高尚品格！”话音刚落，便有太监出来宣旨。

奉天承运，皇帝诏曰：

刑科都给事中庞泮，担任谏官十年来，为国为民赤胆忠心，刚正不阿，多次冒着撤职、坐牢甚至杀头之危险，犯颜直谏，为我大明江山社稷和黎民百姓，立下汗马功劳，特赐双龙金匾一块，以示嘉奖。望文武百官以庞泮为楷模……

宣旨完毕，立即抬出一块镶金直立的双龙金匾，上面题着御赐的五个大字：直声动天下。

看到这块双龙金匾，百官顿时山呼万岁。庞泮在百官一片羡慕声中高呼：“谢主隆恩！”

看着这块两侧各镶着一条雕镂金龙的直立长方形金匾，尤其是看到中间红色背景下，弘治皇帝敕封的“直声动天下”五个遒劲的正楷大字，庞泮不禁热泪盈眶，内心如钱江潮水一般澎湃。由于自己不顾利害犯颜直谏，不知多少次碰得头破血流。谁知今天却受到皇帝的赏识！这双龙金匾上皇上亲笔题写的五个大字，是对我十年来赤胆忠心为国为民的最大肯定，是对我的最大奖励、最大鼓励、最大鞭策！想到这里，庞泮不禁热泪盈眶。他连忙俯伏在地，激动万分地说：“皇恩浩荡！微臣将再接再厉，为国为民再立新功！”

紧接着，皇帝又下了一道旨意：

刑科都给事中庞泮，因功擢升为福建布政司衙门右参政，官阶由从六品递升为从三品。钦此。

庞泮再次伏地谢恩。

庞泮不知道自己被外放的原因。不久前，吏部尚书曾对他说过准备提拔他为大理寺少卿，可现在却被外放地方官。他知道，这实际上是珉王、张鹤龄等人组成的一道反对的铜墙铁壁所致。

这些年来，对京城的一街一巷、一河一池，甚至一砖一瓦、一草一木，他都充满了感情。想到从此要离开京城，离开他生活了十一年的地方，他恋恋不舍，禁不住一步三回头，步步如同踩在自己的心头。

皇帝见庞泮举止有些异常，不禁问道："庞爱卿，你为何心有牵挂，步步回头呀?"

庞泮满含感情地回答："皇上，微臣一步三回头，实在是难舍皇上，难舍皇宫富丽堂皇的五凤楼呀!"

"此话怎讲?"皇帝问。

"因为皇上恩赐给我象征无限荣耀的双龙金匾，微臣实在担心没有合适的地方安置哩!"

"既然如此，朕赐你皇宫五凤楼图样，恩准当地官员在你故乡天台仿造一座。"

听到皇帝的圣旨，庞泮不禁山呼万岁，连连叩头："谢皇上双重隆恩!微臣将竭尽驽钝，即使肝脑涂地也在所不辞!"

很快，工部的一笔库银直拨到浙江台州府天台县。不久，在庞泮故里，天台县平镇花墅的一个小山坡上，他幼年读书的"鹿门书院"前，一座在天台县甚至台州府独一无二，按皇家风格建造的五凤楼拔地而起。

这楼占地三百五十平方米，坐北朝南，为前檐后廊式结构。东、西、北三面环山，南面是约五亩的大水塘。楼呈宫殿式三层楼阁，底层原是庞氏宗祠的大门，后连厢房、天井、大堂，是完整的四合院建筑群。二楼楼内“芹斋藏书阁”里，珍藏着庞泮屡次向皇帝劝谏的《石壁谏垣稿》等著作。三楼挂着“鹿门遗风”的匾额，称为“圣贤阁”，四壁悬挂着炎帝、黄帝、孔子、孟子、诸葛亮等历代圣贤的画像，天花板上彩绘着栩栩如生的“五凤戏牡丹”的名画。三楼屋顶，用线条柔和的重檐卷棚歇山顶式，青砖黛瓦，古色古香，飞檐翘角，如五凤展翅欲飞，故称为五凤楼。门楼四周是雕镂的花窗，中悬流光溢彩的弘治皇帝钦赐的“直声动天下”的御匾。东首有一棵明代连理古香樟——当地人称为“和合樟”，楼前有一口约五亩方圆的大水塘。相传，唐代高僧，被称为“和合二仙”的寒山、拾得，常来此游赏、吟咏诗篇，故这塘便被称为“和合塘”。站在水塘南面而望，五凤楼宛如浮在水面上的楼阁，意趣盎然，令人流连忘返。

明·弘治皇帝恩赐在庞泮故里建造的“五凤楼”

五凤楼里，天井用鹅卵石铺成美丽图案，大堂里大方砖铺地，四柱下鼓形柱石脚，柱上石狮子倒挂，升枋斗拱彩绘栩栩如生，歇山顶上翘角凤凰凌空，屋脊上双龙戏珠活灵活现。柱梁廊窗，精雕细刻，

坐落在天台县平桥镇花墅（市）的庞泮五凤楼外景

各种人物，花草树木，龙凤等奇珍异兽，造型精致，令人叹为观止。人们纷纷赞扬：天台五凤楼可以与全国四大名楼——武汉黄鹤楼、南昌滕王阁、湖南岳阳楼、昆明大观楼相媲美。

登楼远眺，只见山色波影，俏丽无比；万松庄（后牌门村）亭轩楼阁，参差出没于万松林间；五凤楼与万松庄及庞泮故居后洋山，成鼎足之势。庞泮当年手植的巍巍古樟，亭亭如盖，令人心旷神怡。

## 二、庞氏族人庆祝五凤楼落成

五凤楼落成了，中秋节这天，浙江省台州府和天台县各级官员前来庆祝。他们鱼贯进入五凤楼，对着皇帝封的“直声动天下”双龙金匾虔诚地拜了又拜。

紧接着，庞氏族人举行了别开生面的“抢高台”庆祝活动。

花墅附近各村纷纷准备搭戏台请戏班唱戏。庞氏族人想：何不仿照“五凤楼”造一座易装易拆易搬移的流动戏台？这戏台既能展现这座皇家建筑的风采，又能免去各村建戏台构件的开销。他们迅速行动起来，很快高台建成。顶部模仿“五凤楼”式样，雕梁画栋，飞檐翘角，并且彩绸披挂，张灯结彩，使它“远望像楼台，近看是戏台”。因为这种戏台台脚比一般戏台要高得多，故俗称“高台”。于是，形成了“高台戏”和“抢高台”的习俗。

当迎“高台”的队伍到达轮值村场地时，在热闹的锣鼓声、三盘铳和鞭炮声中，一个虎背熊腰的后生，独自一人威风凛凛地扛着原本两人抬的戏台大柱，跑步前进，来到戏台台基位置，八个后生分成四组，将四根戏台柱竖直，扛横梁的后生对准柱子洞孔立即穿好，并用楔子将四柱八梁结成一体固定。随着指挥员发出“一二三，上台顶”的指令，由二十多个青壮年组成的装卸队伍，有的手托横档，有的拿着（铁）叉子，将整个“高台顶”托起来，放到戏台柱的上方，并准确无误地装好。此时此刻，高台顶层飞檐翘角，披红挂彩，迎风飘扬，顿时，观众的阵阵喝彩声、鞭炮声和喧天的锣鼓声，构成了欢乐的海洋。

“搭高台”素有“高台跟日头，夜里上横头”的谚语。因为花墅民众认为，五凤楼是皇恩浩荡的象征，高台顶是仿五凤楼建造，蕴含着庞泮精神，所以要依照日出日落的规律，奉行高台顶不在外露宿的信条，因此，凡是在该村演高台戏的日子，每日都要进行上午装上、下午卸下高台顶的活动仪式。每当完成装卸任务，轮值村的百姓个个喜笑颜开。人们把这种活动称为“抢高台”。

“抢高台”队伍开始了。头领到五凤楼撞钟十七响，接着敲古铜锣十七响（象征着庞泮十七篇奏章警钟长鸣，清官精神永恒），接着迎来高台构件的队伍，往高台戏轮值村走去。首先由四位头领、四支扛三盘铳的武士队伍开路，接着一个虎背熊腰的后生，扛着一面大龙旗，由两人用叉子叉住。后面紧跟着由三人执掌的红布黄字的直式方旗，上面是皇帝钦赐的“直声动天下”五个大字，紧随其后的是由八个青壮年抬着飞檐翘角、披红挂彩的高台构件，后面是鼓乐队：两支长号，北方大鼓、大钹；接着是十面彩旗；最后是表演队伍，有踩高跷的、唱莲子的、舞狮的、舞龙的、驶船的、唱道情的、武术队等，场面颇为壮观。

随着“抢高台”队伍的前行，一支高台戏歌谣铿锵地响起：

皇帝恩赐高台戏，年年做戏大吉利。

忽听那些虎背熊腰的后生吼道：

后生看了高台戏，顶天立地精神气！

亮丽的“莲子队”含情脉脉地接腔：

姑娘望了高台戏，织女牛郎结连理。

随即又有各种声音交替响起：

农民看了高台戏，五谷丰登种田地；
商人望了高台戏，一本万利做生意；
工匠看了高台戏，鲁班弟子好手艺；
书生望了高台戏，连中三元大名气。

最后，千万人齐声道：

人人都看高台戏，阖家幸福万事如意！

从此，农历正月十四至十八，农历十一月，秋收大忙后的农闲时节，花墅地方五年一轮值。从明清以来，庞氏族人一代代地延续着“抢高台”习俗，已有五百多年历史。

## 三、徐霞客慕名参观五凤楼

明崇祯五年（1632 年），伟大的地理学家徐霞客（江苏江阴人），从温州雁荡山回来，重游天台山。神奇秀丽的天台山，二十年来一直萦绕在他的脑海，成为他割舍不断的情思。万历四十一年（1613年），他第一次游天台山，便为她神奇瑰丽的自然风貌所吸引，因此在《徐霞客游记》中，他就把《游天台山记》作为开篇。然而方圆八百里、莽莽苍苍的天台山，他以前只游了很少一部分，大部分还未领略。想到此，他再次来到天台山游览。

这年春天，他住宿在天台大西乡名镇——平镇，游览了青山岳、西张岳、方山、寒岩、明岩、九遮山等西南诸景，写下《游天台山日记（后）》。四月十六这天，他正准备动身，忽听说离平镇街仅数里之遥的花墅，是“直声动天下”的著名谏官庞泮的故里，那里有弘治帝敕封的“直声动天下”的双龙金匾，还有皇上恩赐敕造的宫廷式建筑五凤楼。机不可失，时不再来。若是错过眼前这个机会，不知今生今世还能否看到这个在全国独一无二的人文景观。

想到这里，他立刻在客栈吃了两个天台特产风味小吃——两面金黄、里面菜肴丰富、美味异常的饺饼筒，便风尘仆仆地赶到花墅董家殿，观看五凤楼和庞泮的“直声动天下”双龙金匾。看到这个著名景观，他不禁喃喃地说：天下只有两座五凤楼，一座在北京皇宫，一座就在天台。天台的五凤楼，是紫禁城之外的五凤楼，这“直声动天下”的双龙金匾，只有放在皇帝钦赐的五凤楼才适得其所；这五凤楼，只有配皇帝封的“直声动天下”金匾才相得益彰。

# 第一章　聪颖勤学贫家儿

## 一、县令挽救将被溺死的婴儿

明朝景泰元年（1450年），农历八月十五日上午，大雨倾盆，雷声隆隆，在天台县花墅乡后牌门村一间低矮破旧的小屋里，忽然传出一阵洪钟般的婴儿啼哭声，一个男孩儿降生了。

“苦命的孩儿，你虽是人人高兴、求之不得的男孩儿，且天庭饱满、模样端正，但你生不逢时，不能留在人间。”母亲曹氏眼泪汪汪地说。因为丈夫庞公序两天前出门时，曾再三交代：“我们家已经有五男一女，家里穷，这么多孩子，够我们操心的了。这次不管生儿生女，只好溺死。”

马桶盖已经拉开，这个有大半桶尿的臭气熏天的地方，就是丈夫所指的新生儿应去的地方。

看着这个惹人喜爱的婴儿，听着他底气十足、声音透亮的啼哭声，曹氏不禁心头呜咽：“儿呀，都说儿女是娘的心头肉，叫我如何下得了狠手溺死你？可不溺死你又有什么办法？你爹回家后，我又如何向他交代？他要是发起脾气来，那可怎么办？养又养不得，溺又舍不得，这可叫我怎么办啊！”

此刻，在这两难的选择中，曹氏怀抱婴儿诘问苍天。

突然，一道明亮耀眼的闪电，在木格窗棂划过，一声轰隆隆的惊雷，在屋顶上方炸响。这闪电和惊雷，给了曹氏以灵感：俗话说，救人一命，胜造七级浮屠。我何不把这婴儿抱到外面，让好心人把他抱走？丈夫回家要是盘问，就说已经丢到外面了。

想到这里，她连忙找出几件自己穿过但没有打补丁的衣裳，把孩子包好，然后塞了家里仅有的三枚铜钱，交给女儿银凤：“你把孩子抱到前面那个路廊。注意下面多垫些稻草，不要硌痛孩子。”

天台县令吕琇去大吴村路过此地，因躲避雷暴大雨，正巧来到庞公序门前。正是吕县令的到来，使这个婴儿的命运发生急剧变化，否则若是丢到路廊上，饿死病死、被狼吃狗咬都有可能，命运将不可预测。

话说庞银凤怀抱男婴，慌慌张张地走出房间来到廊下，拿起一个大斗笠戴到头上，正准备冒雨去两里外的路廊丢弃婴儿，不想遇上吕县令在自家房屋的廊下躲雨。吕县令刚来到廊下，听见屋里传出几声新生儿的啼哭声，便自言自语道：“真是巧事，早不生迟不生，偏碰上我到他家门口才出生，看来这孩子一定是文曲星下凡，叫县官带人来这里为他守门，迎接他的降生哩。”

他正在想事情，忽见一名少女神色慌张，怀里的婴儿哇哇大哭，立即盘问她：“这么大的雨，你准备把孩子抱到哪里去？”庞银凤见是县太爷盘问，不敢隐瞒，只好如实相告：“家里穷，孩子多，还欠着债，全家靠父亲挑盐卖过日子。父亲出门前，曾再三吩咐：‘此番不管生儿生女，务必要把婴儿溺死！’因为母亲不舍得把孩子丢到马桶里溺死，吩咐我丢到前面路廊里，等待好心人路过拾走。”

“这么大的雨，这么大的风，谁会留意路廊里的弃婴？若是白天没有人路过拾走，在这荒山野岭的路廊，夜里不知会发生什么情况。

冻饿而死，野兽咬噬，无论发生什么后果都不堪设想！”想到这里，吕县令说道：“婴儿落地溺死有罪，丢到路廊叫人拾走也不是好办法。我现在给你白银三两，你告诉你娘：务必将小孩儿好好抚养长大，若是以后有特殊困难可找县里。若是再丢弃，我要治她的罪！这个孩子，若是加以培养，以后定会有出息，很可能会做大官哩！”

说完，吕县令看看天色不早，雷声弱了，雨小了，启程往塘里大吴村去了。几天后，庞公序卖盐回来，听到房里传出一阵婴孩儿哭声，不禁满面忧愁。当大儿媳向他道贺“家里又添了一个小官人”时，庞公序的脸顿时变成了猪肝色。

听说爹爹出门回来，家里大小孩子像一群猴子般一拥而上，纷纷叫嚷：“爹爹，你出门回来有没有带好吃的回来？带糖果了吗？”话音未落，鼻涕虫和花脸两个孩子早得到“奖赏”：一个是耳光，另一个是栗暴。他对妻子发作道：“我出门前再三交代你，此番不管生儿生女都不能再要了，只能溺死！你偏不听。俗话说，不当家不知柴米贵。家里这些儿女已经够我们操心了，你还嫌我负担不重吗？”说着，他挽起裤腿露出了几道伤痕，“我此番出门贩盐，在会墅岭一脚没踏稳，盐担倒了，盐撒了大半担。这回出门，不但没赚到一个铜板，还折了本，又把腿摔伤了，要医治，好长时间出不了门。你叫我拿什么养活这么一大家人？”

“从我身上掉下的肉，叫我如何下得了狠手把他溺死？”

听了妻子的话，庞公序冒火道：“你要是舍不得溺死，就立刻抱养给别人！”

“我们周围都是穷人，而且家家孩子多，谁会抱养？”妻子说，“只有先到平镇集镇上去打听富裕人家，看看有没有人要。”话未说完，便遭到丈夫的一顿斥骂：“你这个头发长见识短的臭婆娘！家里这么一大堆人，十多张嘴天天要吃要花，等你打听到富裕人家送出孩子，家里这些孩子早饿得昏过去了！”说着，庞公序催促女儿，“你赶快把婴儿抱去丢到路廊里！”

“这孩子天庭开阔，相貌不凡，说不定以后会有出息能当大官呢！”曹氏试探道，“我说他爹，你也舍得丢掉？”从来都不敢违逆丈夫的曹氏，今天一反常态竟跟丈夫讨价还价。“你尽说些远在天边不着边际的话。小孩儿以后有没有出息谁能说得准？眼前最要紧的是如何养家糊口。”庞公序不耐烦道，“赶快抱去送人或是丢掉吧！”

“不！这么相貌堂堂的孩子你却要丢掉，我可不答应！”曹氏有县令和三两白花花的银子撑腰，此刻底气也足了起来。“我要养着！我还指望这个儿子给我们家、给庞氏家族和我曹氏一族增添荣光呢！”

脾气火暴的庞公序简直被妻子今天的举动惊住了。他不明白，以往唯命是从的女人，今天不知搭错了哪根筋，硬要和自己过不去。他想发火，想骂人，想揍这个不懂事的妻子，但看到脸色黄蜡没有血色，坐月子吃不到鸡蛋、豆腐皮、猪肉，更吃不到鸡肉、白鲞一类营养品的妻子，顿时打消了打骂妻子的念头，但仍然放出了狠话：“给你两天时间，要是再不丢掉或溺死，我就离开这个家，你们就等着喝西北风吧！”

“好，离开了屠夫难道就吃带毛的猪肉不成？我自己会挣钱养活！”妻子没好气地说。

“哈，我倒要看看你究竟有什么能耐？”庞公序冷笑道，“一个月后，我倒要看看你能不能给我变出一百个铜钱。”

“我不变就罢，要变就变出一千个铜板（约为一两银子）。”曹氏笑盈盈地说，“说不定我今年还能挣个三两甚至五两银子呢。”

“你就吹吧，你这是做梦吃绿豆芽——痴心梦想。”庞公序道，“你要是三天内能借到五百个铜钱，我就答应不把小孩送人了。”

“此话当真？”

庞公序回答："决不食言！"

曹氏随即对女儿银凤道："去，拿银子去！"

"爹，娘今天运气好，真得了一大笔银子呢。"银凤说着按母亲的指点，从一个小木箱里拿出三两细丝白银。

看到这白晃晃的银子，庞公序顿时惊呆了。他挑盐卖，从来也没有赚到过这么大的一笔银子。换言之，他一年到头，风里来雨里去劳碌辛苦，最多也只能挣两三千个铜钱，也就是二三两银子，可如今妻子竟一下子拿出这么大一笔钱。他连忙拿过来，不禁眼睛也看直了、看花了。他口吃地说："这，这到，到底是怎么回事？这钱是从哪里来的？你总不会是从富人家里偷来的吧？"

"爹，这是天台县令吕大人赏赐给咱们的。"听了女儿的话，庞公序又一次傻眼了，"县令为何要送这么多钱呢？"经女儿一说前因后续，他才明白过来。

曹氏又添油加醋地说："吕大人说，他们一行刚来到廊下，就听见孩子出生后的第一声啼哭，这说明他们是保护和侍奉这个孩子的。这孩子一定是天上文曲星下凡，贵不可言，长大以后必定前途无量能做大官。吕大人听说我们家贫穷，便赏给三两银子，还说如果以后遇到困难还可以向县里要。"

"孩子以后能当什么样的大官？"庞公序迫不及待地问，"能当平镇里正吗？能当县学教谕吗？"在他看来，里正和教谕就是了不起的大官了。

"吕大人说，这个孩子的官不但会比他们大，而且会大得多呢！"

"这么说，我们庞家的祖坟要冒青烟了？"庞公序自言自语道，"我不奢望这孩子能当多大的官，最大出个县令，就烧高香了。"

于是他立刻向妻子要来一两银子，一瘸一拐地赶往平镇集市，换了一千多个铜钱，买了两斤猪肉，一包红糖，拿黄豆换来两斤豆腐皮，还买了一块麦芽糖。一回到家，他先是分给每个孩子一人一块麦芽糖，接着宰杀了原本准备留着过年的老母鸡，炖汤给妻子补身子。

原本冷冷清清的厨房霎时红火起来，原来清汤寡水的菜蔬，顿时变得香气四溢。

庞公序这个最小的儿子庞泮的一条小命，在天台县令吕琇的大力救助下得以保全下来。他今后的命运，正如吕县令所预言的那样，虽然历经一番风雨磨难，但最终不但当了省级大官，而且名扬全国，成为一个人人称赞、仰慕的谏官，在明朝历史上留下浓墨重彩的一笔，受到一代又一代人的颂扬，更成为庞氏一族人的骄傲！

## 二、姑父决定送小庞泮进县学

光阴似箭，很快小庞泮便在艰难的日子里长到了六七岁。一个春天的早晨，他跟着十岁的哥哥庞泽出门去拾柴，忽然听到林荫道上传来清脆而稚嫩的歌声：

江南春天好风光，
我到书院去上学。
待到他日题名金榜，
高中状元郎，
皇上钦点把巡按大人放，
巡视七省五十府，
坐轿八抬八绰，
鸣锣开道多风光！
把府县贪官污吏一齐查，
呼儿呀呼嗨，

把天下贪官污吏除个光——

歌声过处，庞泮看到一个穿着补丁衣服的大叔拉着一辆人力车，上面坐着一个摇头晃脑唱歌的六七岁小男孩儿。庞泮觉得有点儿稀奇，不知这小孩儿干什么去，不禁上前问道："小伙伴，你们干什么去呀？"

车夫见有人问话，便把车停了下来。"我到平镇书院读书去！"小男孩儿高昂起头，乜斜着眼睛，趾高气扬地说。然后小男孩儿催促车夫快走，似乎面前和他一般大的小孩儿只是只小蚂蚁。

"读书要铜钱吗？"庞泽拦住车夫又问。

"你问得真蠢！读书哪有不要钱的？"小男孩儿又回答道，"要交书费、学费、先生柴火费，七七八八加起来，一年要七八两银子呢！"

庞泽心头不禁冒起一阵冷气。"花这么多钱，读了书又有什么用处！"他说，"还不如我们在家，既能自由自在地玩，又不花一个铜钱，还可以为家里干点儿农活，增加一点儿收入呢。"

话音刚落，便被一阵奚落声打断："大块头，你看那是什么？"小男孩儿用手指着蓝天。

"那个谁不知道？那是天！"庞泽响亮地回答。

"你说说天字怎么写？"

"这，这，这——"庞泽顿时结结巴巴了。

"这是什么？"小男孩儿用手指了指地，又问。

"这是地。"

"那你说说地字怎么写？"小男孩儿再次问。已经十岁，长得比同龄人高大许多的庞泽又卡壳了，张口结舌回答不上。小男孩儿这下更加来劲儿，如同连珠炮喷发而出："你有爹娘吗？这爹娘两字怎么写？你有兄弟姐妹吗？这兄弟姐妹四字怎么写？"这一连串问题，轰得庞泽人仰马翻，窘得他面红耳赤、无地自容。

看到庞泽回答不上，小男孩儿更加趾高气扬："你连天地、爹娘、兄弟姐妹这些字都不认识，简直是饭桶、草包、废物，你这个人再高大，也像一棵枯树，又有什么用?”说完，他连忙吩咐车夫赶快走，没好气地说，“我这个未来的状元公，没有工夫与你们这些目不识丁的朽木啰唆。耽误了我的读书光阴，你们赔不起！快快靠边站!”

小男孩儿的话语如同电闪雷鸣，令小庞泮目瞪口呆，使他认识到：不识字的人，即使高大魁梧也是朽木一根、饭桶一个，派不上大用场！回家的路上，他心里只有一个坚定的信念：我要读书，做个有出息的人!

一回到家，小庞泮就向父亲提出了一个强烈的要求：“我要读书!去书院读书!”

“你这小鬼头，读书是有钱人家的事，我们穷人家哪有本钱供你进书院?”父亲庞公序十分烦恼地呵斥庞泮。

家里有六个儿子一个女儿。大儿子已经二十二岁，已经成为家中的顶梁柱。二儿子十九岁，能和自己一起出门挑盐卖。换句话说，已有两个儿子能自食其力。老三也能帮家里干农活分忧愁。但家里还有四个小的，若是都供上学，哪里供得起!

“反正我不管，我就是要进书院读书!”

看到小庞泮固执的样子，父亲恼了，给了他一栗暴，骂道：“你这头犟驴，好不懂事！我们家有九口人，每天要吃要花，连日子也愁过不下去，哪有钱供你读书？你就死了这个心吧!”

这个栗暴，不但打痛了小庞泮的头，更打痛了他的心。他伤心地哭了。

听说茶叶、地衣、柏子、金银花可以卖钱，小庞泮的脑子里顿时有了一个庞大的计划：苦战两年，攒钱进书院读书!

春暖花开的季节，他去采摘野山茶，在柴草荆棘丛中采摘金银花；寒风凛冽的冬天，他去拾人家树上采过的柏子；雷雨后，他去岩石背上拾地衣。每当雨雪天气或是干活回来路过书院，他总要在私塾小学堂的窗外，用石头垒起一个石堆，站在上面，专心致志地倾听先生那抑扬顿挫的讲学和学生琅琅的读书声。在他听来，那先生的讲课声和琅琅读书声，比世界上任何音乐都要美妙迷人。他照着先生的字样，在沙上练习写字。

冬去春来，时光流逝。转眼间，小庞泮已经到了八岁。这时，终年操劳，接连生育的母亲病倒了。她整日病快快的，请郎中吃药花去不少钱。没有办法，父亲只好把小庞泮送到县城桥上街姑妈家，放牛做杂活。

初夏的一天，姑妈叫小庞泮到附近的信行寺木工场拾木屑烧饭。他到木工场后看到一地锯木屑，不禁手痒起来。于是就把在私塾窗口偷学到的字，写了出来：天地人爹娘哥弟姑姐大小多少秀才举人。

忽然，他看见寺院里走出一个秃头和尚，感到很好笑，于是就在锯末屑上，一连写出五个“秃”字。他看着那个坐在高高神龛上，传说能够判定生死祸福的判官老爷，不禁质问：“天下贫富为啥这样不公平？我起早贪黑干活却为啥缺吃少穿？富人的孩子什么活也不干，却吃鱼吃肉穿绸享福?”

看到菩萨不但一声不吭，而且眼睛瞪得牛眼一般大，他不禁恼火了：“你既然没有用处，为啥还坐在这里享受万民祭拜?”说完，他拿起一根木棍，跳上龛台，噼里啪啦一顿乱敲，将佛像手脚敲断，头颅打烂。

初夏的阳光暖煦煦的，照得人昏昏欲睡。小庞泮坐在大殿宽而长的春凳上，脑袋捣米一般，不一会儿便躺倒在凳子上，呼呼地睡去。

老方丈净云法师，完成打禅功课后，出禅室巡视，忽然看到天井的锯末屑上，居然一连写着五个大大的“秃”字，不禁懊恼：“谁这么不礼貌，居然骂我们和尚是秃驴!”再抬头一看，只见判官佛像也被砸烂，一片狼藉。法师不禁十分震惊。

这会儿，没有哪个施主来过这里，这字是从哪儿来的呀？这佛像又是被谁打烂的呢？他找了一圈也没看见一个人，最后，才发现了在大殿一个角落里睡觉的小庞泮。于是方丈叫醒他，盘问：“天井里那堆锯末屑上的大字是谁写的？那佛像又是谁打烂的？”

“字是我写的。”小孩儿直爽地承认，“那佛像也是我打烂的。”

方丈心头一震。他没想到这个小屁孩儿居然能写这么难的字，而且胆大如虎敢砸佛像。

“你写这个字是什么意思？”他恼火地问。

小庞泮不慌不忙地答道：“我是在作诗。”

“把诗作给我听听。”

小庞泮说了一个“好”字，便念出几句诗：

老天秃（忒）不平，贫富秃分明；

富人秃富贵，穷人秃穷贫；

为啥秃不平，小庞难弄清！

然后解释道：“就拿你我来讲，师父你穿得秃好，我穿得秃差；寺院米粮秃多，我家米粮秃少。”然后仰头看了看天上那越聚越浓的黑云——这是雷阵雨的前兆，又补充道：“富人家孩子吃肉穿绸享福，我缺吃少穿受苦。因此，我小庞泮秃烦恼！”

方丈感到很稀奇，于是叫庞泮跟他到方丈室，拿出纸笔叫他写：“你把这首诗写出来，我就相信你。”

小庞泮果然拿起笔，毫不犹豫地把吟诵过的诗一字不差地写了出来。方丈看后笑着问：“你为啥要到这里来写字呢？”

“姑妈叫我到这里拾木屑回家烧饭。”小庞泮道，“我看到这么多锯末粉，正好可以让我练字学诗，所以就在上面练习起来。”

“你又为啥要打碎佛像呢？”方丈不解地问。

“我问老佛，为啥世间富贵这么不公平？我小庞这么受苦，富贵人家小孩儿却那样享福？可他不回答我，还瞪起眼睛吓唬我，我恼火极了，就打了他，让他知道我庞泮不是好惹的！”

此言一出，方丈大惊。

这个小孩儿如此聪明有灵气，如此爱好读书，又胆大如虎，方丈不禁好奇：“你叫什么名字，在哪个学堂读书？”

“我名叫庞泮，因为家里穷兄弟多，没钱供我上学，只好在学堂窗口下偷偷听课学习。”

听说小庞泮从未上过学，方丈不禁大为赞叹，心想：这么聪明好学、胆气超人的孩子，居然读不起书，老天爷也太不公平了！

“这是一棵好苗子，若能加以培养，定会成为一个很有出息的人！”他口里念了几声阿弥陀佛，对小庞泮道：“你如此好学，甚好。只要你愿意学，我愿意教你，不收任何学费。”

“真的？”小庞泮高兴极了，立刻跪倒在地连磕了三个响头，拜方丈为师。临别时，他又忧心忡忡地说：“师父，我白天要放牛割草打柴，干很多活，没时间到这里来跟您读书，请容我吃过晚饭再来寺院，行吗？”

“好。”方丈满口答应。从此，小庞泮经常在晚上到信行寺请方丈教他读书，长进很快。

一个秋夜，小庞泮在信行寺跟方丈读完书回来，已经临近半夜，姑妈家早已关了门。庞泮见房门打不开，又不想半夜三更惊动家人，看到没有地方可以睡，便抱着门前的廊柱脚睡着了。

第二天，天刚蒙蒙亮，姑妈和姑父一觉醒来，发现小庞泮的床上空空，一想坏了，昨夜门闩住了，侄子进不来，立刻打开房间门，没有见到庞泮，再开了大门，才发现小庞泮抱着木廊柱呼呼地睡得正香呢！

听到哗啦啦的开门声和说话声，小庞泮猛然醒了过来。此刻只听姑父随口吟出一句话：“抱柱睡觉如乞丐。”

谁知小庞泮立刻回应道：“黄龙盘柱好觉睡。”

身为府学博士助教的姑父夏暐闻言，不禁大为惊奇：此儿如此聪慧敏捷，若是加以培养，以后一定会大有出息！到时，不但是庞氏、他娘家曹氏，也是我们夏家的荣耀哩！想到此，便和夫人庞氏商量：“小庞泮聪明绝顶，在家放牛做农活就埋没他的过人才华了。若是加以培养，以后很可能有出头之日，何不早点儿送他上学？”

姑妈庞氏一听此话，也大为高兴。自从侄儿来到这里后，在他的言谈举止中她也感觉到，这孩子与众不同，十分聪明。但毕竟进书院读书，家里放牛等杂务没人做不说，还要增加一笔不小的开支。自己这么个大家庭，就靠丈夫一份教职维持全家用度，经济并不是很宽余，自己根本不能开口提这事。现在丈夫主动提出来，怎能不高兴？她带着感激的心情，含着热泪道：“夫君，感激你为我侄儿的前途命运操心。愿你金口玉言，侄儿今后若是能考中进士当个县令，那真为我娘家大大争了气，也为你老夫子争了光！”

“我相信这孩子要是上了学，今后一定会有出息，说不定能做府台哩！我是不会看错的。”

“若能当府台，那不但为我们庞氏，也为天台全县人争了光！”庞氏满怀憧憬地说道。

于是，夏暐和夫人庞氏立即叫来十岁的儿子，对他说：“从今天起，你表弟就进书院读书，不放牛了。你要好好带着他。”

“书院先生早就说过，叫我领表弟去读书，书院可以不收他的学费。”夏暐听后感到十分惊奇，不禁问：“那你为啥不早说？”

“我，我不敢说，怕要挨你们打骂。”儿子嗫嗫嚅嚅地说。

“这是好事呀，为啥不敢说？”母亲庞氏感到诧异和不解。

直到此刻，儿子才吞吞吐吐地讲出事情的原委："那天，先生布置的诗文我不会作，为了不挨先生的责罚，我只好叫表弟代作。结果交上去后，被先生识破了。"

原来，成绩平平的夏公子，这天交上去的诗文写得出奇地好，得了全班第一名，就连那个每次得第一的曹进士的孙子也只能甘拜下风屈居第二。这引起了先生的怀疑，于是就找来夏公子，叫他把今天写的诗文重新写一遍。结果夏公子就露出了马脚，只得如实交代："此番诗文题目太难，自己不会作，只能请表弟代笔。"

"你表弟多大年纪？叫啥名字？在哪里读书？"先生接连问。

当听说夏公子表弟庞泮年仅八岁，没有上学，在家放牛干杂活时，先生大为惊异："那你表弟是怎么学会识字写字的？"

"他白天在我家放牛干活，夜里到信行寺跟和尚读书。"

"此子如此喜欢读书，又如此聪慧敏捷，是匹千里驹，埋没在家实在太可惜了。"先生不禁唏嘘长叹。叹息之余，中过举人、名望很高、有伯乐之称的史望岳老先生，便做出了一个决定：破格收庞泮入书院，不收学费。

可是令先生感到奇怪的是，好几天过去了，不知何故，小庞泮却一直没有来。

听了儿子的话，夏助教十分生气，给了儿子一栗暴，说："你大他小，你整天在书院读书还是不如表弟没进书院的好。以后若是再不用功读书，诗文叫表弟代作，你就别去学校读书了，干脆在家放牛算了！"

"我以后再也不叫表弟代作了。我会向他学习，用功读书的。"从此，小庞泮便正式走进书院读书了。

当庞泮中了进士，任刑部都给事中，名满天下后，非常感动地为送他入学、培养他的姑父夏暐老先生，专门写了传和像赞。庞泮还激动地为母亲写了一篇《乌岗曹氏传芳录序》，为曹氏扬名。这是后话不表。

话说小庞泮进入县城书院读书，书院里绝大多数是富家子弟，看到庞泮是个穷人子弟，原来还是个放牛娃，而且人又精瘦矮小，都看不起他，甚至嘲笑、挖苦、欺负他。

一天，有人嘲笑他："你瘦得像粒跳蚤。"庞泮看了看肥胖的同学，反唇相讥："你这只胖猪，简直是个饭桶！"有个姓金、号称大力士的同年，要跟他比赛摔跤。庞泮说："楚霸王项羽力大无比，号称天下第一，最后还不是被韩信围困在垓下，落了个四面楚歌自刎乌江的可悲下场！我要比，就跟你比读书、比智慧！"一席话说得金大力干瞪眼。

一个秋日的黄昏，书院放学了，可天上电闪雷鸣，倾盆暴雨下个不停。学生们都被困在四合院大天井廊下，无法回家。

忽然，史望岳先生看着雨泼向屋顶的瓦背，吟出一句上联："仰瓦俯瓦瓦盖瓦。"然后对围观的学生道："我这个上联，你们谁能够对出？"

众人面面相觑，好久没有人回答。突然，有个声音如同雨后春笋般从人群中钻出："横砖直砖砖砌砖。"

原来是那个精瘦的小庞泮。史先生捋捋八字胡，笑了笑，然后指着堂屋里木匠干活用的三脚马（俗称"作马"），又吟出一句诗："作马两头三只脚。"

庞泮脑海里立即浮现出家乡旱天用的长长的水车，立即不假思索对道："水车百骨一根肠。"

史老先生赞许地点了点头，看了看大礼堂的廊柱，又出了一副更难的对子："大礼堂四柱，柱柱落地。"

庞泮略一思索，想起姑父夏暐曾经对自己描绘过南京宏伟的金銮殿，于是便吟出一副惊人夺魄的下联："金銮殿八角，角角朝天。"

听了这个下联，史老先生不禁惊喜交加，随即又吟出一个上联："龙头挂角尺，天子门生。"

庞泮知道这是"庞"字。看到史老先生对自己期望如此之高，小庞泮也对先生加以热烈赞美："史字头冲天，吏部天官。"

"好，好！庞泮真是神童！感谢你如此赞扬先生！"史老先生连声称赞，满怀深情地说，"老朽这辈子当吏部尚书是毫无希望了，不过我把这个希望寄托在你身上了。望你发愤读书，中举人再中进士入翰林，让老夫未竟的心愿在你身上得到实现，为我争气，为天台人争光，我死后也可瞑目了！"

从此，史老先生对庞泮关爱有加，后来还赠给他一本书和自己写的一篇文章。这本书是《包公案》，这篇文章叫《鲁穆传略》。史老先生还给小庞泮讲明代台州名儒方孝孺的故事。这些，对小庞泮以后的成长道路，产生了很大的影响。

# 第二章　历经磨难方成才

## 一、以历史名人为榜样

史先生写的“铁面御史”鲁穆，是个有口皆碑的官员。他生于公元1381年，卒于1437年。他是天台县城关太坊人，明代永乐四年（1406年）中进士，担任都察院福建道监察御史时曾弹劾汉王官校的横行不法。

一次，他在南京受理了一个大案。案犯是常州一个大富商，按律当诛。其家属四下打点，妄图助其逃脱死罪。鲁穆顶住了来自四面八方的压力，处死了这个富商。即使是文渊阁大学士、尚书杨荣家人犯法（在福建建宁府），鲁穆也毫不宽容和手软，照样严肃处理。福建的文人将他誉为“霹雳手”，老百姓则呼他为“鲁铁面”。东南沿海一带听说他来了，豪强敛迹，平民欢呼。

英宗（1436—1449）即位，宰相杨荣（与华盖殿大学士杨士奇、武英殿大学士杨溥同辅朝政）力荐鲁穆，鲁穆升都察院右佥都御史。

正德二年（1437年）六月，河北大名、广平等处发生蝗灾，鲁穆受命处理。时当酷暑，他跋涉于阡陌之间，踏勘灾情，整日奔波，与官吏商量灭蝗办法。因辛劳过度，鲁穆突然昏倒，病逝途中，年仅五十七岁。英宗闻讯，十分悲痛，亲撰祭文，派大臣到灵前设酒致祭，拨官船载其灵柩回天台故乡。鲁穆因为官两袖清风，逝后依靠吴中同僚帮助，才得以安葬于天台西乡百步洋。万历中，赐谥号“端毅”。

史老先生还把《包公案》借给庞泮看。

包拯，北宋庐州（今合肥）人。先任监察御史，后任天章阁待制，龙图阁直学士，官至枢密副使。知开封府时，以廉洁著称，执法严峻，不畏权贵，被百姓呼为“包青天”。

故乡名人“铁面御史”鲁穆的真实故事和包公的传奇故事，令少年庞泮神往，也在他心灵深处产生了强烈的震撼。一次，史先生问庞泮：“你为啥要读书？”

“为了求取功名，做官，光宗耀祖。”庞泮直言。

“那做官的目的又是啥？难道是为发财吗？”听了先生的追问，庞泮想起“铁面御史”鲁穆和大清官包文正可歌可泣的事迹，心中豁然开朗，回答道：“做官应该为国为民；若是为个人发财，那岂不成了昏官、贪官和瘟官了？”

庞泮渐渐长大了，由儿童成长为少年又渐渐长成十七八岁的青年。十八岁那年，他第一次考试，首战告捷中了秀才。

他一边在书院读书，一边利用寒暑假出去游览。首先游览了赤城栖霞、石梁飞瀑、铜壶滴漏、罗溪钓艇、寒岩夕照等天台十景。在石梁飞瀑下，他为悬在半空刚直的石梁奇石而惊叹，更为奔泻千尺的飞瀑而欢呼：“做人做官要像石梁一般坚硬刚直，要像奔泻千尺的飞瀑一般奔放！”

他还抽一个假期，前往同属台州府的邻县宁海县，探访闻名全国的明朝大儒方孝孺的故乡。

方孝孺，字希直，是明初著名文学家、学士承旨知制诰宋濂的学生，也是建文帝朱允炆的老师，官任侍讲学士。建文元年（1399年），镇守燕京的朱元璋第四子朱棣，打着“清君侧”的旗号，起兵反对“削藩”。经三年激战，攻破京师南京，登帝位。为了安抚民心，朱棣找到名满天下的方孝孺，让他为自己起草登基诏书。但方孝孺不但不写，还谩骂朱棣，结果被灭十族。直到万历年间，方孝孺一案才得到平反。

方孝孺的故乡，在宁海象山港尾一个背山面海的小村落——溪上方，相距宁海县城三十多里。这里的山叫盖苍山，是宁海东部最高的山，自古出产贡品高山茶。方孝孺的父亲曾任职山东济宁知府，政绩卓著，《明史》有他的传略。

来到方孝孺的故乡，庞泮就想起六十多年前那场对话和那个血腥的场景。

永乐皇帝朱棣带着成功登基的喜悦，召来一代名士方孝孺为他起草登基诏书。令朱棣没想到的是，方孝孺身穿孝服哭着进了大殿，既不行礼，也不理睬朱棣。这令朱棣很是尴尬亦十分恼火。

他想发火，但想起军师姚广孝攻下京城前对自己的再三告诫：“殿下攻下京城后，方孝孺一定不会投降，但你千万不能杀他！若是杀了他，天下的读书种子就会绝了！”便强忍怒火，劝道：“先生不要这样了，寡人不过是效仿古代周公辅政而已。”

话音刚落，方孝孺立刻愤怒地质问道：“成王在哪里？”

“自焚死了。”

“成王的儿子呢？”方孝孺又问。

“国家需要年长的皇帝。”

“那成王的弟弟呢？”方孝孺仍是穷追不舍。

“这是我们的家事，”朱棣怀着极大的耐心说，“就不须先生操心了。”说着叫手下拿来纸笔，“请先生草拟诏书。”

可方孝孺拂袖而起，掷笔于地：“我是不会与乱臣贼子同流合污的！”然后，边哭边骂。

“这诏书先生非写不可！”朱棣命几个武士强逼方孝孺写。

方孝孺一挽袖子，写下令人触目惊心的四个大字：燕贼篡位。

“你就不怕我诛你九族？”朱棣咬牙切齿地说。

方孝孺大义凛然地回答：“诛我十族又有何妨？”

朱棣彻底爆发了：“好，那我就成全你，灭你十族！”

他气急败坏地下令将方孝孺凌迟处死，并且抄家灭九族。

除夕这天，为了凑够“十族”，把他的学生也杀了头。遇难者达八百七十三人之多，遭流放的达数千人。

方孝孺这种“贯金石，动天地”的气节，被鲁迅先生称为“台州式的硬气”。

游览方孝孺故乡时，庞泮忽然联想到天台山石梁飞瀑，也想起天台“铁面御史”鲁穆和名满天下的硬头官包拯，他猛然觉得，他们就像横空飞架无比刚直的石梁，又像如同虎啸狮吼悬空倾泻三千尺奔腾怒吼的飞瀑一般慷慨激昂。虽然世上有不少人指责方孝孺有点迂腐，但他觉得：人若是没骨气，岂不成了一只软虫？这种人云亦云毫无主见风吹两边倒没有骨气的人，是社会上的渣滓。那“铁面御史”鲁穆，那坚持自己的理想信念，哪怕坐牢、杀头、诛灭十族也不后退半步动摇半分的方孝孺，那不惧权贵敢于冒犯皇帝，敢于向皇亲国戚开刀的包拯，是社会的精英！他们惊天地泣鬼神的硬直阳刚之气，岂不是我们中华民族的精魂？我要以这些人为楷模，为了理想信念，为了国家和百姓，头可断，血可流，浩然正气不能丢！

## 二、历经磨难方中举

日月如梭，很快庞泮已经长成二十岁的后生。自从十八岁那年中秀才，由于家里穷，他再也没有条件读书了，只得在家自己谋生。家里田地少，兄弟多，没有田地可种，拿什么谋生呢？俗话说，百无一用是书生。因为从小读书，他没有木匠、泥瓦匠等工匠特长，不能靠手艺谋生。不过，好歹他中了秀才，取得了读书人的初级资格，去私塾里谋个教师的职位还是可以的。于是经接洽，他去董家殿私塾当了一名教书先生。

此时的庞家，已是有数十口人家的大家庭。大哥庞洪、二哥庞淳、三哥庞泽都已经三十多岁，早已娶妻，有了多个孩子。就连最小的哥哥庞淑，也已二十多岁，早到了谈婚论嫁的年龄。可是因为家里穷，四哥、五哥都未成婚。三个大的哥哥，都已从大家庭里分出去住。由于兄弟多房屋少，三个哥哥每人只分得一间老房。没有屋住，父亲庞公序只得东挪西借，费尽九牛二虎之力，好不容易才筑起两间泥墙屋，供父母亲和三个小兄弟一家五口人居住。其中一间屋当卧室，前后隔开，后半间作父母的卧室，前半间作庞泮两个哥哥的卧室（两人同睡一张床）。另外一间，作厨房和猪圈。前面大半间，砌上三眼灶（可放三口大小不同的铁锅），放上一口水缸；后面留小半间作猪圈养猪（还等着养一口大肥猪，过年时宰了招待四方亲朋好友呢）。这样一来，家里已无庞泮立锥之地。没有办法，庞泮只得以校为家，睡在学堂里了。从此，他开始了漫长的教学生涯。

每到夜晚，学生们离开学堂，庞泮就摆开做学问的战场，摊开四书五经，或读书或写作诗文。

炎热的夏夜，屋里闷热如蒸笼，他挥汗如雨，两脚泡在脚盆的水里；寒冷的冬夜，屋里冷若冰窟。他那满是冻疮的手，拿起冰冷的毛笔，写诗作文。手冻僵了，他用嘴里的热气呵呵双手继续写。

尤其到了隆冬腊月，放了冬学的学堂，寂静得如同深山古宅，又好像一座死寂的古墓。他在如豆的油灯下攻读。大雪漫漫，北风呼啸如同虎啸狮吼。饥饿的狼群在书房周围发出的可怕的嗥叫声和阵阵松涛的怒吼声，互相应和，令人心头突突地颤抖。窗外那萋萋荒草坟堆中，会不时地闪烁起或明或暗的鬼火。忽然，他看到有一盏鬼灯，从小山岗上慢慢地游移过来，其间还夹杂着鬼魂那凄凉的叫声。他不禁毛骨悚然，头皮发麻，脊梁骨阵阵发凉。“莫非鬼魂也怕寂寞，来找世人做伴?”他想。看，山冈上那盏鬼灯，正是朝学堂而来，他怕自己寝室里的灯火会引来鬼魂，连忙灭了灯火，钻进棉被里睡觉。

家里人口多，棉被十分紧缺。庞泮盖的这床棉被，大概是从庞泮爷爷奶奶的父母那里流传下来的，不但结实得像一块木板，而且上面七孔八洞，就像狗咬过一般；千补万纳，如同老和尚的百衲衣。还污渍斑斑，据说是小孩儿夜里尿床造成的。庞泮冻得浑身瑟瑟发抖，忽然，他心里一激灵，吟出一首诗：

千补万纳尽污渍，布衾数代冷似铁。

瑟瑟发抖难入睡，饿狼嗥叫肝胆裂。

鬼灯明灭动魂魄，最是难熬风雪夜。

古人云：穷且益坚，不坠青云之志；又道：雄才自古多磨难。温室里的花朵经不住寒霜。于是，吟道：

冬夜难熬我要熬，鬼灯闪烁何所惧；

饿狼嗥叫奈我何，布衾寒冷心不虚；

待到明日去大比，庞泮誓把金榜题！

经过许多个严寒酷暑的煎熬，青年庞泮学问大进。二十五岁那年秋天，他东挪西借拼凑了一点儿银两，与几个同年秀才一起，赴省城杭州乡试。

三场考罢，庞泮自我感觉良好。他觉得，这回虽说中前几名没有希望，但考上应该没有问题。回到家乡天台，他把文章的底稿拿给县城书院当年自己的老师，如今已是书院山长（校长）的史望岳先生看。史先生边看边点头，接着捋捋胡须，露出欣慰的笑容。但是最后猛地一拍案桌："庞泮你这届完了!"

庞泮一惊。接过一看，原来在结尾一段，不小心在赞扬皇上拨银两赈灾时把"当今皇上好生之德"中"好生"两字写成"好色"，结果，由赞扬当今皇上变成了贬斥。

庞泮顿时呆若木鸡。

"下届再去吧。"史先生说，"文章写完一定要认真校对一遍，尤其是要注意稿上的关键词语!"

呜呼，数年的苦战毁于一个字，数年的汗水全部白流！庞泮心头在滴血。

光阴匆匆，很快又过了三年，新的一届乡试又来到了。经过三年的攻读和磨砺，庞泮学业大进，对此届中举充满信心。他经常把自己的诗文抽节假日拿给县城的史先生看，每篇都博得史先生满意的笑容。

然而，天有不测风云，人有旦夕祸福。就在乡试前夕的七月半，原本身体还算硬朗的父亲，突然一下子晕倒在地——中风了，接着便卧床不起，身体半瘫，大小便不能自理。母亲体弱多病，四哥、五哥出外谋生不在家，因此照顾父亲的重担便落到庞泮的肩上。

"几个弟兄数你读书最好，全家人读书的希望就寄托在你的身上。我们一家自从来到天台，已经接连五六代没有出过一个举人了。但我怕是等不到你出人头地的那一天了——"每逢为父亲翻身，为他擦汗擦身子时，病中的父亲总会这么说。父亲一边唠叨，一边又说："你不必瞎子点灯——白费蜡，日夜守在我身边。我的病我自己心里有数，这回劫难是逃不过了，你去温习诗书准备应考吧。"

"不，父亲的一生够操劳了，我不能让他带着巨大的遗憾走！"七月底，当四哥、五哥回到家里，庞泮带着好不容易筹集来的五两银子，打点行装，告别父母和兄弟，踏上了去杭城乡试之路。他对兄弟们说："各位哥哥，拜托你们照顾好生病的父亲。"又对病中的父亲说："爹，我去杭州赶考了。你一定要好好养病，等着我的好消息！"

"这一届你要向解元冲击！"听了史先生的鼓励，庞泮斗志昂扬。

"但你必须牢记上届的沉痛教训，誊抄考卷后一定要认真校对，丝毫不可马虎！"先生再次提醒他。

"先生，以前的错误我决不会重犯了！"在走进考场的那一刻，庞泮心里说，"本届我一定要发挥出自己最好的水平，考出最好成绩，向父母报喜，以慰藉重病的父亲和长年辛劳体弱多病的母亲！"

八月上旬三场过后，庞泮对应考情况基本满意，但仍是留下不尽如人意之处：这届考试，因为天气特别炎热，在考场挥汗如雨，因他带的面巾太小，擦得面巾湿透，以至于他的手一按到卷面上就是一个印，弄得考卷不少地方都湿了，结果写上去的毛笔字就被汗渍洇得模糊，造成了卷面不少地方不太清晰。本届乡试，他是奔着"解元"而去，看起来，由于卷面不清，要实现"解元"的目标就悬了。

不久，乡试发榜。庞泮虽说与解元失之交臂，但成绩仍是很不错，以诗经突出而中举，名列乡试第五名。

"泮儿中举了吗？你们没有骗我吧？"当敲锣打鼓传来庞泮中举的喜讯，庞公序不禁在床上大声叫道："快背我出屋，我要亲眼看看泮儿中举的喜报！"

庞泮背着父亲来到门前。屋前的那棵桂花树，桂花开得正浓，随着微微荡漾的秋风，香气阵阵，沁人心脾。庞老汉闻着这香气，心里感到惬意极了。

此时的庞老汉因为生病，早已视力很差，看不清字了。他贴近喜报一边看一边用手摸，当听到“浙江省台州府天台县庞公讳泮，以诗经中成化十三年乡试第五名举人”时，不禁动情地说：“泮儿，我可爱的小子，好样的！你给我们庞氏争了气！”他只说出这么一句，就涕泗横流。

接着神奇的一幕发生了：只见他一下子从儿子背上滑下来，竟直直地站立着，久久地抚摸着儿子中举的大红喜报，高声呼喊：“天大的喜事！我的小子中举了！”接着又喃喃地说，“我们庞氏盼了一代又一代，好不容易才盼来你这颗文曲星。我不识字，一辈子受了多少气，遭了多少罪！哈哈，现在好了，再也不用受那窝囊气了！”

说到这里，老汉竟跪倒在地，连声不迭地说：“举人老爷，文曲星，请你原谅我，是我差点儿把你溺死啊！”

“爹，你糊涂了吧。”

听了庞泮的话，老人道：“我没糊涂。”说着，立即吩咐妻子曹氏，“你把房间里旧樟木箱底那个小布包拿来。”然后打开包了三四层的小布包，抖抖索索地取出一块闪闪发亮的银子，对儿子说：“快，快拿去赏给报喜人！他们还等在门口呢。”

庞泮和一帮兄弟，正为没有钱打发报喜人而发愁，见到这块银子，仿佛得到从天而降的宝贝。报喜人得到足足有三两银子的赏赐，纷纷兴奋得把锣鼓打得更加起劲，气氛也更加热闹了。

当庞泮和众兄弟送报喜人回来，却发现父亲嘴里冒着白沫，倒在门槛脚，他们连忙把父亲背回床上。老汉在床上躺了两个多月，于这年冬天的十一月十九日长逝，享年六十五岁。

临终这天，父亲的气色很好，很健谈。他对庞泮说了许多话。

“我相信你能中进士，能做官。”庞老汉信心满满地说，“我到平镇街上那个测字看相的张半仙那里去过，他说你虽然个子矮，但天庭开阔，双眉粗黑，声音洪亮，能当不小的官。”

“张半仙的话你也信？他是为了骗你钱哩！”听到儿子这样说，老汉很不满：“你说他骗我钱，我一个穷人，有什么钱？”接着又摆出了另一条理由：“你姑父和史先生，都说你才学超群，胸中有一股好人（浩然）正气，可以当京城巡按御史那样的大官。”

老汉不懂官场的事，他不知道京城一个普通的监察御史，官衔只有七品。他是在戏文里看到御史出京便是七省巡按，七省之内文武官员都有权罢免和提拔，权力大得很。此刻庞泮也不想向父亲解释那么多，他知道越说父亲会越糊涂的，只是说：“您老一辈子辛劳，没有享过福。等我做上官，让你好好享享清福。”

“我是看不到你做官的那一天了。”老汉苦笑着说，“我年已六十五，况且长年有病卧床，随时都有可能走。”

“爹，你争取活到七十岁，我就可以让你享福了，起码再坚持一年。”庞泮在心中盘算：会试是全国大比，多少饱学之士被拒之进士门外，谁也不能保证自己就一定能够成功。他估计，自己需要考两届，才有把握冲上去。若是顺利，明年会试就考上，做官的梦想在父亲生前得以实现，那该多好啊！父亲笑了笑，道：“古话说，人生七十古来稀。我能活到六十五岁，又亲眼看到你中举人，已经心满意足了。如果你以后能中进士、做官，那真是祖坟冒青烟了。我这一生别无所求，只愿以后能得个皇上的诰封，就含笑九泉了！”

“爹，你好好活着，我一定尽早实现你的愿望！”不过，庞泮对自己四年内就能中进士的估计，还是太过乐观了。实际上，他中进士要在六年之后，做官要等到第十个年头呢！

由于已经中举，庞泮的身份地位大大提高。虽然他家里依旧穷，但银子有地方借，帮忙的人也多了。因此，父亲的葬礼也办得比较体面了。葬礼过后，庞泮独自来到父亲的坟墓前，默默地说："爹，我不会让您的愿望落空的，你等着看儿子的实际行动吧！"

## 三、蒋膺紫慧眼嫁庞矮

庞泮中举后，已经二十八岁的他，才不得不开始物色对象，筹备婚姻大事。二十八岁，这在农村，已经是大得不能再大的年龄了。在这样的年龄还没成婚，往往是两种人：一种是既无田产又无房产，穷得上无片瓦下无地基、风扫地月当灯的赤贫户；另一种就是缺胳膊少腿独眼一类的残疾人。庞泮不谈论婚嫁，用他自己的话说是：功名未就何以家为？但也存在现实的无奈：一个兄弟众多家无田地产业，没有半间房屋立足的穷青年，哪个姑娘愿意嫁？但中举后的形势改变了，已经陆陆续续有媒人慕名上门提亲。可是当女方家人来到庞泮家一看，心里不禁凉了半截：无田无地，连半间住房也没有，在学堂的半间小屋里栖身。这样的家，哪怕长得再英俊也白搭，何况还是个其貌不扬的矮个子！姑娘嫁给他，连住的地方也没有，哪个姑娘愿意去？哪家姑娘的父母放心？因此看后都直摇头，纷纷打起了退堂鼓。

庞泮一方的亲朋好友，为庞泮说媒，往往夸耀："庞泮是文曲星下凡，年纪轻轻就是举人老爷，以后前途无可限量！一定会中进士做官的！"可是世人是非常讲究现实的。女方的人听了这话，往往微微一笑，回答道："你说的也许没错，庞矮以后很可能会前途无量中进士做大官，但那是悬在半天的事，谁能保证？"庞泮现在的身份风光体面，是举人老爷没错，但举人老爷做不了县官甚至连八品的县教谕也当不上。没有朝廷俸禄，光名声好听有什么用？姑娘去了怎么过日子？娶亲首先要有屋。造屋要钱，娶亲要钱，光凭"举人老爷"这个招牌，能给他生出白花花的银子吗？庞泮连半间屋的立足之地也没有，哪个姑娘愿意钻进那个穷窟窿里受罪？

世俗的观点很现实，就像当今社会一个大学生没有工作在家待业一样，没有收入是没有丝毫吸引力的。

在这期间，也有一个富家小姐，听说庞泮才学好，是个举人才子，以后很有发展前途，因此慕名前来探听消息。她说没田没地没房屋都不嫌，因为自己家是富户。可是到了庞泮家一看，庞泮为父亲办丧事欠了不少外债；庞泮的娘一年大半时间卧床，脸色发紫，哮喘病犯起来上气不接下气，咳嗽连续不断几乎咳断了气。这种情况，把她吓跑了。

当然也有缺嘴、独眼、瘸腿、聋哑等残疾姑娘，羡慕举人老爷之赫赫大名，愿意嫁给其貌不扬的庞矮，其中不乏富家之女。这令庞泮十分恼火，他发下一个狠誓：此生不娶便罢，要娶，便娶一个聪明伶俐、如花似玉且知书识礼的好姑娘！在为父亲守孝期间，他丢下个人婚姻大事再也不去多想，重新把精力投入钻研学问、写作诗文之中。

“我要考取进士，要去做官从政，既为自己谋一条出路，更要为国为民干一番不平凡的业绩！”庞泮心想，“大丈夫何患无妻？只要我能中进士，娶妻问题便迎刃而解，到时何患没有好姑娘跟我？”

就在庞泮寄居白鹊寺那间小屋，白天在私塾教书，晚上攻读书本、写诗作文之际，八月十五中秋节这天傍晚，忽然来了两顶小轿，就是这两顶小轿的到来，使庞泮对婚姻的态度发生了根本变化。

这天黄昏，白鹊寺山门前停下两顶华丽的小轿，轿里走出一主一仆两个年轻姑娘。原来，这位年纪十九岁的小姐，正是湖窦镇泉井村员外蒋守忠的女儿蒋膺紫。十三四岁的小姑娘，便是丫鬟采莲。蒋小姐来寺院，是为自己终身大事进香许愿。

话说蒋小姐在丫鬟的陪伴下，来到大雄宝殿。面对大慈大悲的观世音菩萨，蒋小姐双手高举一炷香，虔诚地喃喃祷告：在下湖窦镇泉井村蒋膺紫，年已十九岁，去年因故婚姻不顺横遭波折。愿菩萨大慈大悲，保佑民女婚姻顺利，吉星高照，找个才高八斗、学富五车的才子！

这个蒋小姐，虽然年轻貌美、知书识礼，而且家境富裕，但是去年中秋节的一场出嫁风波变故，令她至今待字闺中。去年秋天那场婚姻变故，蒋小姐回想起来，仍感到无脸见人。

蒋小姐原来与天台大西乡湖窦镇黄水村大户人家叶公子订了婚。黄水村是个有五六百户人家的大村，叶公子家有良田百亩，竹木林上千顷，是黄水村首屈一指的财主。再说这叶公子的父亲与蒋守忠员外是生意场上好朋友，于是，在叶老员外的极力怂恿和恳求下，蒋员外便欣然把掌上明珠膺紫小姐许配给了叶公子。

令蒋员外没有料到的是，这一看似佳偶天成的联姻，很快便因一桩变故使两家反目成仇。

话说中秋节这天，正逢良辰吉日，新娘出嫁黄水村叶家。

轿子行进了三十里，抬到西山岭头，已近中午时分。此时，艳阳高照，轿里热气腾腾。蒋小姐不禁神思恍惚、昏昏欲睡。忽然，她做了一个美梦：梦见自己成了诰命夫人，受到皇帝的召见。进了皇宫，受到皇后娘娘的热情招待，并且被皇后娘娘留宿，此夜和皇后娘娘同睡一屋，丫鬟端来镶金描凤的马桶给她使用。于是，她就在金马桶上，痛快地撒尿拉屎。

此刻，叶姓夫家的接亲队伍，接到新娘，只闻到轿内臭气熏天，打开轿帘一看，只见蒋氏裤子淋漓。鞭炮和鼓乐声，使蒋氏从美梦中惊醒过来。“这冲天臭气从何而来?”面对夫家众人的询问，她无言以对，羞愧万分。

“这人大白天竟拉屎拉尿，看来不是正常之人!”于是叶姓夫家立即休了蒋氏。新娘随轿子回转泉井娘家。娘家人觉得很丢脸，蒋氏母亲失望地说："女儿今生没有嫁财主享福的命，名声一臭，怕再也难以嫁出去了。"

可蒋膺紫自负地说："一个土财主有什么稀罕的？我不嫁则已，一嫁就要嫁个文曲星——至少是个举人老爷，还想给蒋家带来一个进士呢！"

可是等了整整一年，蒋家门前依然没有等来一个媒人，更不用说是举人或是进士家的媒人。她很焦急、很苦恼，也很无奈。一天，她做了一个怪梦，觉得很不吉利。于是，她乔装打扮成一个后生，带着书童（丫头装扮），来到平镇集市那个从南京来的"神相"摊前，把自己做的怪梦说给先生听："这是百花盛开的春天，村里家家户户的房前屋后，都是树木葱茏，鲜花盛开。但是，唯独我家后花园的各种树都干枯了。我走出大门，来到野外，突然，一条龙从广阔蓝天上飞下来，抱起我，腾云驾雾而去。我吓得大叫，便醒了过来。"

"客官，你想看什么？是想问财富还是功名或是婚姻？"看相先生一问，蒋小姐却支支吾吾说不出来。

"你大概是问婚姻吧。"听到神相先生这么一说，蒋小姐不禁一愣，随即点点头。

看相先生是从她皮肤和话语判断出来的。因为男子很少有如此雪白粉嫩又白里透红的皮肤，加上她的话音特别轻柔细腻，一听就是女子的声音，而且是一个富家小姐。

"恭喜小姐，你的梦不是噩梦，而是一个美梦。"神相先生解释说，"在鲜花盛开的春天，你家的树木却是干枯的。这岂不正应了一句老话，叫作枯木逢春、老树发芽的典故吗？"神相先生进一步分析，"广阔天幕下的一条龙，飞下来抱起你，这无疑暗示着有一个姓庞的非凡人物，很快要做你的夫婿。你将有一桩美满的婚姻。"

听了神相先生的话，蒋氏大喜，但很快她的心情又忧郁起来。

“机会在哪里？我应该怎么做？”她问先生。

“抱着你的那条龙，是向哪个方向而去？”神相又问。

“我当时辨不清东西南北。”蒋小姐竭力回忆，“只知道，是朝树木森森、云雾缭绕的一处大寺庙飞去，耳朵里还听到喜鹊的欢叫声。”

“这个姓庞的贵人，无疑是在寺庙里，而且这个寺庙应该和喜鹊有关系。”神相圆梦说。

蒋小姐一想，和喜鹊有关的寺庙，莫非是白鹊寺？她把此事一说，神相立刻道：“那就对了。俗话说，喜鹊叫，好事到。机不可失，时不再来。小姐应抓住这个良机，切不可错过！”

于是，蒋小姐趁中秋节之机，来到白鹊寺进香许愿，刚好邂逅正在看书的庞泮。蒋氏问：“先生如此用功，莫非是想参加下届乡试？”

青年书生看到一个穿着白色湖纱、体貌姣美的妙龄小姐相问，而且懂得乡试这个词，知道是个大家闺秀，于是礼貌地回答：“不才举人倒是已经中过了。不瞒小姐说，我是想借寺庙清静之地读书写作，准备赴京参加会试大比。”

听到眼前的青年人年纪轻轻就已高中举人，而且还要进京考进士，蒋氏不禁刮目相看，顿时生出爱慕之情，于是大着胆子好奇地问：“请问公子贵姓大名？”

“免贵姓庞名泮，号石壁。”一听说这个才子姓庞，蒋小姐心中大喜：神相的话，不想就应验在此人身上。于是她放下小姐的矜持和羞愧，立即和眼前这个陌生人交谈起来。

“哦，您就是名闻遐迩的大才子庞泮公子。失敬失敬！”

“哪里称得上大才子和公子！”庞泮苦笑了一声，自嘲道，“我就是家里穷得叮当响、上无片瓦下无寸地、其貌不扬、没有姑娘愿意嫁的花墅庞矮。”不知为什么，庞泮此刻有一种压抑不住的情绪，仿佛火山爆发一般，话语竟如同石梁飞瀑往外喷溅。

"能够安邦治国的人，即使最矮也是伟人；胸无点墨、没有本领的人，哪怕最魁梧也是侏儒。"蒋小姐说，"像您这样一个文曲星，哪个姑娘不愿意嫁？恐怕想嫁您的人，都排起长队了吧？"

此话一出，庞泮大惊，不禁对蒋氏刮目相看。好一个见识非凡、千里挑一的姑娘！他立即问："小姐贵姓？哪里人氏？"

"奴家就是臭名远扬，远近无人愿娶的泉井村蒋氏——蒋膺紫。"

"英字，"庞泮沉吟道，"是英雄的英吗？"

"不是。是义愤填膺的膺，紫微星的紫。"

"臭名远扬姑娘"的几句话，立刻吸引了家庭贫穷却心高气傲的庞泮，他立即认定：此生非此女不娶！此女不但容貌美丽，而且知书识礼，若是娶她为妻，定能助自己事业。想到这里，他含情脉脉地说："我人到中年，至今未娶，又是有名的矮子，样子丑，不知姑娘是否愿意嫁我？"

"你这个举人老爷不怕我是傻子，拖累你的灿烂前程吗？"

"凭你刚才说的几句话，你就是最最聪明的踏破铁鞋无处寻觅的好姑娘！"

于是他很快亲自带上几样礼品，前往泉井村求亲。蒋小姐父亲蒋守忠员外，看到新科举人庞泮亲自上门求亲，感到十分高兴：女儿的终身大事终于有了着落，而且是个才子，也不枉女儿的才貌。可是妻子"江东狮"一听说男方是花墅后洋山村的庞矮家，就不愿意了。

"田地无一石（两分），房屋无半间，家里穷得像被大水冲过一样。女儿嫁到这种人家，还不是喝西北风？不是饿死就是冻死呀！"她吼了起来，"你若是把我的宝贝女儿塞到这个烂死穷人家，我就跟你拼了，就一根绳吊死算了！"

有点儿惧内、怕妻子寻死觅活的蒋员外，气得直摇头："你这个不明事理、不知轻重的婆娘，你准备叫如花似玉的女儿永远嫁不出去吗？有举人做女婿，你还不满意吗？要是耽搁了女儿的青春，你负责！”说着连连叹气。

“你这老牛，哼唧什么？”“江东狮”冷笑着挖苦道，“举人能顶屁用？它能换来田地，换来房屋，换来银子吗？”

“现在或许还没什么大的用场，等以后中了进士就有大用场了。”蒋员外争辩道。

“以后的事，半天挂木槌，好比天上飞的大雁，抓不到手里，有什么用场？”一句话说得丈夫张口结舌。庞员外只是不住地说：“你，你，这个头发长见识短的婆娘，唉，跟你没理说！”

正当夫妇俩吵得不可开交之时，蒋膺紫小姐出现了。

“娘，这个夫婿，是我千寻万觅好不容易才找到的。我只看重他的才学和人品，不管他怎么穷，我这辈子非他不嫁！爹娘如果给我一份比较厚的陪嫁，那更好；如果娘一定不同意，我就净身出门，以后再也不登娘家的门。”蒋小姐决绝地说，“大不了我像戏文里的王宝钏，和庞公子去住寒窑。我相信庞公子一定会有出头之日。我要等到庞公子苦尽甘来的时候！”说完，她不禁放声大哭。最后，母亲拗不过女儿，只得同意了这门婚事。

## 四、姑父雪中送炭解危难

庞泮虽说和蒋膺紫小姐订了婚，但怎样把她娶进家门，却令他犯了难。按家乡风俗，娶亲，首先要给岳父家送点儿彩礼，接着自己家要办酒席，邀请亲朋好友。这需要不少钱。前不久订婚时，送订的钱，还是县城姑妈送来五两银子，才算定下这门亲事。但娶亲还有一个最最重要的条件：必须有房子。没有房子，新娘来了何处栖身？如今我连半间房子也没有，怎么娶亲？想到这些，庞泮急得茶饭不思，夜不能寐。

再说泉井的蒋膺紫，自从订婚后，也在肚里盘算：庞公子家地无一垄房无半间，怎么操办婚事？于是对父亲道：“爹，庞公子家连遮风挡雨的地方也没有，怎么将我娶过门？”

“要不咱们家腾间房子给你们作新房，干脆把新郎官倒娶过来算了。”

听了父亲的话，蒋小姐觉得不妥。做倒插门女婿通常是那些兄弟众多穷得娶不起妻子、做苦力的光棍汉，在社会上低人一等，往往抬不起头。庞公子虽说家里穷，但不是生活在底层的苦力而是举人老爷，因此不能倒插门。想到这里，她对父亲说：“庞公子是举人老爷，决不会做倒插门女婿。如果您打算让他倒插门，女儿的婚事就黄了！”

“那我办体面的嫁妆为你出嫁。”

“爹，您准备给女儿多少嫁妆？”

“你上回出嫁黄水叶家，是三十六人行廊（抬嫁妆），现在要嫁的是远近闻名的举人老爷，为父准备把你之前的嫁妆全部给你，再加十八杠（两人抬一件东西为一杠），办个七十二人行廊。另外，再给你白银二百两，让你风光出嫁。”蒋员外边说边盘算着准备给女儿的嫁妆：柏树大被橱、箱橱、双并橱、开箱、樟木箱四只、羹橱；睡柜、床头柜、桌椅凳；大铜壶、蜡酒壶、蜡台、铜脸盆、铜火笼；饭蒸、饭桶、马桶；棉被四条；碗盏盆瓢筷；还有口袋、蚊帐、竹篮、米筛、糠筛、凉箱盒；还有耕牛、犁、耙……

“爹，你办七十二人行廊，这么多的嫁妆，要花很多银子吧？”蒋小姐问。

“那当然。”蒋员外略一思索，“全部算上，大概要花四百两银子。”

“你给我这么多的东西陪嫁，庞公子连房子也没有怎么放置？”

蒋小姐一句话便把父亲问住了。蒋小姐慢条斯理地说："那你还不如给我六百两银子作为陪嫁。这样的话，庞公子不但可以造起房子，而且连娶亲办酒席的钱也有了。"

"你这算盘打得够精明哟！这样的话，原来给你预备的那全副嫁妆，岂不放在家里白白浪费了？而且要另外增加一大笔银子的支出哩！"蒋员外说着不禁皱起了眉头，"而且家里也没有这么多的现银呀。"

"爹，原先那副嫁妆不会浪费的。"膺紫小姐早已算好了，"它可以留给我妹妹做嫁妆。"她补充道，"妹妹已经十七岁，很快就要出嫁。家里若是没有这么多的现银，我只要五百两就行。"

"那你妹妹以后也像你一样全部要银子陪嫁，不要这副嫁妆怎么办？"蒋小姐母亲不知什么时候已经走到蒋员外身边。

"我妹妹的命运一定比我好，她不会再嫁像庞公子这样穷的人！"

母亲顿时无话可说，蒋员外也只得点头答应："好吧。不过这样一来，为父得卖掉布店才能筹措——差不多要倾家荡产了。"

于是，蒋膺紫小姐得到了五百两银子。她立即派可靠的人约庞公子前来领取。当庞泮看到五十两一锭、足足有十锭雪白的大元宝时，顿时惊得目瞪口呆。他打开未婚妻蒋小姐用小楷写给自己的书笺：

> 庞公子，这是家里给我的五百两陪嫁银子。望迅速择地基，花二百两建造房屋，用二百两办喜酒请客，余下部分留给我们婚后生活和供你读书会试用。

"啊，我的知己，我的最最贤惠的妻子！你不是凡间之人，而是天上下凡的仙女！"庞泮把信笺紧贴胸前，感动得热泪盈眶。接着，他立刻找来几个兄弟商量。长兄如父，由大哥调派各个兄弟，分头落实安排泥瓦匠、木匠、挖地基、采购木料等有关事宜。

俗话说，有钱好办事。此刻，兄弟多成了一大优势。庞泮兄弟多，膺紫兄弟也多，加上庞泮是新科举人，亲戚邻居谁都愿意帮忙，因此只用了几个月时间，一幢三间两厢的二层漂亮楼房，便在后洋山庞泮老屋旁边耸立。第二年正月初四，庞泮便将膺紫娶进了门。

然而，就在新房落成之际，庞泮母亲曹氏病势加重。早早把膺紫娶进门，目的是给婆婆“冲喜”，好让婆婆的身体快快好起来。蒋氏过门后，为婆婆递茶端汤熬药，擦身洗脚，十分孝顺，但仍是挽救不了严重肺气肿和老年咳嗽病的婆婆，她的生命只延续了三个月，待到四月中旬，婆婆便咽气了。送葬了母亲，庞泮在家守孝读书。

吃用不愁的日子过得很快。三年的守孝时光，不知不觉便过去了。俗话说，坐吃山空。几年来，庞泮守孝没有丝毫收入，父母丧葬后留下来的几十两银子，在三年光阴中早已花光。接下来的日子该怎么过呢？

蒋氏从平镇集市上，买来一辆纺车和一部织布机，学习纺纱织布。

“夫人，你是大户人家的小姐，从来没有干过这种活，怎么吃得起这个苦？”说着，庞泮就要上前帮助妻子缠棉线。

“这个不用你沾手。”蒋氏道，“我要你把全副精力都用到攻书和写作诗文上！”

“保证以后还你一个进士！”庞泮发誓。

“好，可不准说空话哦！”蒋氏鞭策道，“你说的‘以后’，是五年、十年，还是十五年？若是等十年，甚至十五年，那可是太长了——很可能我等不到那一天呢！”

“别瞎说，你比我年轻十岁，现在才二十四岁，过十年也只有三十四岁，正当壮年。即使过十五年，你也不到五十岁，怎么会等不到呢？”

“天有不测风云，人有旦夕祸福。谁能保证自己一定会再活十年甚至十五年?”

“给我两届六年时间，我一定还你一个进士!”庞泮信心十足地说。

“好，我盼着你中进士的那一天!”蒋氏说的可能等不到十年，当时完全是一句戏言，因为过十年，她也只有三十四岁，正当壮年。但不想她一语成谶。因为守孝，因为生了个女儿，庞泮错过了成化十七年（1481 年）的会试，直到成化二十年（1484 年），他才踏上进京会试之路。

为了过日子，庞泮准备找个私塾的教职。凭堂堂举人的功名，找个教书的职务还是容易的。但是教私塾有两大不利：一是收入微薄，仅够一个人糊口，可如今家中有三口人；二是私塾的学生大多是儿童，做孩子王，既浪费时间又耽误青春，自己根本抽不出更多的时间和精力读书写作，作考进士的准备。

“夫人，没有做晚饭的米了。”丫鬟小翠中午淘米做饭时告诉蒋氏。

“这么快，刚借来没几天，便吃完了?”蒋氏在心里嘀咕。没等到吃中饭，她就把四岁的女儿托付给小翠带，简单梳妆打扮了一下，便心急火燎地往泉井娘家赶。

蒋氏是个小脚女人，无钱坐轿，只得步行。阳春三月，虽说桃红柳绿，鸟雀鸣啭，但她无心欣赏。亏得只有七里路，大约在下午三点钟，便赶到泉井村。

年过花甲的父亲，此刻正卧病在床。母亲已去世两年，父亲又续娶了继母。蒋氏一走进父亲房间，继母刁氏就开口道：“哈，是哪阵风把你吹来了？你是特地来探望你生病的父亲吗?”继母见蒋氏没带一点儿礼物，就故意呛她。两句话就窘得蒋膺紫脸色通红，不好意思地说：“娘，我不知道爹生病，如果知道，哪怕再穷也要带点儿礼物，不会空着两手来的。”

“说笑话，你怎么会穷呢？”继母冷笑道，“你出嫁时可是西乡闻名——七十二人行廊呢！还有五百两白银哪！再说你又嫁的是远近闻名的举人老爷，只愁发迹不愁穷呀！”

几句钻心咬肺的话，令蒋氏进退两难，留不是走不得。于是，她只简单地问了问父亲的病情，便逃出了父亲的房间，来到一个哥哥家。她有五个兄弟，这是四哥家。心直口快的四嫂见膺紫来到，连忙上前道：“妹子，你今天来可是来偿还去年借的那一贯钱（一千个铜钱）吗？如今正是青黄不接的时节，你若是还钱，那真是雪中送炭，可以解我们的燃眉之急——拿来买米呢！”小姑出嫁时，拿去价值五百两银子的嫁妆，造起两间新楼房，可他们夫妇俩却住两间老屋，她一直心里很不平衡，于是趁此机会抢白。

“四嫂，我眼前还没钱还你，等我们有钱了再还你好吗？”膺紫边说边退，转身往关系比较好的三嫂家走。刚走到门口，便听见孩子的哭声。进门一看，原来是九岁的侄子，爬树摘杏子从树上摔下来，一只脚跌得骨折了。侄子连声喊痛，痛得脸上直冒冷汗。三哥双手抱着头蹲在地上束手无策。膺紫焦急地说：“这伤耽搁不得呀，应立刻去平镇集镇，请那个有名的潘郎中接骨才行！”

“你说得轻巧，请接骨郎中钱很贵，至少得两贯钱呢，可我们家里哪有？”三嫂诉苦说，“我想向婆婆借点儿钱救急，不想她几句话就把我轰出来了。她说：你公公躺在床上好多天，郎中瞧了好几次，银子花了好几贯，也诊断不出是啥病。照此下去，你爹积攒的几两银子很快就会花光。要是有个三长两短，连丧葬费还不知道去哪里凑呢。”几句话如冰雹般当头砸来，立刻把三嫂砸出了门。

“三哥，事不宜迟，你们立刻去镇上接骨诊所找潘郎中，就说是花墅庞举人的侄子，叫他先接骨，医疗费先记账，由我们做保人。我家庞相公认识平镇镇长，我回家后叫庞相公找镇长跟潘郎中说说，反正又不赖账。我想，这点儿面子，他们不会不给的。”

三哥三嫂一听这话，立刻找了一辆人力车，拉儿子往集镇平镇而去。

膺紫刚走进大哥家门，一阵爽朗亲切的笑声便传了过来：“小妹，今天怎么有空回娘家看看?”长兄如父，年过四旬的大哥对自己最宠爱。在她的印象里，自己童年时经常趴在大哥背上。看到小妹面带愁容，读过私塾、思想开通的大哥，知道她大概又遇到了生活上的难处，便问：“小妹，有什么困难需要帮助的?”

因为去年借的三斗大米还没有还，膺紫实在开不了借钱的口，如今大哥主动问她家中困难，她便开口了。

“大哥，我家又没米下锅了，想借点儿钱买米。可是爹卧病在床，三哥儿子要请郎中……”她攀住大哥的肩头一说，便流下了泪水。

“没事没事，这不是什么大事，有大哥家吃的，就不会让你一家人挨饿的!”大哥一边安慰，一边立刻吩咐妻子，“你看看我们米瓮里还有多少米?粉缸里还有多少玉米粉?”

大嫂上楼看后回来说：“大米还有两斗多，玉米粉缸还满呢。”

“那你把大米量二斗，玉米粉称二十斤，给小妹。”大哥说，“先拿去凑合着吃一段时间，吃完再来拿。”然后又走进里屋卧室，从柜里拿出一贯钱塞给膺紫，说：“家里只有这点儿现钱，莫嫌少。等以后毛竹卖了，再留点儿给你。”可她不拿这钱。她不好意思地说：“我至今还欠着你们三两银子。现在借去，还不知道啥时候能够还上呢!”

“甭说这见外的话，快拿着!”大哥把钱塞进膺紫手里。

“那当我借的。不过这钱，只好等我夫君庞相公有出头之日再还你。”

二哥二嫂听说妹妹来了，也急忙走到大哥这边打招呼看望。见到大哥大嫂又是给米给粉，知道小妹生活又遇到了困难，也回家拿了一篮小麦粉，又拿出准备给孩子做衣裳的一贯钱。

“两位哥哥嫂嫂，谢谢你们!”膺紫感动得热泪盈眶，“你们的恩情我永世难忘！但这钱还不知道哪年哪月才能还清呢!”

“这么一点儿钱物，说什么还不还的!”大哥豪爽地说，“以后碰到困难就告诉我们，不必去跟继母开口看她那脸色。”看天色将晚，膺紫连忙起身回家。

看到这么多东西，又是单身女子，大哥说：“我送你回花墅。”说着拿来一根竹扁担，挑着一担东西往花墅走。

蒋氏一踏进家门，望眼欲穿的庞泮便埋怨道：“你去哪里了？中饭没吃饭就出门，到现在才回来。”见到大舅子挑着一满担东西，急急地跟来，方知妻子又去娘家借粮、借钱去了。他连忙把大舅子迎进厅堂，准备泡茶，留他吃晚饭。但大哥只说了一声“我要立刻回去，免得天黑路不好走”，便放下担子急匆匆地走了。

“经常向娘家借钱借粮，长此以往也不是办法。”庞泮心里说。“往后的日子怎么办呢？虽说中了举，但没有官做，生计很难解决呀。这可怎么办?”他一夜辗转反侧难以入睡。

正当庞泮为一家人生计问题发愁时，第二天中午时分，县城忽然有人带来一封书信。拆阅来信，庞泮的郁闷一扫而光，心情顿时开朗起来。他摇头晃脑地哼出几句诗：

庞泮落魄无精神，忽闻府里传佳音；

黄水龙潭深千尺，不及姑父待我情！

这封信是在台州府当府学助教的姑父夏暐托人带来的。信中说，已给庞泮在府学谋得一个助教的位置，希望他速速去府学报到。原来姑父听说庞泮在家守孝日子艰难，于是便在一个助教升迁调外地之际推荐了他。

庞泮大喜过望，蒋氏一听也很高兴。姑父想得真周到，庞泮心里说。府学教职，不但可以有一份不错的薪资，更重要的是还能够提高学问，教书之余还可以向府里学问渊博、诗文出色的名家学习，与他们交流切磋，对今后赴京会试大为有利。

很快，庞泮准备起行李，急急上路，赶到台州府所在地临海，找到姑父，办好手续。从此，庞泮就在府学安心教书钻研学问，课余，向名家请教学习，不到两年时间，学问大进。

成化二十年（1484 年）正月，刚过完元宵节，庞泮便带着妻子从哥嫂等亲友家借来的三十两银子，踏上了去京城会试之路。由于盘缠有限，庞泮先步行到省城杭州，再搭班船走京杭大运河到镇江，然后步行，过仪征去南京。一路上寒风凛冽，坐在船上，冷风像吹箫一般，人冷得瑟瑟发抖。亏得艄公生起一个炉火，才不致冻病。呼呼的冷风声，哗哗的船桨击水声，令他彻夜难眠。船到镇江，一上岸，便见风雪弥漫，道路泥泞难行。穷且益坚，不坠青云之志，他吟诵着古代名句，咬紧牙关，大踏步向前走去。

## 五、策论惊考官一举中进士

成化二十年（1484 年），早春二月，京城举行盛大的会试。两场考过，庞泮觉得自已考得十分顺手。此刻，他方才感到两年府学助教生涯的宝贵。在府里，不但接触的大多是学问渊博的进士，更有多位是中过三鼎甲高第、名满天下的大才子。与这些高手交往，开阔了他的视野，使他学问大进。他由衷地感谢这些名人和前辈的提携，也深切地感谢姑父夏暐先生的玉成。

第三场考策论。题旨是对治国理政的看法。庞泮联想起当今官场多贪官、庸官，吏治腐败、人情风愈刮愈烈的现实，提出要做清官、廉官、硬头官，像“铁面御史”鲁穆和北宋名臣包拯那样，为国为民，敢坚持正义、维护正义，坐牢杀头全不怕，要留清白在人间！

这篇策论，在阅卷考官中引起了强烈反响。会试副主考、清正廉明的礼部夏侍郎，在考卷上批示道：

满纸透露着一股清正刚直之气。本届录取一个庞泮，日后必将多一个当朝“鲁铁面”和包拯一类的人物！

由于评价如此之高，故立刻录为前五名高第。本来有望冲击一甲前三名（状元、榜眼、探花三鼎甲），但此刻，试官中产生了严重分歧，两派意见截然不同、针锋相对。以夏侍郎副主考为首的一派认为：庞泮策论，浩然正气，惊天地泣鬼神，可列入“三鼎甲”，至少也应列二甲第一名传胪。

可是，以国戚、吏部侍郎兼翰林院掌院张学士为首的一派却说为官要沉稳。三鼎甲和传胪是今后培养治国大臣的苗子。庞泮性格过于刚直偏激，“过刚易折”，不宜列入高第。再说皇帝、宰相哪个喜欢“刺儿头”？就连明君唐太宗有一次也气得要把刚直的名臣魏征杀掉哩！与其让皇帝和宰相等大臣不满，还不如不推荐他！

吏部是管天下官吏任免升迁的要害部门，加上张侍郎又是国戚，自然说话比礼部夏侍郎硬气管用，于是反对派的意见很快占了上风。结果，只把庞泮录为二甲一名普通的进士。

话说庞泮在京城低等客栈等待进士放榜的消息。在难熬的等待中，有一夜，他梦见自己在一个黄昏来到一户茅屋前。他忽然听到有人在吟诵老子的《道德经》：“合抱之木生于毫末，九层之台起于垒土，千里之行始于足下。”知道这是诗书人家，于是他走了进去。但最后想出来时，却找不到门路，出不来了，只好在这间茅屋里住了下来。

梦醒后，庞泮感到很是丧气。茅屋无疑是穷困的象征。住在茅屋里出不来，表明自己将要穷困，看来，此届甚至下届也难以中进士了！于是，他准备打点行李回家。他闷闷不乐地回客栈，途中遇到一个算命先生，在惶惑和忐忑中，他花了十个铜钱，把这个梦一说，算命先生马上向他贺喜："庞公，祝贺祝贺！你本届必中无疑!"

"先生，您莫要捉弄我。"

看到庞泮眉头打结、满脸狐疑的神色，算命先生解说道："读书人称'士'，您进入'士'的宅院，岂不是'进士'了吗?"

听了算命先生的话，他便在客栈继续住下来，准备等到发榜后再走。

自从丈夫辞去府学教职，赴京参加会试后，蒋氏已有好几个月没有接到庞泮的一丁点消息，心里愁绪绵绵，忐忑不安。她几乎天天去白鹊寺，向大慈大悲的观世音菩萨祷告：望菩萨保佑庞泮一举高中进士！她担心若是此届不中，今后的日子会更加艰难。

这是一个初夏的夜晚，她沐浴上床正准备睡觉，忽见丈夫庞泮衣衫褴褛地走进卧室。

"贤妻，我对不起你，这回上京科考，是名落孙山。我真没用，三年的苦功全白费了!"他叹息了一声，满脸痛苦的表情，"又要再辛苦三年。"

"你先洗个脸。我给你去做点心——做你最喜欢的糯米粉圆子给你吃。"

"我没胃口，什么也不想吃。"丈夫说完，脸也不洗，衣服也不脱，甚至连那双脏乎乎的破烂鞋也不脱，便俯身躺倒床上。

"进士哪能轻易就高中的？多少饱学之士和名闻遐迩的才子，努力了一生也没考上。俗话不是说'五十少进士'吗，意思是说五十岁考中进士，还算是年轻的呢!"蒋氏竭力劝解道，"我本来就没打算你这一届就考中，我估计你第三次会试准能考上。”

“可再等六年，我们的日子怎么过呀？”庞泮痛苦地说，“府学已经调来了正式助教，我这个代理助教只能回家了。”

“回家就回家，怕什么？你还可以去县学谋个教职。即使县学求不到教职也没关系，我纺纱织布能有一些收入。实在不行，卖掉两间房子，足足可以供养我们一家六年呢！”

“贤妻，你真好！真是天上下凡的仙女！”听了妻子的话，庞泮感动得忘情地抱住妻子亲吻起来。

突然，一阵惊天动地的锣鼓声把蒋氏惊醒过来，原来是南柯一梦。蒋氏只听见大门口人语喧哗，锣鼓阵阵，还有动听的唢呐声，她连忙起床，奔到门口。只见好几个差役滚鞍下马，连声高喊：“报喜——报喜！庞相公高中进士！”

“真的中了吗？”这桩喜事来得太突然，蒋氏一点儿准备也没有，因此很不相信。

直到家里中堂，报喜人在中堂升挂起一轴大红报帖：

捷报贵府庞老爷讳泮，高中成化甲辰正科二甲九十一名进士。

特此报喜

本届会试，录取一甲进士三名，二甲九十四名，三甲二百零三名，共三百名。

看到眼前这张喜报，蒋氏恍若梦中。听到报喜人纷纷围着她，一边敲锣打鼓，一边不断有人喊“贺喜贺喜！庞夫人，向你贺喜！”时，才知道，丈夫此番的的确确已经高中进士。

看到报喜人纷纷上前讨要喜钱，蒋氏心中又喜又忧。自从丈夫赴京科考后，家里的日子更加艰难。为了节省开支，她已把陪嫁的丫鬟打发回家，每天只吃早晚两餐。她深知，乡下读书人，十年寒窗，能中个秀才就算不错了；若能中举，差不多已经是到顶的功名，至于中进士，那可是多少举人梦寐以求的目标！就算是才高八斗、笔落惊风雨、诗成泣鬼神的大诗人李白，也落榜了。若不是草蛮书吓退番邦，皇帝将他破格提拔为翰林学士，到死也不过是一介秀才呢！

出头之日终于到了！她顿时高兴得泪水挂满两颊，心中欢呼：感谢苍天保佑！菩萨保佑！直到报喜人挂好捷报，纷纷向她讨要喜钱时，才心慌意乱起来。好像要有意刁难她，紧接着，二报、三报的报喜人也陆续来到。这令她更加慌张。因为家中连一串小钱也没有！这可怎么办？

她想去丈夫的几个哥哥处借点儿钱应急，但细一想觉得不行。几个大伯子家人口多、家里穷，一年到头很少有余钱。想起中举时打发报喜人也至少需要一贯钱（一两银子），这中进士的报喜钱起码得二两银子才行。他们哪有这么多钱？这银子到哪里去借呢？回娘家或许会有，但远水救不了近火，火烧眉毛的事，去泉井哪里来得及？这可怎么办？

看到三拨报喜人连喊报喜、贺喜，簇拥着她要喜钱，她心里如同油煎。忽然，她灵机一动，想到还有一件东西可以拿来应急：娘亲留给我的那枚玉如意。虽说娘亲给我以作永久留念，但现在情况特殊，还是先拿出来应急吧。这个玉如意价值超过二两白银。事不宜迟，她立刻进屋上楼，从樟木箱底拿出玉如意，跑下楼，对报喜的头领道："感谢众位官长长途跋涉前来报喜！因为家中没有现钱，庞相公又在外没有回乡，只好麻烦你们到当铺把玉如意当了，各人分点儿钱买酒喝。"

看到玲珑剔透的玉如意，众位报喜人都眉开眼笑。不过，领头人一看是个玉如意，知道是庞夫人娘家陪嫁之物，为难地说："怎么好意思要夫人您的陪嫁之物，您就另外赏赐点儿吧。"

“没事的，等我家相公回来，他会重新给我打的。”蒋氏一定要报喜人收下。

“要不，我们就把这只玉如意拿到当铺当点钱算了。这样，我们虽然每人少分一点儿，但等庞进士回来可以去赎取。”报喜人中有人出主意。

“依我看，我们拿玉如意去卖或去当都不妥。这玉如意是庞夫人娘家留给她的永久纪念，是她的心爱之物，我们怎能夺人所爱?”报喜人中负责朗读喜报的人说。

正当双方推来推去，众人争论不休之际，忽然，一阵清脆而急促的马蹄声急速传来。一个公差翻身下马，送来一个急件：是府学给庞进士的。庞夫人打开一看，原来是一封银子内附一封短信，是府学夏暐姑父写来的：

热烈祝贺侄儿庞泮高中进士！现附贺银五两。另外，台州府学今年奖励新科进士，每人白银十两，以示鼓励。

原来，在府学当教授的姑父夏暐早已从全国“进士登科名录”中，看到侄儿庞泮的名字，并告知妻子庞氏。庞氏高兴得喜泪直流，道：“可惜我家哥嫂死得太早，没有看到这一天。”又感激地对夏暐道，“亏得你有眼力，当初把侄儿早早送去读书，不然哪有今天?”

受到表扬的夏暐也得意地笑了，说：“看来，书生也有比腰缠万贯的财主强的地方啊!”

他这句话并非空穴来风，是有所指的。庞氏当年做姑娘时，因为长得秀丽而且能识字算账，成为众多公子追求的目标。当时有天台县城新科举人夏暐，还有一个是年轻的县城绸缎庄老板、腰缠万贯的万员外。

于是，在学问和金钱两者之间展开了激烈的角逐与竞争。

万员外展开了金钱攻势和金钱外交，上门求婚时就抬来包括吃穿用在内的一应俱全的重礼，接着又把琳琅满目的各种礼物像天女散花般撒向心爱姑娘的舅舅、姑姑以及与她最要好的女伴，婚姻的天平很快便倾向万员外。正当傲气十足的万员外带着两千两白银的重金前来订婚之际，发生了一件不起眼的小事，使形势发生了逆转。

却说一个暑天，万员外带着重礼，意气风发地从县城出发，前往后洋山。来到花墅路廊时，万员外和一行六顶轿子准备停下来歇息。

“喂，闪开！快闪开！”排在第一顶轿子的万员外，看到路廊中央坐着一个花甲老翁，于是连声喝道。但这个老翁却像没听到一样，依然我行我素，坐着一动不动。“你是聋子、哑巴，还是傻子?”

这时，这个老翁突然开口了：“路廊是大家共有，不是你一个人的。你们骑马坐轿的财主可以歇息，我们穿草鞋的穷人也可以歇息。再说是我先到，你们没资格赶我走!”老翁竟然与万员外论起理来。他首先对这个员外没有礼貌、开口喊“喂”的举动反感，接着又对此人骂他是聋子、哑巴和傻子生气，于是便与万员外较劲儿。

“你这个老不死的，对你客气你还以为福气!”万员外瞪起牛眼，“你赶快给我滚！要是不识相，敬酒不吃吃罚酒，那我们可就不客气了!”说着，一声吆喝，轿里出来五个后生。老翁怕吃眼前亏，只得撤退，但仍然不服气地嘟嘟囔囔。

当万员外一行休息了一会儿，带着重礼赶到后洋山庞家求婚时，发现风向改变，女方居然一口拒绝。正当他们百思不得其解时，一个老汉出现了，这人就是在花墅路廊巧遇的老翁。他不是别人，正是庞姑娘的外公。“我不会把如花似玉、知书识礼的外孙女嫁给一个不尊敬老人、说话粗鲁、恃强凌弱的家伙，哪怕这个人是百万富翁!”

于是知书识礼的夏暐举人，便得到了庞姑娘。

在婚后几十年生活中，随着家庭人口的增多，开支的增大，家庭经济的拮据，庞氏有时便会感叹地说：“你这个穷书生，我当初怎么会看上你呢？教书（输），教书（输），越教越输。早知道你要穷一辈子，还不如答应那个绸缎庄员外的求婚哩！”有时看到夏暐除了教书，其他各方面包括一些人情世故也不懂，便会说：“百无一用是书生！”

此刻，夏暐逮到了这个机会，便将了妻子一军。庞氏笑笑说道：“我这个人就是穷命，因此只能配你这个穷书生，不能配那腰缠万贯的员外哩！”

一下子得到十五两白银，蒋氏大喜过望，立即收回玉如意，从姑父的贺礼中拿出三两白银，分给报喜人。报喜人高兴地呼喊：“谢谢庞夫人赏赐，祝庞进士步步高升！”然后纷纷跃上马，兴高采烈地回去了。

半个月后，庞泮从京城回到家。家里早已挤满了贺喜的人。

蒋氏看到，就连当初奚落过自己、对自己很不友好的四嫂，也送来了不轻的贺礼：一两银子，还有一个大猪头。蒋氏留下猪头，把原来借的一两银子还给四嫂，可四嫂却把银子重新放回蒋氏手里。

“四嫂，这是还向你借的一两银子呀，你为啥又给我呢？”

谁知四嫂却说：“对，你向我借的一两银子我已经收回。这二两银子，是我给妹夫中进士的贺礼呢。”

“贺礼你不是已经给了吗？”蒋氏简直有点儿莫名其妙了。明明已经给了一两银子，一个猪头呀！

“我和你四哥的贺礼是二两银子，外加一个猪头。”四嫂说，“妹夫考中进士，这是天大的喜事，我们一两银子怎么拿得出手？”

“四嫂，这，你这礼物也太重了！我们不能收。”蒋氏知道其他几个哥嫂送的贺礼，都是一两银子外加几斤面干，四嫂所送的礼物已经比其他几个哥嫂重，为何还要再添一两呢？于是，坚持要退还一两银子。不料四嫂黑着脸，不高兴地说：“你说我的礼物太重不收，那么，夏暐姑父送你五两银子你为啥收了？县里官员送你十两，为啥又收了？那些绅士、财主送你的重礼，你们为啥也收了？我的礼物有他们重吗？你收了他们不收我的，分明是瞧不起我们呀！”

“四嫂，我是说，你和四哥的家境并不富裕，怎能要你额外破费呢？”听了蒋氏的话，四嫂流着眼泪说：“妹子，你是不想认我这个嫂子了吧。我以前若有对不住你的地方，请高抬贵手多多原谅。你现在不收我们的礼物，分明是还不肯原谅我，这让我和你四哥的脸面往哪里搁？”

没有办法，蒋氏只得收下。

这回丈夫中了进士，除了亲朋好友送来重重的贺礼，镇上绅士、县城绅士，还有布店、粮店、绸缎庄、当铺等老板，好像约好似的，都一齐送来厚礼。让人想不到的是，县令、县丞、县尉等天台县的头面人物，都来到后洋山这个弹丸之地来拜访，并送上贺礼。尤其让人哭笑不得的是，就连平镇的棺材铺老板，也送来了一份不薄的礼物。面对这份礼物，蒋氏嫌它不吉利，把它退回去，可送回两次仍然退不掉。人家把话说得很绝：“如果庞进士不给我这个面子，我只好一头碰死在你家门前算了！”无奈，为了不发生命案，只好收下。

真是“十年寒窗无人问，一朝闻名天下知”！

“世道真是颠倒了。”等送走客人，进卧室睡觉时，蒋氏感叹道。“怎么连县太爷也屈尊前来拜访并送礼呢？”

“世道本就是如此，并没有变。”庞泮回答。他清楚得很，县令也来拜访是因为中了进士的人通常会做县令。若是进京，虽然也只是七品小官，但发展空间很大。假以时日，以后当个京城郎官，若是外放当个知府一级官员并非难事。有些发展得好的，甚至能升到省部一级高官。那才叫前途无量呢！因此，与新进士搞好关系，将来无论自己升迁还是遇到坎坷都可以用上哩！

这回庞泮中进士共收到礼金白银二百多两，还有许多东西。当蒋氏拿着银子去还以前借的债时，不要说一向支持自己的大哥、二哥不要他们还，就连邻居或熟人也不肯收，只好办了几桌酒席，请亲朋好友吃了一顿。

等应酬过后，庞泮去县城桥上街姑妈家拜访，感谢姑父、姑妈多年来对自己的关怀和培养。姑父在府学。姑妈看到庞泮拿着礼部发的进士凭据向自己报喜，不禁喜极而泣："泮儿，你爹娘要是能活到今天，亲眼看到你中进士，那该有多么高兴啊！"

庞泮来到县城史望岳先生处拜访。年逾古稀、卧病在床的史老先生，听说庞泮来到，立即从床上挣扎起来，拄着一根拐杖，从里屋颤颤巍巍地走到大门口迎接。一见到庞泮，他便兴高采烈地说："高徒，你给老朽长脸了！老朽教书育人一辈子，虽说学生中秀才的很多，中举人的也有几个，可中进士的还没有一个。你中了进士，填补了老朽学生中没有进士的空白，老朽感到无上荣光！"

他的气管炎很严重，几句话讲得急促，接连咳嗽了好一阵，上气不接下气地说："有你这个高徒，老朽今生不算白活了！即使明天就去阎王爷那里报到，我也瞑目了。"

老先生把庞泮让进屋里。见庞泮献上一盒礼物，老先生便带点儿责怪地说道："你带来了天大的喜讯，这就是最好的礼物，还带其他东西干吗？你把它拿回去！"

"这不是什么礼物，而是两盒药。"庞泮解释道，"这是我从京城带回来给先生的，不知是否有用？"

"啊，是从京城带来的！"史先生一把接过礼物，像保护稀世珍宝一般把药紧紧地抱在怀里，眼里溢出了泪花，"我的亲生儿子对我也没这么好，你比我的儿子还要亲。"

史老先生刚说了几句话，又引来一阵咳嗽。他连忙打开盒子，取出一颗药丸，按庞泮所说用温开水吞服。很快，咳嗽便舒缓下来，接着竟然停止了。“神药，真是神药！庞泮，感谢你把为师的疾病时刻挂心上。你学问高，人品好，我相信，你今后必将为国为民做出一番不平凡的业绩！”说完连忙吩咐儿媳妇，给客人泡天台山最好的云雾茶，上点心。

“史先生，我最近事多，还要去府学，去许多亲友处，您老就不用张罗了。”庞泮谢绝了老师的美意，出门去舅舅家。

史老先生拄着拐杖，站在门口，拱手作别，并一直目送庞泮，直到得意门生消失在夕阳余晖下的一片竹林中。

这天，庞泮从临海府学回到家里。一来到门前，便听见屋里传出婴儿的清脆哭声。他三步并作两脚匆匆走进房间卧室。妻子的话便传了过来。

“相公，你回来啦！”蒋氏兴奋地告诉他，“你出门这几天，家中客人络绎不绝，有许多秀才、举人前来拜访，有本县的，也有外县的，还有几个是台州府的进士同年。”她抑制不住内心的喜悦，“你这回中了进士，可真是名声远扬啊！”

“其中有夫人的大功劳哩！”庞泮兴冲冲地对妻子说。

“我还要告诉你一个好消息，”蒋氏满面春风，“你有儿子了。”

“真的？你太了不起了！”庞泮不禁欢呼起来，“那我们可是双喜临门啊！”话未说完，他立即情不自禁地抱住妻子，在她的脸上亲了几口，羞得蒋氏白皙的脸上顿时泛起两片红晕。

“相公，你给儿子起个名字吧。”蒋氏道，“听算命先生说，孩子五行中尚缺一木。”

“那就叫庞栎吧。”庞泮立刻想到山上的一种树，于是一锤定音。

“这字有什么讲究吗？”

听到妻子相问，庞泮解释道：“栎，俗称橡树，也叫柞树。树木高大，达六丈以上，其中高山栎可达九丈。”

蒋氏立刻道："我懂了，相公是取'参天大树'之意。"

庞泮点点头，道："正是此意。另外，栎，木材坚硬，用途广泛，可供建筑、造船、车辆、机具等，叶可喂柞蚕，树皮可做颜料。"

妻子笑道："看样子，还含有'刚直'和'用途广'之意。"

"不愧是知书识礼的女子！"庞泮赞许道。

"取什么表字呢？"蒋氏又问。

庞泮道："你看'宏寿'如何？"

蒋氏知道，宏寿，就是大寿、长寿之意，立即道："这个表字好。"接着又问："那起个什么大号呢？"

"大号由你来起吧。"看到丈夫用鼓励和信任的眼光看着自己，蒋氏低头略微一想，便蹦出一个词："琼台！"

庞泮不禁拍手称赞："这个号起得好！既指美玉建成的楼台，又含有天台著名景致'琼台夜月'美景之意，一语双关，好，妙！"

"七月初七，是牛郎织女相会的日子，"外公蒋老员外捋捋山羊胡子，兴高采烈地对众人说，"这个外孙，生于七夕节，一定能继承庞泮的遗风，以诗书传家，并且能琴瑟和鸣。"

果然，庞栎少年便中了秀才，然后以诗经优异成绩考取京师太学生。他涉猎书史，博览群书，擅长作文书画，娶了山西省左布政使潘祺之女为妻。当然这是后话，暂且放下不表。

## 六、蒋氏写信向义兄求助

时间在不知不觉中过去了两年。这两年，虽说庞泮继续在府学当助教，家里度日不愁，可是庞泮做官的事却迟迟没有眉目。进士功名，按理说，可以放个知县，至少也可以得个县丞、县尉一类职务，怎么会两年多不放官呢？

“你快去打听打听，到底是怎么回事。”蒋氏催促庞泮。史老先生听说庞泮迟迟没有放官，也很为他着急。但干着急没有办法，因为他的举人同年当官的很少且多是地方官。府学助教夏暐姑父却探听到一个消息，说是对庞泮的任职曾产生过两种不同的意见：一种认为可以任为京城小官，另一种则认为庞泮只能任县丞一类地方官。但夏暐却有自己的看法：“我看当今官场人满为患，僧多粥薄，一个位置往往有好几个人竞争。应该立即去官场活动，给那些当权的送礼打点，方能谋得官职，决不能在家死等！”

“去活动打点，要花多少银子？”庞泮问。

“当一个县官，至少得二百两银子，要想谋个京官那就更贵，没有三五百两恐怕不行。”姑父说。

“卖官鬻爵，官场如此腐败，真令人愤慨！”庞泮义愤填膺道。庞泮回家把探听到的情况跟妻子一说，气愤道：“不要说我们家里没有这么多银子，就是有，我也不会去打点！这不是助长歪风邪气嘛！”

“需要这么一大笔银子，这的确不是我们家能够承受的。”蒋氏说。几年来，她节衣缩食，好不容易才积攒得七八十两银子。可这点儿钱，对于去打点求官，无异于杯水车薪，无济于事。怎么办？突然，她想起父亲的义子杜宁侍郎。

杜宁是庞泮同乡前辈。他是天台县坦头乡伍佰村人。永乐二十一年（1423 年）中举，宣德二年（1427 年）以一甲第二名榜眼进士及第，授翰林院编修。正统十四年（1449 年）秋，代宗即位，升为南京礼部侍郎，翌年丁父忧。诏起为兵部左侍郎。土木堡之变不久，与兵部尚书于谦一起，安定天下，被朝野视为二尊擎天柱石。他文武兼备，诗文清丽。成化九年（1473 年）七月十二日，病逝故里，年六十九岁。

蒋氏向庞泮介绍起有关杜宁的事迹。

杜侍郎年少时，他父亲因积劳成疾，早早亡故。因为家里穷，他只读了四年私塾就面临辍学。一个大年初一的早晨，大雪封山，平地雪有一尺厚。蒋守忠因到坦头集镇拜访一位老前辈，路过伍佰村。忽然听到一间破旧的小屋里，传出一阵琅琅读书声："云销雨霁，彩彻云衢；落霞与孤鹜齐飞，秋水共长天一色。渔舟唱晚，响穷彭蠡之滨；雁阵惊寒，声断衡阳之浦……"

"蒋守忠觉得好奇，谁这么用功，在大年初一大雪封山的早晨，诵读王勃的《滕王阁序》？推门进去，却见一个十二三岁的少年，穿着一件破棉衣，光脚趿着一双破旧鞋拖，正手捧一本厚书，目不斜视，用功地吟诵着。

"儿呀，你是心比天高，命比纸薄。你爹一死，家里哪有钱供你读书？"后屋低矮阴暗的厨房里，传出一个妇女的声音，随后是一声无奈的叹息，"你现在肚子都吃不饱，还是死了读书考功名这条心，到财主家去放牛度日吧。"

"娘，我不去放牛，我要读书！"少年坚定地说，"粮食少，我可以一天吃两顿，也可以像宋朝的欧阳修一样，一盆粥划成四块，每顿吃一块。再说我们家还有两三分田地，等一开春，我就种上马铃薯、黄豆或是稻子，马铃薯到初夏就可以收获，我们不会挨饿的。"

蒋守忠被少年的话深深打动了，不禁问："小朋友，你这么勤奋读书，准备考秀才吗？"

"考秀才？"少年抬起头，似乎不屑一顾地说，"叔叔，您也太小看我了。我的志愿不但是考举人，还要考进士，夺取状元！"接着又埋头读起汉朝政论家贾谊的《过秦论》："秦孝公据崤函之固，拥雍州之地，君臣固守，以窥周室，有席卷天下，包举宇内，囊括四海之意，并吞八荒之心……”

“小小年纪，口气倒不小。”蒋守忠更加奇怪，不禁将了他一军。“你家里条件这么差，能实现这个宏伟目标吗?”

“穷且益坚，不坠青云之志。少年王勃因为胸怀凌云壮志，所以能写出千古名篇，名闻全国。”少年侃侃而谈，“圣人孟子道：富贵不能淫，贫贱不能移，威武不能屈，这才称得上真正的男子汉大丈夫！只要有志向、有毅力，就没有做不到的事!”

一席话，说得蒋守忠瞠目结舌。如此聪颖勤奋的孩子，不读书实在太可惜了！于是他走进屋里，对少年母亲道：“嫂子，你家公子以后读书的费用，全部由我承担。我相信，他一定会有出息的!”

“啊，他叔，您可真是救苦救难的活菩萨!”妇女一听，一边连喊着“大善人”，一边吩咐儿子：“快跪下叩头，叫义父!”

从此，父亲资助杜宁上县学、府学。杜宁成绩出类拔萃，二十岁即以壁经中举，二十四岁又一举夺得榜眼，名扬天下，以后成为朝廷柱石。

“贤妻，杜侍郎虽说是岳父义子，与你有亲戚关系，可他已经去世十多年，提他还有什么用呢?”庞泮说。

“我听父亲说过，现任的兵部王侍郎，是杜宁原来手下的官员，是杜侍郎极力培养推荐才当上的，对他有知遇之恩。你可以写信或者亲自赴京一趟，去问问。”

“我不去!”庞泮硬直地说，“这种投机钻营的事我不做！我一个堂堂进士，难道连做个县丞、县尉的资格都没有吗？还要去打点不成?”

“不用你去打点，去京师了解一下情况总可以吧。”蒋氏劝说，

“相公经历千辛万苦好不容易才考中了进士，我们总不能就这样无限期地等下去吧。我们不能守株待免，要主动出击!”于是她写了一封亲笔信，叫庞泮进京找那位兵部王侍郎。

## 七、庞泮做了一个奇怪的梦

进京的头天夜里，庞泮做了一个梦。他梦见自己得到一捆稻禾，正为自己不再挨饿而高兴，谁知，忽然大雨倾盆，很快山洪暴发，把他的稻禾冲走。他沿河岸一路追赶，想把稻禾追回，但很快稻禾被汹涌的波涛吞没。他伤心得号啕大哭，结果哭醒了过来。

庞泮忧心忡忡地对妻子说：“我不想进京了，因为我梦见得到的稻禾最终被洪水冲走，此番进京估计是瞎子点灯——白费蜡，没有什么希望了。”

“相公，你这是大吉之梦呀!”聪慧的蒋氏喜形于色地分析道，“你想想，得到稻禾又失去——‘禾’加‘失’，岂不是‘秩’字吗?‘禾’指五谷，引申为俸禄；‘失’是‘轶’的省略，意为‘后车超前车’，引申为官员的官阶、品级。看来此番你要出任官职了。恭喜相公，此番进京必有佳音!”

真是当局者迷，旁观者清。一语惊醒梦中人!

庞泮一听，不禁恍然大悟，于是信心十足地向京城进发。

到了京师，找到王侍郎，一打听才了解到事情的原委。

原来，对庞泮的任职，吏部和礼部有意见分歧：吏部准备将庞泮分到地方任职，可礼部那位会试副主考夏侍郎，却认为庞泮秉性刚直，适宜分在京城都察院担任御史，因此僵持不下。但礼部抗不过吏部，因此准备分到地方任职。吏部执掌人事分配大权的司郎中很是贪财，见庞泮迟迟没有进京打点，便准备将他任命个县教谕了事。

得到这个消息，礼部夏侍郎大为恼火，立即到吏部理论："历朝历代，哪有进士任命为八品教谕的道理?"

因意见分歧，故拖延至今。

"庞泮弟，你放心，我已经跟吏部彭侍郎沟通过，估计不久便会下达任命，外放县令和留京城任职，两者都有可能。"

很快，庞泮接到吏部一纸任命，任命他为京城工科给事中。得到任命后，批准回家乡探亲祭祖两个月。庞泮马不停蹄地赶回家乡。

听说庞泮被任命为给事中，姑父夏暐喜忧参半：京城是天子脚下，卧虎藏龙之地，在京城做官，既前途无量又充满风险。做得好，官职升得快；做不好，丢官坐牢甚至杀头都有可能。就庞泮的刚直敢言、眼里揉不进沙子的性格，恐怕步步都暗藏危险哩。"你要步步小心，谨慎做官!"他在给侄子写贺信的同时告诫道。

县学史望岳老先生听说得意门生做了京官给事中，喜不自禁道："海阔凭鱼跃，天高任鸟飞。庞泮担任给事中，品级虽不高，但责任重大。国家正需要庞泮这样刚正不阿的谏官!"

话说庞泮的亲友得到他做官的消息后，纷纷前来祝贺。他们刚喝了茶，吃了点心，忽然听得一片铜锣声震天而来。早见几个村里人，气喘吁吁、接二连三地跑来报告："台州府台大人来了!"

听到这个消息，众宾客如同听到官府将要前来捉人一般，纷纷跟庞泮和蒋氏打了个招呼便匆匆地走了。只有个别胆子大的留下来，躲在屋后看热闹。村里几个看热闹的人，听说府台来庞泮家都搞糊涂了。他们不知是府台官大还是庞泮官大，几个老翁议论纷纷。

有个胖老翁眨眨眼睛，不解地问："庞泮的'急事盅'（给事中）是干什么的？多大的官?"

一个长竹竿一般瘦，绰号"百晓"的老翁，嗤之以鼻道："你怎么连这个也不知道？真是山里人——多见树木少见人头，见识少！盅就是酒盅，‘急事盅’当然是管有急事即婚丧喜事时请客喝酒的事。但是不管‘急事盅’‘慢事盅’，反正只是个酒盅，能有多大？一听这个官名，就知道是个最小的官，估计相当于我们平镇的镇长；要是当‘急事碗’‘急事盆’，那官就比现在大，大概就是县官一级了；等当上‘急事缸’，那时官就不小了，大概能与府台平级。当然，最好是当上‘急事屋’，那时官就大了，就到省级或者尚书一级，就祖宗坟头冒青烟了。”

听了这番话，胖老头点了点头，但很快似乎心里起了疙瘩，禁不住问：“你说庞泮的官只有镇长这么大，那为何府台大人要来庞泮家祝贺呢？”

瘦老翁一下子被问住了，但他很会随机应变：“这个你就不懂了。天子脚下的官，都是逢官大三级。就像省里的小官，都比县官大，京城的小官，当然也要比府台大了。”

很快，随着喧天的锣声，出现了“肃静”“回避”的牌子，接着是“台州知府”的官牌，然后是四个骑着骏马的衙役，紧随其后的是一顶漂亮透气的四人轿子，后面是三顶两人抬的轿子，最后面是四个骑着高头大马、身背刀剑的护卫。真可谓前呼后拥。

一行人来到庞泮屋前。听说府台来到，庞泮连忙从屋里出来相迎。

“庞谏官，闻知您任命为京官，特前来祝贺！”知府下轿拱手，“您是整个台州府的骄傲！您为台州父老乡亲争了光！”

“府台大人如此垂爱，卑职实在不敢当！”庞泮知道自己只是一个七品官，而知府却是四品官，因此一边答话一边准备上前行叩拜大礼，却被知府一把拉住，说：“休得如此！”他知道，给事中品阶虽低，但享受四品待遇。于是，立即亲昵地与庞泮挽手同行。他吩咐手下一行在外面等候，只叫一个亲信同行。来到客厅，一落座，知府便道："庞谏官此番被任命为给事中，实乃台州府的光荣。一点儿贺礼，望笑纳。"接着便吩咐从人拿出贺礼献上。

庞泮一看竟是一百两细丝白银，不禁连声道："府台大人，这，使不得。如此重礼，恕庞某难以从命。"

知府笑道："小弟，大哥的贺礼没有这么多。其中五十两，是府衙给特殊人才的重奖，你就不要客气了。"

鸡子茶（鸡蛋煮熟加糖）端上来了，知府一边吃着鸡子茶，一边亲切地对庞泮说："小弟，你很快要赴京上任，家里还有什么事需要解决的，尽管提出来，让大哥帮你解决。"

"哦，没有没有。"庞泮连声道，"大人日理千机，我怎能拿一些鸡毛蒜皮的小事来打扰您。"

"无妨无妨，"知府连声不迭道，"我不能让你为朝廷效力有后顾之忧呀！"这话恰好给在客厅旁瞻仰知府大人风采的陆老秀才听到了，他连忙来到客厅，对知府道："大人，在下有沉冤，望能昭雪！"

"这位老秀才是？"知府问。

庞泮连忙回答："是卑职三哥庞泽的岳父。"

"哦，是庞谏官的亲戚，你有冤屈尽管讲。"知府叫从人拿出纸笔记录。于是，老秀才哭诉了当年妻子遭地头恶棍、县令小舅子拦路调戏，结果投河自尽的冤屈。

"这个县令姓甚名谁？现在哪里为官？"知府一脸怒火地问。

"姓苟，现在台州府任推官。"

"好，老先生，我答应你，一定为你申冤！"说完，他站起身子，对庞泮道，"我还有公务在身，先回去了。你若有时间，到府里做客。"

"府台大人，午饭快要做好了，吃了再走吧。"庞泮客气地说。

"小弟，不用张罗，说好去平镇吃的。"于是出屋上轿，对送出门口的庞泮，拱手说了声"后会有期"，便与府衙一班人快快而去，只留下一股烟尘。

过了不久，陆老秀才的女儿亲自上门告知了一个好消息：当年的苟县令、如今台州府推官的作威作福的小舅子，已被捉拿判了重刑。就连执掌府里勘问刑狱大权的苟通判，也被连降两级，贬为县尉。

得到这个激动人心的消息后，陆老秀才不禁泪流满面："我做梦也没想到多年的沉冤能得到昭雪，这都是靠我那当上京官的好亲戚啊！"

## 八、报答当年救命的县令

庞泮选了一个吉日，祭扫了父母和祖宗的坟墓。此时，他忽然想起人们多次提起的自己出生时的往事。"多亏县太爷吕琇救了泮儿，不然他就被溺死了。"长大后，他经常听到母亲和村里人这么说，因此很感激吕县令。中进士后，庞泮多方打听吕县令的消息。

不久前，有人告诉他："吕琇县令当了两任天台县令，然后升任台州府通判。"这通判是宋朝初年在州府设置的，其意为共同处理政务，地位略次于州府长官，号称"监州"，握有连署州府公事和监察官吏的实权。但到了明代，通判一职的权力大不如前，只掌管粮运及农田水利等事务。吕琇在通判任上告老还乡后，回到黄岩县。

于是，庞泮在处理了几件要紧事情后，就和五哥庞淑急急赶往黄岩县拜访。来到黄岩县堂一打听，方知吕通判没有住在县城，而是回到老家头陀集镇。在去头陀的路上，他计算着吕通判的年龄，心里很忐忑：当年约四十岁的吕县令，经过三十八年的历史沧桑，不知是否还在世？年近八十岁的老寿星，在世上已是很稀少了。

庞泮走进镇里，向一个老翁一打听，得知吕通判还健在。他不禁喜出望外，连忙按照镇上人的指点来到吕通判的住地。

房子坐落在村庄的最后面，是一幢古老的有两进四合院的房屋。踏进门楼，是一个狭长的小天井，沿着天井的边沿拐到弄堂，顺着弄堂走了十多步，便见一个大四合院。走到东厢房门前，只见一个耄耋老翁满面愁容地从厢房里出来，庞泮连忙上前询问：“老伯，请问吕琇通判住在这里吗？”

“你是哪位？找他有什么事吗？”老者一脸惊诧地问。

看到老者疑惑而警惕的目光，庞泮连忙说：“吕通判是我的恩公，现在是特地前来感谢的。”这时，老翁的脸色舒缓了下来，连忙问：“请问你是哪一位？从什么地方来？”

“我名叫庞泮，是从天台县来的。”

老翁睁大眼睛，紧盯着庞泮仔细地看了看，摇摇头，说：“小兄弟，老夫就是吕琇，可我不认识你呀！”

“吕大人，您老人家是不认识我。但是，如果没有您，很可能就没有我这个人了！”庞泮怀着无比感激的心情激动地说。

“此话怎讲？”吕老先生觉得莫名其妙。

“听我娘说，您在天台当县令时，有一回巡视到花墅乡后牌门村，因躲避暴风雨，来到我家廊下，正逢我出生。因在我之前，我娘已经生了五子一女，父亲是个靠挑食盐卖赚几个脚钱的穷人。因为人口多，家里穷，生活压力大，因此在我娘临盆前夕，出门挑食盐的父亲就再三交代：‘这次不管生男生女，务必丢到马桶里溺死！’我出生时，母亲舍不得将我溺死，哭着叫家姐把我抱去丢到路廊里好让人捡走。结果被您老人家见到后救下来，并救济我家三两银子，于是我便活了下来。这都是靠您老人家的恩德啊！”

“哎呀，你这人真是一个世上少见的义士！三四十年前的一桩小事，还值得如此费心，竟然长途跋涉几百里来看望我。难得，真是难得！”吕老连忙搬椅掇凳，给两位客人让座，并吩咐屋里人泡茶招待。

“小兄弟，不知您如今从事何种营生?”他看庞泮是儒生打扮，又加了一句，“看你样子是个读书人，不知得了何等功名?”

“托大人的福，我已经中了进士。”庞泮自豪地说，但他没有告诉老人自己已经做官，他想等临走时再告诉老人家。“我中举时，就想报告给您，但是找不到您；中进士后，更是迫不及待地想把喜讯报告给您老人家，可是仍然找不到您。经多方打听，不久前才辗转打听到您在黄岩县。然后又从黄岩县堂，才打听到您的故乡在头陀，所以赶到这里。”

“啊，已经中了进士！不简单，真不简单!”吕老喜不自禁，简直手舞足蹈，“你为老夫争了光!”

两人正说着，忽然一个年近五十岁的妇人惊慌失措地从外面跑进弄堂。她带着哭腔叫道：“爹爹，不好了!”她刚想说，猛然发现有两个陌生人在场，连忙把后半截话吞了回去。

“没事，你说，他俩不是外人。”

听了吕老的话，妇人结结巴巴地说出一个令人吃惊的消息：“昊天，他，回，回不来了。他，已被正式打入大牢!”吕昊天，是她的独生儿子——吕老唯一的孙子。

“怎么回事？不是说叫他去了解了解情况吗？怎么一去就被抓起来了?”吕老吃惊地问道。

“我听你的门生汪主簿说，船老大已经作证，一口咬定：昊天见色起意，调戏坐船共渡的姑娘，姑娘不从，便跳水了。”儿媳陈氏强忍着悲伤说，“昨天，女方的尸首已经在元同溪边找到。因此昊天一到县里，便立刻被逮了起来。已经过堂了一次，因为不招供，被打了八十大板，又用了飞蛾吊，还灌了辣椒水。昊天已经屈打成招。主簿说，这回情况很糟，那个船老大显然是受了金百万的指使，金百万和县令又是称兄道弟的好朋友，县令又和府同知是进士同年。县令下狠心要整你。这回昊天是凶多吉少，您赶快想想办法吧。”

“啊！”孙子已经屈打成招的消息，如同晴空一声霹雳，惊得吕老一下子从凳上蹦了起来。

“爹爹，这可怎么办？”儿媳不禁泪水纵横，“快救救昊天吧！”

这时一个少妇也从屋里奔出来，语声哽咽地对吕老乞求：“爷爷，要是昊天判了重刑，叫我和两个孩子怎么过日子呀？你可要赶快想办法——”话未说完，便伤心地哭了起来。这哭声立刻引来一对十岁左右的儿女，他俩也抱住母亲哭了起来。顿时三人哭成一团。

“不要惊慌，不要慌张。”老人强自镇定，竭力安慰着两个妇人，但他自己的脸色变得如同一张白纸，两手在不停地发抖。“你们先进屋去，待我想想办法。”

看到孙媳妇带着一对儿女进屋，他连连摇头道：“眼前这场人命官司叫我怎么办哪！”他不禁老泪纵横，“苍天哪，我吕琇一生勤于公事，清正廉明，奖掖后进，为何到老年却要遭如此重大打击呀！”

“吕老，这到底是怎么回事？”

听到庞泮相问，老人说起这件事情的来龙去脉。原来，他的孙子昊天读书很好，十八岁中秀才，二十七岁中举人，但在二十八岁那年会试失利，于是在县学当了个教书先生。不久前的一个黄昏，他在元同溪渡口坐船去县城。偏偏凑巧，船上乘客只有昊天和女子两人。

“过溪后，我孙子与那个女子各奔东西。谁能料想，这次坐船竟坐出了大祸。近日听说那个女子被水淹死了，尸首在溪边的小树林里找到。接着县堂典史来我们家，说是叫我孙子去了解情况，谁知竟然被打入大牢。”说到这里，吕琇老人已是泪流满面。

“如此说来，对方是栽赃陷害。”庞泮不禁疑惑地问，“吕老，恕我直言，不知对方为何要处心积虑地陷害昊天？”

“说来话长。”老人用火纸点燃了铜质水烟壶，猛吸了两口，然后诉说道："我告老还乡后，把祖居老宅修理了一下，就住下来。住了大约十年。几年前，曾经在我家做过走差的一个金姓后生，突然带着百万银子的家产回到家乡头陀镇来了，号称'金百万'。他一来，便买田买地，大兴土木造房子。他要买我们现在住的这幢房子，准备建一幢有三个大四合院、三进九明堂的巍峨宅院。我没答应，便得罪了他。看样子，他这次准备下狠手，除掉我的孙子，以便实现自己的阴谋。"

老人叹了一口气："我儿子几年前已经病死，如今家中只留下这个孙子撑持门面。一旦孙子出事被判重刑，顶梁柱一倒，我又是风烛残年，在世上日子无多，这个家就毁了。这孤儿寡母的一大家子人，以后的日子可怎么过呀！"此刻，他已经泣不成声。

"吕老，那应该迅速行动！依晚生愚见，此案关键是那个船老大，应该首先调查此人；另外，查清那具女尸是否就是坐船的姑娘。"

听了庞泮的话，老人道："如今县令完全听了金百万的一面之词，不允许我方分辩。而且他又有府里同知撑腰，这事就难办了。"他叹了一口气，道："老夫的进士同年，大多已经作古，在世的也早已告老，老朽无能了。门生一辈的，虽有按察使和知府一级官员，但都不在本省本府，远水救不了近火。县主簿虽和我有师生之谊，可惜他官小，胳膊拧不过大腿。再说，这是人命官司，一般的亲友怕连累，避之唯恐不及，哪敢出头？"

说到这里，他有点儿后悔道："孙子被叫走时，典史曾经对我说过，要我拿出三百两银子给县令作调查费。你也知道，我因为不拿那些黑心钱，所以告老时没有多少积蓄。儿子从小体弱多病，只中了秀才便止步不前，靠教私塾谋生，五十不到便因病早早去世。我回乡后，薪俸只拿一半，每月只有二两银子，还要补贴家用，基本上没有什么积蓄。三百两白银，对我们来说，无异于一笔天大的巨款，我们去哪里筹措？其实，这个金百万跟瘟官县令的关系，完全是赤裸裸的金钱关系，若是我家能拿出三百两银子打点，很可能没事，或者随便处理一下，绝不会像现在这么严重。”他长叹一声，“看样子，眼前这一劫，真是在劫难逃了！”

听到这里，庞泮不禁义愤填膺。他慷慨激昂、掷地有声道：“老大人，恩师，我立刻去府里为你想办法，尽自己能力，洗清昊天的不白之冤，救出他！”

“小兄弟，难得你有如此侠义心肠，老夫感激不尽。”老人摇摇头，“可你刚中了进士，只能放个七品官，回天无力呀。除非是京城派下来的巡按御史。”

“我认识台州知府——最近他还来我家祝贺过我。因此我想直接找他。”庞泮很有底气地说，“我想，我的要求，他不会置之不理的。”

老人两眼顿时闪出希望之光：“难道你真是御史？”

“不是。”庞泮摇摇头。

听到这两个字，老通判的目光顿时黯淡了下去。

“我是工科给事中。”

“是吗？好，太好了！”老人的两眼再次放光，无比兴奋地说，“给事中和御史同称谏垣官，是很有分量的官，享受四品待遇，上朝排在二品大员后面，三公九卿也不敢轻慢呢！怪不得知府要来拜访你了。”此刻，他不禁哈哈大笑，“想不到，山穷水尽之际，还有天上的文曲星来救我！”

“吕老，事不宜迟，我立刻去府里！”庞泮说完，留下二十两银子，“这点银子给吕老留作家用。”

吕琇连忙推还：“我们应当拿些银子给你作费用的，怎么能反而要你的银子。这万万使不得！”

“我去府里，根本用不着去打点，又不是跟金百万比富，哪里用得了什么银子？”庞泮说完，硬是留下银子，和哥哥一起在集市上租了一辆马车，往台州府所在地临海飞奔而去，后面顿时卷起一阵飞扬的尘土。

一百里路程，庞泮很快就赶到了台州府驻地临海，拜访了知府。庞泮把黄岩人命案的事一说，提出了黄岩县令审案中的几个问题和疑点：一是女尸来历未查清，既不知道姓甚名谁，又不知道籍贯年龄，就贸然下结论是溺死，审案太过草率；二是没有充分证据，仅凭船老大的一面之词，就将举人吕昊天定为杀人凶手，这是草菅人命；三是滥施刑罚，采取逼供信；四是县令有受贿的嫌疑。

庞泮提出的几点，引起知府的高度重视，于是连夜派通判带人赴黄岩县，提取该案一行人到府，知府亲自复审，通判协助审理。知府还邀请庞泮参加旁审。

在审讯中，庞泮只对船老大问了两个问题。

知府：“吕昊天调戏坐船女子是你亲眼所见吗？”

船夫：“对，是我亲眼所见。”

知府：“怎么调戏？摸女子的什么地方？”

船夫：“先摸脸，再摸奶子。女子后退了两步，就跌到水里去了。”

知府：“女子是哪个村的人？叫什么名字？”

船夫摇摇头：“不认识。”

这时，庞泮插了一句：“你怎么知道溪边的女尸就是坐船的姑娘？”

船夫：“我到溪边去看过，是我报的案。”

庞泮：“据案宗记载，溪边的女尸经水浸泡冲刷已经面目模糊，你为何还能认出她就是坐船女子？”

船夫张了张口，顿时卡了壳。

通判插话："看样子，坐船女子跟那具女尸并非同一人。"他剑眉一竖，对船夫喝道："快交代，这具女尸从何而来？是否是你谋杀的？"

船夫吓得慌了神，连声道："不是我杀的，我没谋杀。"接着嗫嚅道："是，是金百万，差人告诉我溪边有具女尸。"

审讯继续。

通判："坐船女子叫什么名字？哪里人？"

船夫："我已经说过，我不认识。不知道这个女人名字，也不知道是哪里人。"

庞泮脑子里猛地闪出一个念头，笑了笑，道："坐船的女人你不认识。"他顿了顿，然后加重语气，一字一顿，像用铁锤砸地："坐船的青年男子，你总该知道他的姓名，也知道他是哪个村来的吧！"

此话一出，通判和知府大感意外，而船夫不禁目瞪口呆，两眼露出惊慌之色。他语无伦次地说："你，你，怎么知道？难道是神仙？我，我不知道，你，你去问金百万。"

这时，庞泮又厉声问："金百万给了你多少银子，叫你办这件事？快说！这是坐牢杀头的事，何必代人受过，吃冤枉官司！"

船夫此刻心理防线崩溃，于是交代了这场精心炮制的人命案的内幕。原来，与吕昊天同船过渡的所谓姑娘，其实是个男扮女装的后生，水性很好，他跳水后跑了。船夫得了金百万五十两银子的好处费，便作了假证：姑娘遭同船的吕昊天调戏，不从落水。

"那具女尸从哪里来的？"知府盘问船夫。

"小的确实不知道。"船夫哭丧着脸道，"金百万只说有一具溺水而亡的无名死尸，叫我移花接木，说成是船上落水的女子，好叫吕昊天吃一场人命官司。"

知府随即抽出火签："立刻拘拿金百万！"

很快，金百万拘拿到案。通过审讯追查，金百万开始百般抵赖，说这具死尸是溪里泛起的无名死尸，在三名聪明官员的会审下，最后查明此人是一个乞丐。金百万雇人把她推到溪里淹死，以假冒那个无中生有的“姑娘”。

接着，又从金百万管家处获知：为打这场无中生有的人命官司，金百万向黄岩县令行贿五百两银子，外加一件古董。

至此，案件告破。知府感激地说：“庞给谏，您帮了本府大忙。若没有您参与，这桩谜案不会如此快地告破，吕举人很可能要成冤魂，坏人奸计得逞，贪官稳坐官位。”

于是，金百万因犯杀人、诬陷、行贿等数罪并罚，被判处死刑，并处罚金，凡是家中有牵连的妻子和儿女也判了刑，还要负责给乞丐安葬；船夫，判刑坐牢；县令革职充军，没收家产充国库。吕昊天无罪释放。金百万罚银子三千两，其中拿出五百两赔偿蒙冤受屈的吕昊天，其余充国库。金百万家经过此番折腾，很快败落下去。

看到孙子被无罪释放，又得了五百两银子的赔偿金，吕琇老人紧紧地握住庞泮的手，语声哽咽道：“泮儿，我的亲人和大恩人，没有你，我家沉冤难雪，孙子命丧黄泉，老朽也会死不瞑目啊！”

“吕老，您休得如此说，我的一条命是你赐予的，我为您做点儿力所能及的事算得了什么?”说完，告别而去。看着庞泮的轿子匆匆而去，吕琇老人喃喃地说：“想不到当年我三两银子的付出，竟会得到晚年这么大的回报！看来，好事、善事要做哪！”

此案一破，知府声名鹊起，不久被提拔为省按察副使，两年后，又升为按察使。这是后话不提。

这年秋天，庞泮带着蒋氏和一对年幼的儿女，坐着驿站派给的马车，动身前往京师。他起早贪黑赶路，恨不得插翅飞往京城，早点儿为国家出力，建功立业。

这是重阳节的早晨，一行人已经走出群山重叠的浙江东南部山区，在嘉兴往江苏去的大平原上奔驰。马蹄嘚嘚，秋高气爽，晴空万里。想到自己历经艰辛，终于中了进士当上京师的谏官，一股豪情顿时在庞泮心中升起，一首诗不禁脱口而出：

重阳道中

马头曙色闪金鸦，官事劳心胜治家。
不爱登高风落帽，每因忧国鬓生华。
露衣和醉生黄菊，霜降先占制白麻。
极目长天秋万里，五云深处是京华。

# 第三章 庞都谏“直声动天下”

## 一、庞泮初露锋芒为清官鸣冤叫屈

弘治元年（1488 年）七月初，十八岁的新皇帝朱祐樘（孝宗）刚登基，监察御史畅亨便接到巡按浙江的委派。他心情非常激动：“新皇帝对我如此信任，赋予我巡查浙江的重任，我一定不辜负皇上恩德，以满腔热血，认真巡察，严格执法，务必查出那些贪污盗窃和渎职的官员，将贪官污吏革职清退，即使赴汤蹈火也在所不辞!”

但他做梦也没有想到，自己意气风发地出京，却会坐着囚车回京。

其实，这次浙江之行充满危险，其中有急流险滩，有巨大漩涡。

畅亨是山西河津人，初任河南长垣知县时政绩卓著，被百姓呼为“青天”，因而升为都察院监察御史。这次又被派往浙江巡回考察地方官吏。

明代考核文官制度分为京察和外察两种，规定六年一次。京察即考核京官，外察即考核地方官吏。四品以上由皇帝直接掌握，四品以下由吏部和都察院主持。外察就是考核地方官吏，由州、县，上至府、道、司，层层考核，送呈吏部。都察院，就是派出巡按御史，分道行使纠察。

畅亨是来浙江考察地方官吏的御史。来到浙江后，他雷厉风行，执法甚严。革职、清退地方官一百五十八名，尤其是敢摸老虎屁股，与权势赫赫的浙江镇守太监张庆较量，查出其侵吞温州、处州（今丽水市）银矿捐税几万两白银巨款，上奏章弹劾张庆，要求皇上将其处死。一时间，浙江官吏闻风丧胆，百姓拍手叫好。

然而，正当他为浙江的吏治趋于清明、百姓安居乐业高兴时，不料，接到皇帝的一道圣旨：巡按浙江的监察御史畅亨，违法事多，着革职查办。

圣旨一下，畅亨立即被逮入刑部大狱。

这道圣旨如同晴空霹雳，把他打蒙了。被打入大牢的他，不知是何种原因。他痛苦万分，仰头问苍天，俯首问大地："这是为何？我究竟犯了什么罪？"

获知这道圣旨后，工科给事中庞泮感到非常震惊，也觉得十分奇怪和不解。

如此一个好官、清官，理该被提拔，为何反被打入大狱？庞泮经过一番调查分析，终于搞清了原因。就是因为畅亨得罪了许许多多的官员，首先是打击了湖州府同知鲍克宽，尤其是得罪了权势熏天的浙江镇守太监张庆。

鲍克宽办事不力、执法不严，导致大片河堤决堤，百姓长期没有土地无法耕种，因渎职而遭到问责；又贪污受贿白银五百多两。于是，他遭到退还赃款、"革职为民"的严厉处罚。

庞泮调查官员对畅亨的弹劾得知，此番畅亨的罪名，一是"考察官员不公，致使一些清正官员被罢退，有的贪官污吏留任"。这是湖州府同知鲍克宽射出的一支毒箭。第二支利箭是浙江镇守太监张庆射出的。他弹劾畅亨："借考察官吏之名行贪赃枉法之实，大肆收受贿赂。人们纷纷传说，畅亨出京时两袖清风，如今囊中已是金山银海，以致清官、好官遭打击后一肚子窝囊气，贪官、瘟官却被表彰提拔。”

“畅亨是鲍张两人的眼中钉肉中刺，两人明显是诬告，可皇上为何要偏听偏信呢？皇上你真是棉花耳朵啊！”庞泮心中道。畅亨是浙江百姓称赞拥戴的好御史，这样的好官若是遭革职入牢狱，天道何在，公理何在？若是让张庆和鲍克宽一类贪官污吏占据浙江舞台，那么浙江官场将会遭严重败坏，百姓就要遭殃。不能！决不能让这些贪墨官员的阴谋得逞！决不能让这些坏官的毒箭将御史射倒！这是自己第一次给皇上写奏章，一定要一炮打响！庞泮在心里说。

想到这里，庞泮立即挑灯夜战，撰写奏疏——《扶持公道疏》：

> 顷闻浙江湖州府同知鲍克宽，奏巡按御史畅亨考察不公等事。钦奉圣旨：“这本内所奏畅亨违法事多，该衙门看了来说。钦此。”
>
> 臣斗胆私下猜测圣意，或恐畅亨所做的事情，果然有违法行为，必当明察以警戒其他官员；鲍克宽所说的，若果是实情，也应当辩白，为他申雪冤枉。这是天地至公之心，日月无私之象。

七月初的黄昏，天气十分闷热。远方不时传来几声闷雷，预示着一场雷阵雨将要来临。庞泮擦去脸上的汗水，继续奋笔疾书：

> 鲍克宽上奏，说畅亨“考察官员不公”，请让我先从此事说起。
>
> 此番对官员的考察，众议一致赞同，又经过吏部回奏，规定被罢黜官员不许重新向皇上奏扰。这个决定，已经皇上同意，并颁布全国。前次户部郎中许楫、监察御史吴秀，因考察时不合格，被黜退。两人多次上奏为自己辩解。皇上圣

断，将其削职为民。于是使法度昭然，人心知惧。如今，鲍克宽是“考察”时被革职之人，竟敢越规上奏骚扰，蔑视法律，欺骗公论。可陛下非但不治其欺君罔上之罪，反而采纳其虚妄言辞，臣实在担心这件事的严重后果。姓鲍的阴谋一旦得逞，以后必定会张大谗贼之口，开启各种歪门邪道，黑白混淆，是非纷起，法令不行，纪纲不振，亏损国体，以致到不可收拾的地步。

庞泮先指出偏听被革职之人虚妄言辞的严重后果，接着揭露张庆和鲍克宽两人有相互勾结之嫌：

畅亨因“考察”引发的一系列事情，是近来畅亨弹劾浙江镇守太监张庆反遭诬陷而造成。此事皇上已下旨，由刑部侍郎彭韶，亲自赴实地查看。如今鲍克宽又从中插足。其中难道没有彼此勾结、相互包庇的嫌疑吗？这不能不加以明察啊！

接着由处罚畅亨所造成的危害性，从反面规劝皇上：

古话道，疑人不用，用人不疑。既然陛下已授予畅亨“考察”官吏之权，又怎可凭他人言论而疑之。若如此，天下负责“考察”的官员，都会瞻前顾后，进退两难，手足无措，越“考察”就会越混乱。地方官吏，欺骗蒙蔽，投机取巧，造成的危害就越深，任其发展下去，将会祸患无穷！

接着，庞泮将畅亨一案提高到国家大局的高度来认识：

臣是新进的言官，才能微薄，孤陋寡闻，天下事万不知一。作为一个浙江人，曾听说过畅亨巡按浙江时，有人反映他吏治过严，这或许是有的；若说他贪赃枉法，却实在没有听说过。假如他真有违法之事，皇上也已经派刑部侍郎彭韶前往调查，总要等到访察得实、罪状明白之时，再依法惩办也不为迟，又何必凭畅亨仇人鲍克宽的胡言乱语，就急匆匆地下令处置畅亨呢？这只能使报复者痛快，对国家大体则没有一点好处啊！

随着几声惊心动魄的雷声响过，大雨点如同铁蛋、石块，砸得官舍屋顶噼噼啪啪地响。“我要写出一篇振聋发聩的奏疏！”庞泮心想。最后，他提出自己的看法：

臣与畅亨、鲍克宽两人，本来并不认识，只是事关国法，不容臣闭口不言。恳请皇上不要认为臣违背旨意，望以国法为重，对臣所言，稍加参照国家有关法令，尽快收回处置畅亨的旨意，以杜绝不良后果；请依照处置户部郎中许楫等人的做法，将鲍克宽发回原籍为民，其奏词作废不用。畅亨之事，待彭韶侍郎查访水落石出后，不屈服于权势，不徇私枉法，将实情奏报朝廷，彰显法令于天下。如此则公理不偏，公论有在，使君子有所依靠而不惧怕，使小人有所畏惧而不敢胡作非为。这也可以作为皇上圣明治国的一种帮助……

写好奏章后，庞泮心里不踏实，于是拿给资深御史刘绅，请教他的意见。刘御史见到奏疏大惊失色，说：“你想过没有，浙江镇守太监张庆权势熏天，畅亨得罪了张庆，张庆对畅亨恨之入骨，恨不得剥他皮吃他肉，你一个小小的给事中，与堂堂的浙江太上皇、镇守太监作对，岂非以卵击石？必然会碰得头破血流！况且此疏对皇上旨意也是一个触犯，弄得不好引起龙颜震怒，后果不堪设想哪！”

“刘兄，古话道：位卑未敢忘忧国。我身为言官，负有劝谏皇上、稽查六部百司的重任，应知无不言、言无不尽，岂可被权势吓倒，明知冤屈却睁一只眼闭一只眼，明哲保身、闭口不言，这岂不是尸位素餐，辜负了浩荡皇恩？为国家，为正义，即使身败名裂、革职坐牢，我也无怨无悔！”于是，他不顾刘御史的好心提醒和劝说，将奏疏递呈皇上。

孝宗皇帝接到工科给事中庞泮这道奏章后，心头不禁一震：此疏如层层剥笋，说理透辟。鲍克宽与浙江镇守太监张庆系被巡按御史畅亨弹劾将要严惩之人，如今先后向畅亨发难，确实有相互勾结、上下呼应之嫌。

用人不疑，疑人不用。看到这句名言，孝宗的内心被触动：“我既然任命畅亨为浙江巡按御史，就应放心大胆地让他去查。再说，若是他真有违法行为，确实像庞泮所说那样，应等刑部侍郎彭韶查个水落石出后再处理也不迟。”于是，孝宗下旨：湖州府同知鲍克宽先行停职，交刑部侍郎彭韶速速查清其渎职和贪污行径，同时查清畅亨有无受贿行为。

对庞泮怎么处理呢？是表扬还是批评处罚？孝宗在想，此疏有理有据，条分缕析，论证严密，言辞也诚恳，的确是一道好奏疏。但其中有一句话有些刺耳，“陛下非但不治其欺君罔上之罪，反而采纳其虚妄言辞”。“这分明是指责我是棉花耳朵，有些昏庸！这话未免对我有些不敬。我刚登基，应树立起绝对威信，不能让其有丝毫损伤！应该敲打他一下，给他点儿教训，让他以后收敛一下锋芒！对，就这么办！”想到此，孝宗下旨：庞泮奏章有疏漏，给予罚俸三个月。

不久，刑部侍郎彭韶查清了鲍克宽的问题：修堤不力，致生祸患；贪污修堤款白银五百两。于是孝宗下旨：将鲍克宽革职为民，判刑五年。太监张庆免去浙江镇守之职，调回宫中候差。

御史畅亨巡按浙江的情况也很快查明：虽考察浙江官吏过于严厉，造成有的官吏处罚过重，但没有发现受贿和舞弊行为。于是孝宗下旨：畅亨解除审查，无罪释放，贬谪为陕西泾阳知县。

畅亨到泾阳后，勤政爱民，开凿渠道，引峪河水灌溉农田，政绩显著。任职未满便以身殉职。当地百姓立祠祭祀。这是后话不表。

首次上疏，虽说被打了一闷棍，但庞泮还是很高兴。他既为贪官鲍克宽遭严惩而兴奋，又为镇守太监张庆被革职而高兴，更为还了御史畅亨的清白令其未遭祸患而欣慰。

罚俸三个月的处罚，使他作出了一个决定：在这三个月内，不能坐轿了，只有坐两脚车——走路上下朝了。

离家越来越近，他心里忐忑不安。自己刚当官不久，俸禄低，一家四口，京城生活费用高，柴米贵、房屋租金高，加上六科属清水衙门，没有额外收入，因此不但每月俸禄用光，而且还要借钱。如今罚俸三个月，这段日子怎么过？更要紧的是，如何瞒过妻子？要是让她知道，不但要担心，很可能会后院起火呢！

可是庞泮瞒天过海的打算，随着一个不速之客的到来而露馅儿了。这天傍晚，庞泮回到家里，吃饭时，对妻子编造一段谎言：“天台老家四哥，上山砍柴不小心从高岩上摔下，跌断了脚骨，二哥被蕲蛇咬伤，性命垂危，都需要花钱，所以我只好将两个月的俸禄提前预支，寄到天台去了。看样子，我们以后要过一段时间的苦日子了。”

蒋氏虽然感到有点儿奇怪，四哥一向做事小心，自己嫁到庞家以来，从来没有出过事；二哥是个木匠，为何竟被毒蛇咬伤？但一向贤惠开通的她回答道：“相公，救济兄弟是天经地义的事，您不必同我商量。我们苦一点儿不要紧。”接着关切地问：“不知两个哥哥性命是否有危险？”庞泮只好含糊其辞道：“性命大概没有多大危险。”两人正说着，忽听门外有人叩门：“庞大人在家吗？”

庞泮连忙来到门口开门，问：“是哪位？”

“是一位老朋友。”

“请进。”随着庞泮一声邀请，只见一主一仆两人走进屋里。庞泮一看，有点儿面生，不禁问："请问您高姓大名？"话音刚落，便见那个穿着七品紫鸳鸯服饰的官员，扑通一声跪倒在地，激动地说："感谢大人再造之恩，请受畅亨一拜！"原来是御史畅亨。

"不敢当，不敢当。快快请起！"庞泮连忙扶起畅亨。

"若不是大人仗义执言，我此番定难逃脱牢狱之灾了！"畅亨热泪盈眶道，然后叫跟班献上礼物——一瓶酒和二十两银子，动情地说，"一点薄礼，不成敬意，望大人笑纳。"

"这万万不可！"庞泮斩钉截铁地说，"我为的是吏治清明，为的是国家和百姓。我们之间没有私恩。"说完便立即道："送客！"

"庞大人，您对我恩同再造。为了我，你遭罚俸三个月的处罚，难道连这点儿微薄的礼物也不接受吗？"话未说完，便涕泪俱下。

"畅御史，你的心意我领了，但这礼物我是万万不收的！"庞泮也动情地说，"你是个清官，这次巡按浙江，沿途不接受贿赂，因此依然是两袖清风。加上遭诬陷被逮京师，更是雪上加霜。如今，你马上要赴陕西任职，远隔千山万水，需要一大笔盘缠。我若是收了你的礼物，这与鲍克宽一类贪官污吏趁火打劫的丑行又有多大区别？而且，别人会造谣惑众，说我是因为收了你的重礼才上奏疏帮你打这场官司。这样就会有损我们两人的名声。我想，你总不希望听到这样的流言蜚语吧！"

庞泮把银子和酒推还畅亨："你若是看得起我，那我们就做好朋友吧。"说完，他亲自把畅亨主仆二人送到门口，挥手告别。

"相公，你被罚俸三个月了？"蒋氏惊呼。庞泮见纸包不住火，只得点了点头，平静地说："是的。为了救畅御史，也为了揭发张庆和鲍克宽这些贪官污吏。"

"既然你是为畅御史辩白而遭罚俸，而且在你的帮助下，本来他要蹲大狱，现在不但没坐牢，而且继续做县令，你对他可谓恩比天高，收他一点儿礼物又有何妨？要知道，你是冒着坐牢的危险为他辩白啊！”蒋氏道，“再说这礼物是他心甘情愿送的，又不是我们向他敲诈的。”

“你做好事就是为了让人家报恩吗?”庞泮不满道，“畅御史是个清官，两袖清风，本来就没有什么钱。此番遭大祸，几乎搞得家破人亡。他送给我们的二十两银子，不知道他是从哪里筹来的，说不定是典当东西得来的吧，你难道忍心接受?”一席话，说得蒋氏低下了头。

一天黄昏，庞泮拿着窝窝头，就着一根咸萝卜在吃晚饭。蒋氏抱着哇哇直哭的三岁儿子，在掉眼泪：“相公，儿子哭个不停，恐怕是有什么病痛吧，应该找个郎中来看看。”

请郎中至少需要二两银子，即使以前有俸禄尚且不敢，如今没有俸禄，连日常生活都有困难，哪里请得起？这真是屋漏偏逢连夜雨，破船偏遇顶头风！但宝贝儿子如此啼哭不止，不请郎中怎么安心，万一有个三长两短如何是好？想到这里，庞泮摇了摇头，心中叹息。

蒋氏捋下手指上的金戒指，说：“相公，你把我这枚戒指拿去当点儿银子吧。”

“你先留着，我再想想其他办法。”

“事不宜迟，给儿子看病要紧。赶快拿去吧!”蒋氏催促，“做活当，待以后有银子时再把它赎回来。”因为是活当，他只当了一两银子，匆匆去请郎中。须发皆白的老郎中，立即坐轿风尘仆仆地赶到庞泮家。一看小孩儿，说：“温度很高，你先去药店买点羚羊角或犀牛角，再配一点儿冰糖。这药很贵，大约需要一两银子。”一听这话，庞泮心里顿时有点慌了：药费就要这么多，出诊费从何处来?“郎中，能否开服普通药?”他嗫嗫嚅嚅地说。

“这药必须好，不能差。”郎中道，“买来后煎好配冰糖服下。”说完，收拾药箱准备走。庞泮连忙拿出刚从邻居家借来的五钱银子，说："老郎中，这是一点出诊费，莫嫌少。"但郎中好像触到荆棘一般，连忙把银子推开，说："庞谏官，您为社稷苍生，为清官仗义执言，与贪官污吏斗，老朽不胜敬佩。这出诊费，我断断不能收！"老郎中一句话，让庞泮很是感动，同时心中的一块石头也落了地。

三个月没有俸禄的日子，真是难熬。这段日子，拿什么买米、买面、买柴火？又拿什么来付房租呢？可奇怪的是，这个月过去好几天了，办事特别认真、房租从来不让拖欠的房东，还是没来收房租。庞泮于是对房东道："大爷，最近手头有点儿紧。这个月的房租，我先欠一欠，等过段日子再给你行吗？"

"行行行！"大爷连声不迭道，"等以后你啥时有了再说吧。"说完，又喃喃道："皇帝老儿，你真是有眼无珠，为啥要罚这么好的官员俸禄，害得他日子难过哩！"

家里什么东西值点儿钱？庞泮里外搜寻，最后拿起书房里那个端砚。这砚是自己中进士后，在府学当教授的夏暐姑父赠给自己的礼物。他拿到当铺当了活当，但银两比较少，只得到五两银子。

中秋节的傍晚。

"我要甜饼饼。"小庞栎看到许多孩子在吃月饼，不禁馋得哇哇啼哭。

忽然一阵马蹄声在庞泮门前响起。"庞老爷，庞老爷。"听到有个公差在喊，庞泮连忙来到门口。"奉彭韶侍郎钧旨，送来一个包裹。"说完，策马一溜烟儿而去。庞泮打开包裹一看，只见有两样东西：一盒苏式月饼，还有一封六两银子。上面写着：祝贺中秋快乐！寄点银子聊慰无米之炊。

看到这礼物，庞泮两眼湿润了。他默默地说：彭侍郎，您日理万机，却关心我这个小官的生活；您为官清廉，自己拖家带口日子过得紧巴巴的，却来救济我。我庞泮有何德何能，竟然获得您如此青睐？

我无以为报，只有为国为民仗义执言，做个好谏官！

他拿着银子，先从当铺赎回端砚。

彭韶，福建莆田人。不久，调任吏部左侍郎，三年后，升任刑部尚书。他不为财利所诱，不为权势所屈，遇事敢作敢为，声名震动朝野，是明代中叶的一代名臣。弘治八年（1495 年）病逝。

这天傍晚，庞泮忽然收到南方寄来的两封“万言书”。一封是浙江温州府和处州府（今丽水市）银矿广大矿工写来。信中道：

工科给事中庞泮大人台鉴：

您铁肩担道义，浩气贯长虹。祭起如椽巨笔，将祸国殃民的巨贪——镇守太监张庆这尊瘟神驱逐出境，结束了千万矿工的苦难，还浙南大地以朗朗青天，您对我们恩比天高！我们准备为您立碑纪念。

第二封书信，是从浙江湖州府寄来的。上面写道：

庞大人，感谢您祭起打鬼鞭，将玩忽职守酿成大祸、贪污受贿危害百姓的瘟官鲍克宽打落马下，还湖州大地以朗朗青天。我们特向您致以崇高敬意！听说您为了替我们百姓除害，遭到罚俸三个月的处理。这令我们很不安，我们准备募捐钱物，使您免受无米之炊。

信的末尾，是数百个密密麻麻的各界人士的签名。

接到这两封书信，庞泮顿时热泪盈眶。他心里顿时升起一股冲天的力量。受气抑郁的情绪一扫而光：自己的奏疏，能得到成千上万百姓的认可和感激，自己即使受天大的委屈，受再大的苦和罪，也值了！何况，目前只是罚俸三月。这三个月，哪怕顿顿吃粥就咸菜，甚至吃糠咽菜，心里也舒畅甜蜜！想到这里，一首诗不禁从他心里涌出：

一封奏疏驱瘟官，还给百姓朗朗天；

仗义执言天下赞，罚俸三月心里甜！

这天，山东按察司副使杨茂元获悉，朝廷已下旨，任命平江伯陈锐和司礼太监李兴，分别出任黄河张秋段大缺口修筑工程正副总督，不禁心急如焚：那湖南境内的平江伯陈锐，不过是因祖上功劳，承袭了显赫的爵位，其实是个吃喝玩乐的花花太岁，屁本事也没有，怎么能担当重大工程的总督？而太监李兴，更是几十年在宫廷当差，从来不出宫门，怎懂得工程修建？若是让这两个饭桶草包去督修工程，岂不劳民伤财，贻误大事？于是，急急提笔给皇帝写奏疏：

黄河水患频发，“治黄”历来是朝廷一大难题。故治理黄河，非需熟悉黄河水情的“黄河通”、治理水患的行家里手不可！平江伯陈锐和司礼监李兴，从未研究水情，对黄河水情毫不了解，对工程建设更不内行，怎可担当治理黄河的重任？另据了解，太监李兴随从太盛，费用惊人且烦扰地方。请罢革山东镇守内臣李兴，以苏民困。

杨茂元在奏折中，先是否定了平江伯陈锐和司礼监李兴，接着推荐得力人选：

原兵部职方（掌管地图与四方）郎中，现任户部侍郎刘大夏，长期研究黄河，既熟悉黄河水情，又精通建筑，是治理黄河的最佳人选。

孝宗皇帝阅览奏章，认为很有道理，于是下旨，任命侍郎刘大夏为黄河张秋段决堤河道修建工程总督。

接到圣旨，刘大夏连夜出发，赶赴山东阳谷县张秋河道，考察督造张秋段大堤。新官上任三把火。刘大夏一到任就宣布纪律，制定修筑方案。修堤工程紧张而有序地展开了。

正当杨茂元为“治黄”工程如火如荼开展而欣慰时，两道弹劾奏章，便接连摆到了皇帝的御案上。

其实，就在杨茂元上奏章推荐刘大夏督造张秋大堤，皇帝下达圣旨，把平江伯陈锐和太监李兴从“治黄”张秋段缺口工程上撤下来之时，陈锐和李兴就对他恨之入骨，欲置他于死地了。

“这个杨茂元真是可恶可恨！我们与他无冤无仇却为何要坏我们的好事，断绝我们的财路！”平江伯陈锐恨声不绝道。

的确，“治黄”工程，每年都要花上百万甚至几百万两银子，利益巨大。黄河张秋段长达一百二十里，只要承揽了这项工程，白花花的银子就会像黄河水一样，哗哗地往自己的腰包里流。只要干完这个工程，就能大捞一笔，从此逍遥快活，享一辈子清福了！

“这个杨茂元是我们不共戴天的敌人！”司礼监李兴和平江伯陈锐咬牙切齿地说。于是，他俩就策划弹劾杨茂元和刘大夏。

“我们要用釜底抽薪之计，先把刘大夏挤掉！”太监李兴献计道。于是造谣惑众，无中生有，弹劾刘大夏有两大罪状：藐视圣旨，办事不力，消极怠工，以致工程进展缓慢；克扣银两，中饱私囊。被百姓骂为“吸血鬼”！

紧接着，又授意和策动都察院御史，弹劾杨茂元与刘大夏有进士同年之嫌疑，两人勾结一起，承揽张秋“治黄”工程；杨茂元接受刘大夏贿赂千两白银。然后，湖南平江伯陈锐又亲自上奏本，弹劾杨茂元：挟私报复，辱骂贵族。臣曾经向山东巡抚衙门检举过杨茂元的不法行为，遭到杨茂元的谩骂：“你这饭桶伯爵，猪狗不如！”

三箭齐发，立即引起孝宗的皇帝重视和不满，随即命巡抚山东地方的都察院右佥都御史熊翀核查。经过一番核查，上本据实参奏：“杨茂元与部督修河太监李兴、平江伯陈锐，未曾谋面，并无仇隙。”

熊翀想到李兴是部督修河太监，权势赫赫，加上平江伯是朝廷贵族，两人都与皇帝关系密切，不能轻易得罪，若是得罪，必然引火烧身，于是根据杨茂元把支用两千两写成一千两的错误，上奏道：“杨茂元所奏有不实之处。”

皇帝于是下旨：据多人弹劾，山东按察副使杨茂元，犯有多项罪行，着锦衣卫将其枷送京师，交镇抚司审问。钦此。

听到这道圣旨，工科给事中庞泮大为震惊。他通过仔细调查，了解到，杨茂元在吏部考核中，官声颇佳，被称为清廉良吏，百姓称他为“杨青天”。他还了解到：刘大夏和杨茂元虽是进士同年，但两人一个在京师一个远在山东，两人素不相识，因此“贿赂”一说很难成立。至于平江伯弹劾杨茂元辱骂一事，只是一面之词，并无旁人在场，不足为信。综上所述不难断定，杨茂元一案必有重大隐情！

他准备亲赴山东调查，忽然听说黄河张秋段河区父老乡亲派出代表，上京师刑部、都察院和大理寺三法司，为杨茂元和刘大夏鸣冤叫屈：刘大夏侍郎治理黄河有方；杨茂元臬台是青天大老爷！

了解到这些情况，庞泮准备上疏皇上，为杨茂元和刘大夏鸣冤。

听说给事中庞泮要为杨茂元鸣不平，老资格的柴给事立即提醒：杨茂元已被投入由皇帝直接掌握的锦衣卫审讯，情况严重。为他鸣不平，无异于以卵击石，非但解救不了他，还会把你自己送进险地。你上奏章，首先要考虑胜算如何。要求稳，要在能够自保的情况下，为别人鸣冤。

庞泮道：“谏官的职责，就是封驳诏旨，驳正百司奏章，监察六部诸司，弹劾百官，我明知其中有冤屈却睁一只眼闭一只眼，患得患失为自己考虑，这岂非尸位素餐？再说杨茂元受贿一事，必须由弹劾方提供有力证据，否则道听途说信口雌黄怎能服众？还有平江伯和李兴两人，原本负责张秋段决口工程，如今他们出面弹劾杨茂元，外人看来，倒真有挟私报复之嫌了。因为撤下陈锐和李兴，就坏了两人的天大好事，是断了两人的财路——涉及几万甚至几十万白银的巨大利益呢！”柴给事对庞泮的洞察力及判断力十分佩服，也为他不怕危险、仗义执言而感动，说："庞给事，我支持你!"于是也和几位同事商议，准备联名上疏，拯救杨茂元。

庞泮连夜写《赦小过以全公道疏》，首先指出，臣子要忠诚，王法须公正：

> 臣等私下以为奖善惩恶，是关系到王法的公正，也关系到臣子是否忠诚的职责所在。不忠不可以为臣，不公也不足以为法。这是古代圣哲明君褒奖直言之人，不轻易用刑。王法怎能成为空摆设呢？

接着，写杨茂元系忠实之臣，但办事不细：

> 杨茂元身为主管一省刑名、诉讼事务之官，心里为地方事务而焦虑，偶尔听到一些事，不觉忠心激发，就为三件事上奏，都是一时之愚。以臣子的大节衡量，没有什么欺瞒皇上之处。只是办事欠仔细，以致把"原银两千两不够服役工匠十日支用"，误写成一千两之数。事情属于过失之错。论罪固然不能说没有，但看原先情由，似应得到宽恕。

其后，着重指出，皇上轻易下旨派锦衣卫锁拿官员之弊病：

> 从前，千里囚押犯人，蜷曲不能伸，械系如俘虏；大班人马押送，绑缚如重犯。道路传闻其悲情，恐怕要为之落泪；臣僚目击其惨状，谁不寒心？杨茂元一案，虽然还没有得出最终结果，但一拿一问之间，他已受不住困窘羞辱了。况且平江伯陈锐和李兴两人，原本负责张秋段决口工程，如今他们出面弹劾杨茂元，有挟私报复之嫌。由此看来，杨茂元一案必有冤情！陛下处置杨茂元的做法，已引起外界纷纷议论。陛下应该加以深思啊！

看到这里，孝宗不禁微微点头。他继续看下去：

> 朝廷用官职俸禄任用人才，无非是想用他来为国为民。

如今杨茂元究竟是为公还是为私？皇上圣明，难道不能明察？杨茂元本来为尽忠，却反而得祸；本来为了报国，却反而遭辱身。区区一个杨茂元遭祸，本不足惜。但如此处理他，只怕以后人人自危，相互告诫："以后遇事闭口不言，免得招来横祸。"从此，尸位素餐，侥幸拿俸禄，谄媚奉承成风气，怀着被造谣中伤的嫌疑，再无忠心耿耿的气节，结果造成忠言日远于下，"君主圣明"的视听日蔽于上，无论政事缺少，民情愁苦，或是奸猾暗生，贪墨外纵，谁敢再为陛下言之？陛下深居皇宫，怎能听到这些？若是听不到，确实不是国家之福啊！

时令已是深秋，气候十分凉爽宜人，但孝宗却是大汗淋漓。他觉得庞泮的话，如同电闪雷鸣，触动着他的神经，在他的心头掀起九级风暴。庞泮真是目光犀利的谏官！不知他下面还有什么话。

孝宗看到庞泮的恳切要求：

恳请陛下存有包容天地的度量，昭显日月般的明察，怜悯杨茂元的愚忠，赦免其小过失，将杨茂元释放赐还原职，并予以关照宽容，或者按照刑部原先拟定的条例，而薄示惩罚……

庞泮此疏一上，两京十三道御史纷纷响应，上疏为杨茂元申辩喊冤，引起京师轰动。孝宗先是为庞泮的奏章而感动，接着看到这么多官员为杨茂元鸣冤叫屈，一下子清醒了不少，觉得事情没有查清之前，贸然派锦衣卫将省级官员捉拿进京问罪——轻错重罚，的确处置不当。于是召见庞泮，道："你在奏疏中说，杨茂元一案必有冤情，还说杨茂元是清廉良吏。你敢担保杨茂元为官清廉没有受贿吗？"孝宗目光如炬地死盯着庞泮问。

"我敢以自身人格和官职前途担保！"庞泮毫不含糊道。

“你敢签字画押吗?”

皇上此言一出，庞泮心中不禁一愣。此刻，工科陈都谏（都给事中），向他使眼色制止，众位给事中同僚也纷纷摇头，叫他不要签字画押。庞泮深知若是为杨茂元担保，存在很大风险：此番若是杨茂元有事，自己也要倒霉，面临降级、撤职甚至更严厉的处分。这样，自己几十年奋斗得来的东西，就会付之东流，今后的仕途就完了。

这个想法刚一冒头，庞泮立即狠批自己：“遇事患得患失为自己考虑，不把国家和百姓的利益放在第一位，要你这谏官何用？做谏官不仗义执言，干脆回家去种田!”想到这里，他斩钉截铁地朗声回答：“我敢签字画押!”接着补充道：“若是我的话有虚假，圣上就革去我的职，永不启用!”他接过毛笔，刷刷几笔就在太监递过来的担保文书上签上字画了押。

于是，皇帝下旨，派刑部、都察院官员组成联合调查组调查此案，给事中庞泮参与查案，允许杨茂元写疏上奏申诉。

话说山东按察副使杨茂元，自从被捆绑押往京师时，心中事业的楼阁便轰然倒塌：完了，我今生完了！一世的清名付之东流，半生的辛劳化为乌有，从此我很可能要在铁窗中度过后半生，最好的可能，便是充军三千里，到边远荒漠地区。如此一来，不但自己此生完了，而且连累到妻子儿女，连家人也将被官卖为奴，给人做用人。这种结局，令他异常痛苦。此刻的他，甚至很有些懊悔：当初上奏本时，为何只为国家、为百姓考虑，压根没有理会师爷的劝告和提醒呢！写奏本提议刘大夏侍郎取代平江伯陈锐和太监李兴时，师爷就警告过自己：“你坏了这两个权贵的好事，他俩必定疯狂报复。这两个人的能量很大，说不定让你有牢狱之灾呢!”自己当时不相信，谁知如今师爷的预言应验了。

杨茂元原来还存有幻想，直到来到京师被打入锦衣卫大牢后，料想此生必无昭雪之机，不禁万念俱灰。

此刻的他，在监狱放风时，看到天空飞鸟，非常羡慕：若是像飞鸟那样自由自在，那该多好！他真想隐居山林，过那桃花源式的生活。

“可惜今生难以做到了。”他一声悲叹。就在绝望之际，有一天，他竟突然得到狱吏的祝贺：“你自由了，从此可以永远解脱苦恼了！”听到这话，他蓦地一惊：“难道是送我上断头台吗？”

他知道，锦衣卫比刑部、都察院和大理寺三法司更厉害，是由皇帝直接掌握的刑事官署。它原是护卫皇宫的亲军，掌管皇帝出入仪仗。明太祖朱元璋为了加强专制统治，特令兼管刑狱，赋予巡察缉捕权力。最高长官为指挥使，常由功臣、外戚充任。锦衣卫下属有南北镇抚司，北镇抚司专门办理诏狱，直接按皇帝旨意行事，用刑特别残酷。关进锦衣卫深牢大狱的人，绝少有人能活着走出牢门。

“你真的自由了，”狱吏笑容满面地说，“皇上已经下旨。”

没想自己真的被放出大牢了，杨茂元不禁自言自语道：“老天开眼了，太阳从西边出来了，竟然真的放我出狱，并且叫自己可以据实上奏。这简直像是在做梦！这到底是怎么回事？”一打听，方知是工科给事中上奏皇上，为自己鸣冤，并签字画押为自己担保，自己方才走出高墙大狱。这一下，他不禁感动得热泪盈眶，心中叨念：“庞给事，我与您非亲非故，您却冒着危险为我仗义执言，您是我杨某的再生父母！”

不久，杨茂元接到圣旨，自己竟然没有被充军，也没有革职，而是按刑部原拟条例处理，由山东按察司副使，降两级外调，任湖南长沙府同知，并停俸半年。自从被逮入京师锦衣卫大狱以来，他压根也没想到，自己这次还能逃脱牢狱之灾，继续当官。这完全靠庞给事的努力！

一天傍晚，庞泮正从衙门下班，回到租住的一处两间小平房，忽见有个中年男子风尘仆仆来到门前。“请问，庞给事石壁公住在这里吗?”

“我就是，不知客人有何贵干?”庞泮回答。

听说眼前这个人就是仗义执言救自己出牢笼的庞泮给事中，来人连忙上前施礼，说：“在下就是原山东按察副使杨茂元。”庞泮连忙将他让进屋里。杨茂元感激地说：“此番蒙庞公冒险上疏，力挽狂澜，使我脱出牢笼，继续为官，实乃我杨某的再生父母！首先请受我一拜。”说着，啪的一声跪倒在地，准备叩头。

“使不得，使不得!”庞泮连忙将杨茂元拉起，“驳正奏章，监察诸司，弹劾百官，这是谏官的职责，不值得副使如此重谢!”庞泮请杨茂元上坐，准备泡茶，却被杨茂元一把拉住：“庞公，请不要忙碌，我说句话马上就走。”说着，把一瓶酒和一小包东西放到案桌上，说：“这是我的一点儿小心意，请您务必收下。”

听说是谢礼，庞泮连忙把酒和一包银子推回去，说：“这不是凭我庞泮的能耐解救了你，而是你为官清正廉明的好名声救了你。”

“庞公，您的大恩大德，杨某即使送上五百两、一千两甚至几千两银子，也是完全应该的。可我为啥只拿来一瓶酒和五十两银子这么一点微薄的礼物作为谢礼呢？这瓶酒是江南家乡的糯米酒，只值几十个钱，是为您再写佳作助兴；这点儿银子，是聊补您为国为民操劳时缺吃少穿的穷困境况，让您买点儿肉改善一下生活。”杨茂元见庞给事连这点薄礼也不接，不禁带着哭腔诉说。但不管怎么说，庞泮丝毫不为所动，他的态度坚如石壁：“君子之交淡如水。您的心意我领了，但礼物你必须带回去。我最大的愿望，便是你继续做个百姓称颂的好官!”

“您难道连这瓶只值几十个小钱的家乡糯米酒，也不肯收吗?”

杨茂元不禁泪珠扑簌簌而下，“您难道不愿意交我这个朋友吗？”

“我很愿意结交你这位清正廉明的朋友。”庞泮说，“既然如此，我收下这瓶酒。不过你现在不能走，待我炒点儿小菜，与你一醉方休！”

于是，杨茂元在庞泮处吃了一顿便饭。两人畅叙了一会儿，杨茂元便告辞而去。他走出门口，喃喃地说：“庞公，好样的！看样子，你很可能成为未来的包公哩！”

杨茂元出任长沙府同知后，除弊兴利，先后与通判陈纲、知府王绘修复天下著名的岳麓书院，使其恢复原貌，结束了书院百年荒废的局面，留下了好名声。而那个挟私报复、烦扰地方、作威作福的太监李兴，后来因擅自砍伐皇陵树木而获死罪，家人拿出白银四十万两四处打点想改变判决，但遭工部尚书杨守随等大臣的坚决反对，最后李兴被处死。这是后话。

庞泮这次上疏，解救了杨茂元，赢得了直谏的名声，也在谏官中崭露头角。同时，也被平江伯陈锐和司礼监李兴视为眼中钉、肉中刺。陈锐咬牙切齿地骂道：“死庞矮，你这个芝麻绿豆官！想跟我斗，真是蚍蜉撼大树可笑不自量！”太监李兴更是怒吼道：“庞泮，你坏我好事，看我以后怎么收拾你！”

不久，这两个权贵果然逮到了一个报复的机会。两人上蹿下跳，大肆煽风点火，把庞泮整得好惨，差点儿命丧黄泉。

春节刚过，一天晚朝，庞泮猛然得知一个惊人消息，皇帝已经下达圣旨：着锦衣卫将司礼太监何文鼎逮捕，打入诏狱。

庞泮百思不得其解。何文鼎少年即学习举业，会诗文，是个正直之人。他一直担任内宫太监，究竟犯了什么重罪，要被打入锦衣卫大狱？

仔细一打听，原来是何文鼎控告皇亲国戚惹的祸。

有一天，何文鼎一见到皇帝，就直言告状。

“张皇后兄弟张鹤龄、张延龄，大不敬，无人臣礼！”何太监气愤地说，“两位国舅在宫中饮酒作乐，调戏宫女。特别是张鹤龄，头戴皇冠，端坐皇帝宝座，还强暴宫女。请皇上重重治罪！”

按照明朝刑律，若是戴皇冠，坐龙位，可判重刑：杀无赦！

可皇帝召来张鹤龄一问，这位国舅爷知道问题性质，于是赖得干干净净：“我没戴皇冠，也没坐龙位，这是诬陷！”于是何文鼎以诬陷皇亲国戚之罪，立即被打入锦衣卫大狱。

由于是皇上亲自下旨查办，得罪的又是皇后的娘家兄弟，于是锦衣卫一帮人更是有恃无恐，立即对何文鼎刑讯逼供，逼他承认诬陷之罪。此时的何太监，真是叫天天不应喊地地不灵，处在水深火热之中。此刻的他真有点儿后悔：控告国舅，是做了傻事。

庞泮听说一向正直的何文鼎被打入锦衣卫大狱，心里非常焦急。“这锦衣卫大狱是什么事情都干得出来的。何太监若不招供，必定会命丧黄泉！何文鼎直言告状，并无错，将他打入大牢，完全不应该！对此事，我不能袖手旁观。我要发声，我要救何文鼎！”

但此刻，有一个声音在严厉地警告他：“你为何文鼎出头，必然要得罪皇后，违拗皇帝，你是活得不耐烦了？简直是自己找死，很可能会死无葬身之地！如今朝中文武百官，没有一个人站出来为何文鼎说话，你何必自讨苦吃？”

这时，他的眼前又浮现出家乡的铁面御史鲁穆，和为了国家百姓利益不怕得罪皇亲国戚的硬头包公。耳旁回响起无比刚直的清官于谦那首掷地有声的诗句：“千锤万凿出深山，烈火焚烧若等闲，粉身碎骨浑不怕，要留清白在人间。”于是横下一条心：“为了维护国家纲纪，哪怕坐牢杀头！”他立即写了《广纳谏慎用人以隆治道疏》：

微臣私下以为，国君治理天下，首先在于纳谏，尤其重要的是在于用人。听不到忠谏就会耳目闭塞，无法通晓天下的常情；用人不当，就会贤愚不分，不能成功地治理天下。

庞泮首先从治理国家的高度，论述纳谏的重要性。接着切入何文鼎进谏事件：

> 外人传说，有内官何文鼎，因为进言冒犯天威，现被拘囚。臣虽听说但不敢深信。皇上向来纳谏如流，即使有狂妄愚昧之人，也大多宽恕，为何唯独何文鼎仍遭拘禁呢？臣细想必然不是，或许是误传。访问朝中大臣，都说不知何文鼎所说的什么事，为何原因获罪。

介绍事实后，庞泮引用历史名人名言，进行劝谏：

> 唐朝名相魏征曾经说过："偏信者则暗。"何文鼎身居内侍，见闻必定真实。他不拍马奉承而能犯颜直谏，极其难能可贵。若是他所说的事关朝廷大局，正应当大力褒奖，以显示圣德的光明；即使狂妄不知忌讳，也应特意关照，加以宽恕，何必非要关押他，加罪于他呢？

写到此，庞泮准备重锤敲击，以江山社稷得失来劝谏：

> 宫廷内外传闻，使我不胜惊骇，恐怕人人自危，都将以直言进谏为忌讳；若是遇到谋王篡位、宫廷造反一类大祸，以后谁胆敢再直言进谏？

他看了看这段文字，觉得"谋王篡位、宫廷造反一类大祸"一句，虽然能使皇上骇目惊心，但太直露，对皇后却是大不敬的字眼，这分明是说两个国舅有篡位和造反的嫌疑了。这是十分犯忌的。于是把这句话改为：不测之祸。这样，既含蓄隐蔽，又能让皇上知道警惕，可谓恰到好处。

接着，庞泮笔锋一转，将古今正直宦官和奸佞宦官进行对比：

> 汉朝宦官吕强，上疏直言，遂遭谗言诬陷，慷慨而死，

千载留名，史书记载昭示后世，不能不令人畏惧。又如当今的司礼监衙门，对朝廷既亲近又重要，凡是国家大小事务，无不预先知道。陛下继承大统，挑选老成持重的官员，行事沉稳，人心称快，却为何近日侥幸升官的门路一被打开，投机钻营者纷纷而来。滥用小人有违国家政体，虽陛下独断朝纲，明见万里，本来不会被他们蛊惑，但恐怕阴险奸诈小人，欺骗花样百出，难道不会出现著《汉书》的史学家范晔所说的“同弊相济”的情形吗？

写到此，庞泮直接指斥宫中不法太监：

如今司礼监衙门新进的几个人，虽不能全部知道他们的详情，但其中如太监戴义，行为向来不谨慎，曾得罪先帝；杨鹏做事错乱反常，人心抱怨，都有显著过失，人所共知。一旦越级升迁，干预军国机密，不但会造成政出多门，严重损害清明之治；而且恐怕会造成人人只树立私恩，渐渐开通侥幸升官的捷径，危害匪浅。这不能不慎重对待。

他再举历史事例以证明其危害：

唐朝鱼朝恩这类宦官，引用奸邪险恶小人，终于酿成专横跋扈的局势，虽结果不免败亡，但当时国家政体已被损害得不轻。往事昭昭，足以成为陛下的一面镜子啊！

最后，庞泮提出请求：

以上两事，关系重大。恳请陛下用日月般光辉，宽息雷霆之怒，将何文鼎释放还职，以开启直谏之门；将戴义、杨鹏罢职不用，追究大太监李广滥用之罪，以阻塞投机钻营者升官的门路。如此，则圣德增光，而吏治更加兴隆！

庞泮的奏疏，得到都察院御史黄山、张泰的附和赞同：“庞给谏的奏疏切中要害，情词恳切，请皇上照准。”

谁知，孝宗皇帝却大为恼火，诘问道：“你们外廷官员，怎么知道内廷的事情?”

庞泮上前启奏：“既然国舅爷说何文鼎是诬陷，不知有何证人?何不令双方对质?”

对质时，何文鼎要求，将张国舅强暴的那名宫女带来询问。

“张国舅有没有强暴你?”面对皇帝的盘问，那名宫女一声不吭只是哭。对质张国舅戴皇冠、坐龙位之事，也是各执一词，无法判定真假。

“微臣能判断出这两件事的真伪。”庞泮道，“只要陛下批准让我参加审理此案。”

此话一出，谢迁阁老和屠滽天官都为庞泮捏一把汗：这死庞矮，涉及皇家体面，皇亲国戚的私事，能去审吗？他是吃了大虫胆，活腻了？他们四目逼视庞泮，要他不要犯傻做傻事。

“好吧，就由你去审理。”孝宗皇帝一锤定音，“我倒要看看你的能耐!”

“陛下，请允许我放在一个很秘密的地方。”

皇上一听，点点头道：“好，允你所奏。”

强暴陈宫女的事，庞泮差人找来一名稳婆（类似如今接生医生)，马上验出宫女处女膜已破。于是对她说：“宫女与官员通奸，罪该杀头。若是皇亲国戚所为，你可以平安无事。”于是宫女招供画押。

两个国舅被分开。张鹤龄被带进锦衣卫大狱，庞泮告诉他：“宫中有陈宫女指证你强暴。现在有两个人证。因此经皇上下旨，将你关进锦衣卫大牢，准备动用三法司（刑部、大理寺、都察院）联合会审。”

而将张延龄带到一个仿佛阴间一般的处所。

开始他仗着靠山大如天，还不如实交代。当来到“阎罗殿”，只觉阴风阵阵，令人毛骨悚然；牛头马面龇牙咧嘴，凶神恶煞。到了奈何桥，看到桥下大蛇蠕动，被咬噬的作恶之鬼凄惨地号叫，又看到牛头马面，将一个不说真话的罪人，放在一个吓人的大石磨下磨成粉，知道自己到了阴曹地府，即使自己是皇帝也无济于事，只得战战兢兢，如实说出哥哥张鹤龄戴皇冠、坐龙位和强暴宫女等不法事情……

当庞泮将陈宫女和张延龄的证词拿到皇帝的案头，孝宗半晌无语，脸皮涨得通红，不停地喘着粗气，似乎胸膛里有一架风箱正猛力地拉着。他硬着头皮，下旨释放了何文鼎，仍任司礼监要职；将戴义、杨鹏两人革退。但他心里老大不高兴。当从皇后处得知，庞泮靠设计阴曹地府用“诡计”套得小国舅证词，又见千娇百媚的皇后哭得梨花带雨，孝宗心头顿时燃起一把无名火：“哼，你这个死庞矮！胆敢在老虎面前耍猴戏，简直胆大包天！”于是抓住庞泮奏疏中“用人不当，就会贤愚不分，不能成功地治理天下”一句，说是在含沙射影讥刺圣上，给予庞泮以“面壁思过，停俸半年”的处分。

吏部尚书屠滽对庞泮道：“庞矮，你为何要干这种吃力不讨好的事？皇后娘娘的兄弟，皇上怎么会不偏袒？不过，你敢到太岁头上动土，令老夫自叹不如！”

谢迁阁老也摇头叹息道：“你这庞矮，人矮智高。但你怎能与张皇后作对，让皇上难堪呢？现在可好，别人没事，你自己倒停俸半年，把自己给坑了。往后的日子看你怎么过！以后若是揭不开锅，可来我这里拿点儿银子救救饥荒。”

得知皇帝对自己的处罚后，庞泮大笑道：“皇上毕竟仁慈。我原以为，如此这般捉弄两个国舅爷，不杀头起码也得坐牢或者充军，谁知只伤了点儿皮毛。能救何文鼎一命，即使我吃糠咽菜也心甘！”

对朝廷一片忠心的正直太监何文鼎被释放后，立即来到庞泮坐落在东直门的三间两厢住处拜访，但是等了好久，也没等到庞泮。一问，才知庞给谏已经搬家。

庞泮新的住处：一间低矮的草房，里面水缸、床和煤球炉等挤满一间。蒋氏正在生煤球炉，准备煮稀饭。此刻，她正愁眉苦脸，两眼垂泪道："如此境况，叫我们如何度日？日子过得安安稳稳，为啥要自搬石头砸自己的脚？"

"我又没死！你哭哭啼啼干啥？"庞泮发火道，"我还以为你是个知书识礼的贤惠之人，谁知道竟如此糊涂！按照你的逻辑，为了自己的利益，明知有人冤枉，明知有人拿刀杀人，也应该做缩头乌龟，见死不救？人活在世上要有骨气！我是谏官，更应该仗义执言见义勇为！不然，明哲保身，岂不是一具行尸走肉，要我这谏官何用？"

蒋氏见丈夫发火，也感到自己的自私，于是抱歉地说："老爷仗义执言，我非常钦佩和敬重，怎敢责怪？我只是担心你太刚直，要遭大祸啊！你若是遭大祸，我和一对儿女怎么办呢？岂不担心死了！俗话道，过刚则折。官场讲究刚柔相济呢。"

"你年轻漂亮，一貌如花，担心什么？"庞泮开玩笑道，"我遭殃，你正好可以嫁那官运亨通的人去呀。"

"你这个老不正经的，竟然拿我开心！你要是遭祸，我也不想活了！"蒋氏一把揪住丈夫的胡须，把他揪得生痛，放出狠话道："你这个死老倌！我为你生儿育女，又从浙东天台三四千里跟你来到京城，为你烧饭洗衣、端水递汤，把一生最美好的青春年华给了你，你想甩掉我，没门！我要与你有福同享、有祸同当！"她满脸委屈地甩出这句话，唯恐丈夫跑掉一般，紧紧地抱住他，眼泪刷地流了下来。

庞泮见妻子满脸菜色，想到她跟着自己不但没享到什么福，相反经常担惊受怕，而且生活艰难，于是爱怜地抱住她，劝慰道："天塌下来，也有我这个高个子顶着，你怕什么？"

蒋氏点点头，体贴地说："你休息一会儿，我去生火炖稀饭。"

已是深秋季节。大风怒号，茅屋发抖。

何文鼎经过辗转打听，像头梳梳头发一般，把京郊那一片房屋寻了个遍，方才打听到庞泮新租的茅屋，只听里面传出琅琅的读书声："八月秋高风怒号，卷我屋上三重茅……安得广厦千万间，大庇天下寒士俱欢颜，风雨不动安如山，吾庐独破受冻死亦足!"

听到这朗诵声，何文鼎泪珠扑簌簌地掉了下来。一走进门，他扑通一声跪倒在地，哽咽着说："庞给谏，大恩人！您是为我方才受到如此重罚，吃如此之苦啊!"

庞泮连忙将他扶起："这算啥重罚？没有坐牢，没有丢官，这是最轻的处罚了。把你这个正直无辜之人打入大牢，那才叫重罚，那才是天大的不公哩!"

"庞给谏，您对我恩重如山，我何某无以为报!"何文鼎说着，拿出一百两银子放到那张被虫蛀得七孔八洞的旧方桌上。"这点儿钱，给您买点儿米粮和煤炭。"

"你赶快拿走!"庞泮原来带着笑容的脸顿时涨红，"我认为你这个人忠君正直才写诉状为你鸣冤叫屈。你若是这样，我就不认你这个朋友!"他发了一通火，然后语重心长道："你正直清廉，从来不像别的宦官那样向人敲诈勒索，仅靠俸银一定没有多少积蓄。加上这回无端遭大祸，一者肯定少不了又要打点，二者被打成伤残疗伤需要不少钱，因此必定很困难，说不定还要欠一笔不小的外债呢！你的心意我领了，这银子务必请你拿回去!"

"庞大人，您冒死仗义执言，高风亮节人人钦仰。您舍身相救，使我死里逃生，别说一百两，就是千两万两酬谢，也是应该。可你连一百两也不收，叫我怎么过意得去?"他不禁泪眼汪汪，"严冬就要来临，您这房子没炉火，会冷得如同冰窟，怎么受得了?"最后，他拿出十两银子，说：“那您莫嫌少，我就拿它表点心意。”

“我一两也不会收的！”庞泮斩钉截铁道，“一者，你此番遇上大难，我若是收了你的银子，类同于趁火打劫，会使你雪上加霜。二者，人言可畏。我收你十两，人们就会谣传是一千两，甚至上万两。那样就会大损我们俩的名声，对我而言，是受贿；对你而言，是行贿。这是我不愿意看到的啊！”然后，他俏皮地说：“你若是真感到过意不去，有机会就请我喝杯酒，不过下酒饭菜可不能偷工减料——那菜，需要一碗猪肉炖粉条；那饭，必须是货真价实的糯米糍粑哦！”

“庞大人，您，您——”何文鼎哽咽着说不下去了。他心里默默地念叨着：“庞给谏，你是当朝骨头最硬、最仗义执言又最廉洁的人！”

腊月二十四，小年的傍晚。北风呼啸，如同狮吼狼嚎，大雪已经下了一个昼夜，仍未停歇。幼儿庞栎，因伤风感冒而不停地咳嗽啼哭，令庞泮夫妇阵阵心寒。在摇晃发抖的茅屋里，他们守着即将熄灭的小炉，锅里炖着没有油水的豆腐和萝卜，正眉头打结，发愁这个年关如何度过时，只听有人叩响了庞泮这间地处偏远的小茅屋。

庞泮开门一看，原来是都察院佥都御史张淳和御史刘绅，冒着风雪前来。

“张公，刘兄，这么大的风雪，你们怎么来了？有何紧急事？”庞泮见是故人，不禁惊奇地问。

“庞老兄，我们到处找你，谁知你却藏在这个世外桃源！”刘绅大嚷道，“你准备做诸葛亮隐居隆中吗？”

“我们特地来慰问你这个硬头清官。”张司官看了看房里简陋的陈设和没有丝毫暖气的房间，取出三十二两银子放到桌子上，关切地说，“聊慰你无米之炊。”

“使不得，千万使不得！”庞泮连连推脱。他知道，这些同僚俸禄不高，又是清水衙门，加上在京城生活费用大，家家户户经济上几乎都捉襟见肘。况且这是一笔不小的款项，怎可接受？

“你不用推脱，”张司官道，“这不是我和刘御史的馈赠，而是六科给事中和都察院同僚四十八个人的捐款，是大家的一点儿心意，你可不能推辞！”

“同道们哪！我庞泮何德何能，竟蒙众位如此关怀！这恩情，比长江还要长，比桃花潭还要深！”他热泪盈眶，“我只有为国为民贡献满腔热血来报答你们了。”望着两位同僚踏着厚厚的积雪远去，只留下两行深深的足迹，他不禁泪眼模糊，喃喃地说道。

## 二、六部九卿联合保庞泮播远名

这年四月，一桩惊天动地的大案，在湖广省宝庆府（治所在今邵阳市）发生。

四月的一天，孝宗皇帝刚上早朝，皇帝的叔爷——朱元璋第十八子岷王朱楩（先建藩国于甘肃岷州府，后来又在湖广武冈府）便急急出班启奏：

> 湖广省宝庆府武冈州（辖新宁县，治所在今武冈城）知州刘逊，企图谋反，他曾口出怨言，说是天下本姓刘，你朱家能做皇帝我们刘家更能做！如今正私自打造器械，准备攻打府城。

孝宗接到奏报，第一个反应是：皇族叔公奏报，必定真实无疑！于是雷霆震怒道：“我大明皇朝，岂容你一个跳梁小丑作乱？”于是急速下旨，派锦衣卫立即驰往，会同湖广省都指挥司，派大队兵马包围武冈知州衙门，由锦衣卫千户将刘逊及一干要犯迅速擒拿进京。

一路上，车马辚辚，锦衣卫千户率领人马，如狼似虎向湖广武冈进发。

一提到锦衣卫，明朝的官员百姓都会感到毛骨悚然。这是何种机构？为何官民会听之色变，魂飞魄散？原来，它是由皇帝亲自掌握的中央特务组织。其首领称为指挥使，通常由皇帝的亲信、功臣、外戚担任。其职能是直驾侍卫，巡查缉捕。下设南北镇抚司，其中北镇抚司专门办理皇帝钦定的重大案件，拥有自己的监狱，不必经过国家三法司（刑部、大理寺、都察院）审讯，即可自行逮捕、刑讯、处决，上至藩王、宰相，下至军人百姓，都处于他们的监视之下，稍有违背就会家破人亡。

刘逊谋反案，闹得京师震动，全国沸沸扬扬，也引起庞泮的高度关注。一个仅仅管辖一州（除了武冈州城仅辖新宁一县）的五品知州，竟敢对抗朝廷谋反，这的确令人难以置信。除非刘逊利令智昏！岷王告刘逊谋反，到底有何真凭实据？案犯刘逊一方又是怎么说的？如今，刘逊被打入皇帝亲自掌管的锦衣卫大狱，要跟刘逊当面接触调查了解，显然根本不可能，那么，只有看岷王上告的奏章上到底有何真凭实据了。

由于给事中享有“负责记录编纂诏旨题奏，审核封驳诏旨，驳正百司奏章”的特权，庞泮很快就获悉岷王上告刘逊的奏章内容。

岷王上告刘逊谋反的罪状是：供应岷王的禄米延期，折收的银两未足数。这是藐视亲王，侵犯其尊严。其中，最关键的一条证据是刘逊自我吹嘘：“我刘氏宗族，自从汉高祖刘邦开创基业以来，帝王不绝，历朝历代门庭显赫，要比你朱氏强！”

一看岷王这道奏章，庞泮便明白了所谓“刘逊谋反案”的前因后果。究其实质原因，就是武冈知州刘逊对驻守在武冈州城的当地太上皇岷王，没有伺候好，结果引起岷王震怒，于是将他告了。至于岷王所告的那条上纲上线的罪行，刘逊若不是疯癫了怎么会说这种话？很可能是欲加之罪何患无辞了！仅凭这两条微不足道的失职，便诬以

“谋反大罪”，这也太阴险歹毒了！即使这两条属实，也够不上刑事案件，不必如此大动干戈，何况这只是岷王的一面之词。禄米是否延期？银两是否足额？这些，皆有待调查了解，没调查便将官员捉拿进京，打入锦衣卫大牢，这太草率了，实在不妥！再说，上告的涉案人员有上百人之多，为何只上解刘逊一人来京？庞泮下定决心决不袖手旁观，要写奏疏向皇上劝谏。

于是，他就利用休息日埋头写奏章。

以什么作为题目呢？他心里问。这简直是奸臣在玩弄国家的法律，那就起“奸回玩法疏”的题目吧。他开始写道：

臣等仰窥圣意，只见岷王所奏，情词激切，必是刘逊所犯罪恶深重，特令拿解来京，审问明白，已昭示王法之公，用为不法之戒。抑使天下有司，晓然知宗室之应当尊敬，而不敢以轻犯。

接着一针见血地指出问题的实质，劝谏皇上不宜偏听；并需与证人对质，方能查清案件：

但臣等私下看岷王的奏词，探究来历，大概只因送纳禄米延期，折收银两欠数，以致辗转交移动将掣肘。虽刘逊对岷王违逆狂妄之罪，本来难保其必无，而朝廷公正之法，不宜偏于独听。如人命若不检验，何以定致死的根由，钱粮若不盘查，何以见侵吞克扣的数目？乘机抢劫，必定要询问被劫掠之人，克留盗赃，要追查原留之物。其他如激变地方，卖放强盗等项，都系重情，岂能轻易放过？况且岷王奏章内涉及的各项人名，有百人以上，现在只将刘逊一人押解进京，而一干证人都未到场，不让双方对质，那么案情怎么搞得清楚？假如陛下单凭岷王一面之词，就定刘逊重罪，非但不能服刘逊之心，也恐怕不足以服公论。

庞泮想起各地藩王往往飞扬跋扈，盛气凌人，对地方官吏颐指气使，又提笔写道：

> 更何况全国各个王府，有事未免都要与地方官吏相干，钱粮出纳，土地纷争，岂能尽数完成，满足各王府所需？稍有违背，就上奏攻击以致诬陷；如果朝廷不加以审察是否属实，动不动就派人捉拿，那么地方官无法自保，将会手足无措！

庞泮正写得起劲，忽听一阵砰砰砰的敲门声，出门一看，原来是翰林院朋友祝编修。“庞年兄，你去过长城没有？”见庞泮摇头，他高兴地说：“如今正是暮春时节，天气不冷不热，正是出游的好时节。听说八达岭长城极其雄伟，我至今未曾领略，今天何不前去一游？”

“今天正好有事，写点儿东西，恕我不能奉陪。”

“写什么雄文这么重要？”祝翰林问。

“撰写雄文是你们翰林的事，我作为谏官，只能给皇上提提意见，”庞泮道，“有人要破坏长城，我想维护一下。”

“谁破坏长城？”祝翰林吃惊地问。

“如今朝廷闹得沸沸扬扬的事，你不会不知道吧？”庞泮气愤道，“岷王告刘逊谋反，你相信吗？藩王干预朝政，破坏江山社稷，我们岂能袖手旁观？”说着，他拿过奏疏，“祝兄，你是写文章的高手，请提些宝贵意见。”

祝翰林接过，匆匆浏览，不禁大惊失色：“你疯了，不要命了？首先这个题目——“奸回玩法疏”，就充满火药味，准会引起轩然大波。这分明是说岷王是奸臣，并在玩弄国家法令，他怎肯与你干休？同时，也会令皇上震怒。因为你这道奏疏说了三点意思，一是皇上偏听岷王一面之词，难服刘逊及众人；二是皇上派锦衣卫捉人，使地方官无法自保，是错误的；三是刘逊只有送禄米不及时和折收银两欠足数的小错，构不成犯罪。概括起来就是说，皇上偏听了奸臣之言把刘逊捉拿下狱，是个地地道道的昏君。”

祝翰林作了一番分析后，下了结论：“你这道奏疏捅了虎狼窝，准会引来虎狼咬噬。这道奏疏一上去，必将大祸临头！”他停歇了一会儿，似乎感到胸膛郁闷得透不过气来，不禁长吸了一口气劝道：“你要写，也要写得和风细雨，免得生出祸患。”

“写得和风细雨，如同隔靴抓痒，毫无用处。这样不如不写！”

“不听逆耳良言，吃苦就在眼前。”看到话不投机，祝翰林长叹一声，摇摇头走了。

祝翰林一席话把蒋氏吓得心惊胆战：“老爷，我怕。你就别写这道奏疏了。想你奋斗几十年，才坐到现在这个位置，别自毁前程了。”

“别写这道奏疏了，你这话说得好没道理！”庞泮生气道，“古话说，食君禄，分君忧。做谏官，看到有不平甚至冤枉之事不劝谏，就好比农民不种庄稼，老师不教学生。你说这样行吗？做谏官，就要做到明知山有虎，偏向虎山行。这样才能上对得起君王，下对得起官员和百姓。”

说完，他继续挑灯夜战，撰写奏疏的最后一段。他对皇帝劝告道：

恳请皇上稍宽震怒，略留圣虑，顾及国法之不可偏废，而人情当有所体恤，应当命令锦衣卫不必派人前往缉拿，只照刑部原先的拟定，行文送达湖广镇守太监刘雅，巡抚、左副都御史樊莹等官，先将刘逊一行人犯，提取到官衙隔离关押，以杜绝他与手下人私通作弊。然后提调一干证人的案卷，从公逐一勘问明白。若是岷王所奏的刘逊违法事情属实，就将有罪人犯，依照法律判罪。情节轻的，就按照惯例或常情先行发落；情节严重的，都先关押起来，再奏请候审。到那时，罪状已经清楚，然后押解来京，从重处治，也不为迟。岂可因岷王的一面之词，不经过勘察，事情真假还不明了，就急急如此呢？

结尾应当打动皇帝的心，庞泮在心里说。于是，他又写下最后几句：

臣等身为谏官，因见事体不明，不敢沉默，恳求圣明的天子，怜悯微臣的一番苦心，对臣的提议加以采纳为盼！

第二天一早，他匆匆热了一碗剩饭吃了，便整理好奏疏准备上朝。蒋氏问道："老爷，您的奏疏改过没有？题目是否已经重拟？"

"你们女人头发长见识短，休要过问朝廷政事！"庞泮边说边要往外走，却被妻子拉住一只衣袖。

蒋氏道："我是不想过问政事，但我们女人不能不过问家庭！俗话说，枪打出头鸟。你一出事情，若是坐牢充军，我们一家就毁了，我们的儿女怎么办？"

"如果都像你这样只顾一家私利，贪生怕死，国家还有什么希望和前途？朝廷还要我这个谏官干吗？"庞泮劝道，"武冈知州遭奇冤，被诬谋反大罪，性命危在旦夕；老母上告无门，哭断肝肠；娇妻将卖为人妇，遭受欺凌；年幼儿女将卖身为仆役，受尽苦楚。你难道忍心袖手旁观？"

可蒋氏却固执地说："朝中有这么多大官，也有这么多给事中和御史，为何偏偏要你出头？你去救武冈知州一家，出了事，又有谁来救我们一家？"

"刘逊遭岷王诬陷，他和一家人的性命危在旦夕，可你却要我闭口不言，你这个臭婆娘，你的良心何在？正义感何在？"庞泮气愤道，"快放开，天已经大亮，赶快放手让我上朝！"

可蒋氏却死死拉住不放。

"你放不放手?"

可她仍然不放手。

啪!突然，她脸上挨了一巴掌。庞泮从未对妻子大声斥骂，更不要说动手。如今为了救刘逊，他歇斯底里地发作了，两眼血红，如同一只要吃人的大虫。

蒋氏哇哇大哭起来:"你打吧，我决不放手!除非把我打死!"

一对儿女见母亲拉住父亲啼哭，一齐奔过来，一人一条大腿紧紧地抱住，不让父亲走。

"孩子们，爸爸要去外面给你们买糖果、麻花、红枣，赶快放手!"听说父亲要去买许多好吃的，两个孩子一齐放了手。

"你放不放手?"

蒋氏相信祝翰林的眼力，对他的判断深信不疑。此刻祝翰林那句惊心动魄的话语，如同惊雷一般仍在她的耳旁轰鸣:"这道奏疏一上，必将大祸临头!"于是，她哭泣道:"老爷，老爷，你这道奏疏一上去，就很可能回不来了，丢下孤苦伶仃的我和一对年幼的儿女可怎么办?"蒋氏使出吃奶的力气，死死拉住庞泮的官服袍袖不放手。她害怕一旦松手，丈夫从此将不再回来。

计时的滴漏滴答滴答地如同跑马一般过去，若是再不采取有效措施，恐怕上朝要来不及了!庞泮气急败坏地拿起案桌上妻子做针线活的那把剪刀，左手往里一缩，咔嚓两下，袍袖被剪断了，妻子仰面一跤，跌倒在地。庞泮连忙拿起案桌上的奏疏，转身便走，只留下双脚乱蹬、伤心啼哭的妻子。

庞泮连奔带跑，疯了一般赶到宫殿门口。兵部尚书、太子少保兼东阁大学士谢迁宰相见他头发散乱、衣冠不整，不禁问道:"你如此匆忙，是来救火的吗?"

"对，阁老大人，您说得很对，我是来救火的!我要为刘逊鸣冤叫屈，把他救出火坑！”

“你把奏疏给我看看。”听了对自己爱护有加的谢阁老的话，庞泮从怀中掏出奏疏。谢阁老一看题目就蓦地一惊，这个题目很是触目，皇上看了准会恼火。再一看内容，一道岷王诬陷，二曰皇上偏听偏信，三说拿问刘逊不妥，定会令龙颜大怒。谢阁老警告庞泮：“你这道奏疏，批评朝政，指责皇上，触犯龙颜，轻则会遭受牢狱之灾，重则将招来杀身之祸哩！”

庞泮道：“阁老的话我何尝不知，但事关国家利益和知州刘逊一家的安危，我怎能只为个人打算而袖手旁观？况且我身为谏官，遇到事情不说岂不是严重失职？”

“明知山有虎，偏向虎山行。真是好样的！”谢迁阁老看到急急进宫的庞泮虽然暗中为他捏一把汗，但是对他的人品和胆识发出了由衷的赞赏。

庞泮的奏章《论奸回玩法疏》，如同一颗重磅炮弹，在这天的早朝炸响，惊得君臣目瞪口呆。六科众多给事中，见庞泮带头上疏，也纷纷上疏，指出应按照刑部所拟意见，先调查清楚，再根据情节轻重处理。

岷王见众多给事中联名上疏，反对自己的意见，不禁大怒，立即上殿启奏：“朝廷法律规定，亲王尊严不可侵犯。小小的五品知州竟敢藐视皇权，延期送缴禄米，克扣朝廷所发银两，言语大不敬。是可忍孰不可忍！应狠狠治罪！”接着又对庞泮等六科给事中吼道：“你们这群嗡嗡乱叫的苍蝇，一群跳梁小丑，竟然跟我作对！哼，真是蚍蜉撼大树，可笑不自量！”

岷王的趾高气扬、飞扬跋扈，引起众多谏官的强烈不满，于是都察院御史刘绅等二十人，一齐声援庞泮等给事中的主张。

看到庞泮等人与岷王和当今皇上对抗上了，平江伯陈锐和司礼监李兴不禁心花怒放："我们报仇雪恨的机会到了！这个庞泮简直自寻死路！"于是立刻在皇帝面前煽风点火："皇权至高无上！亲王尊严不可侵犯！庞泮等一群跳梁小丑，不但藐视亲王，还胆敢冒犯皇上。当今皇上是一代明君，无比英明，洞察秋毫。可是庞泮一伙儿却丧心病狂地鼓噪，说皇上下旨锦衣卫将刘逊逮捕入狱众心难服。攻击此举使地方官无法自保、手足无措。如此颠倒黑白，不重重惩罚，天子威信何在？又怎能正朝廷纲纪？"

平江伯陈锐也乘机怂恿岷王："这些小丑把亲王和我们这些公侯伯爵不放在眼里，如此下去，以后便会骑在我们头上拉屎拉尿哩！"

于是，年逾花甲、肥头大耳的岷王，拄着拐杖，来到宫殿，对着孙子一辈的年轻皇帝，火上浇油道："皇上，这大明王朝是朱家的天下，不是别家的天下！这些人联合起来反对你，你做皇帝手握百官生杀大权，难道还惧怕这些跳梁小丑不成？"

一番话煽起了皇帝的熊熊怒火。于是，孝宗皇帝雷霆震怒了："小小的知州因违逆亲王被皇帝处理，却遭到这么多人的对抗，皇家的脸面何在？皇帝的尊严和威信何在？这些人分明是看我年纪轻，有些看不起我。若不狠狠惩治，以后这帮人会把尾巴翘到天上去！"

他吼道："将这帮小丑统统打入锦衣卫的监狱！叫他们尝尝铁窗的滋味。"于是，司礼监李兴立即传旨：将以庞泮为首的四十二名六科给事中及刘绅等二十名都察院御史，总共六十二人，一齐拘捕关入诏狱。

什么是"诏狱"？即指九卿、郡守一级年俸二千石的高官若犯了罪，需要皇帝下诏书才能打入的大牢，即由皇帝直接掌管的监狱。

谏垣六十二人被打入深牢大狱，顿时，六科衙门皆空，都察院官员也寥寥无几，致使两大衙门无法正常办事。

听到皇上这道圣旨，兵部尚书兼东阁大学士谢迁顿时目瞪口呆。

岷王奏武冈知州刘逊谋反一案，他是不相信的。因此，他竭力支持刑部的方案，先行文到湖广镇守太监和巡抚等地方官，将刘逊一行人犯，提取到官衙隔离关押，然后提调一干证人案卷，待调查清楚，再根据案情处理。若是刘逊真是罪行严重，再押解来京候旨会审。但他根本没有想到，皇上竟然会偏听岷王的一面之词，未经调查勘问，就贸然下旨将刘逊押解京师锦衣卫监狱。

从这个事件中，谢迁读出了两条重要信息：其一，自己虽然身为朝中内阁三首辅（宰相）之一，几乎一言九鼎，但是在皇族亲王面前，还是矮了一截；其二，司礼监李兴，在皇帝面前煽风点火，能量非同小可。如此下去，太监以后很可能会呼风唤雨，扰乱朝纲！这不能不加以警惕。

另外，谢阁老没有想到，平时的谦谦君子庞泮，竟然没听自己的警告，敢于冒着坐牢、充军甚至杀头的危险，反对皇上的旨意；也没想到庞泮的奏疏，居然引起六科和都察院广大给事中和御史的共鸣，有六十多人一齐上本劝谏皇上，声援庞泮。让他更没有想到的是，皇上居然把这么多人，一齐打入锦衣卫大狱！

自己身为宰相，此时此刻，如果不出场力谏皇上，解救这一大批人，平息事态，则既影响朝廷政局稳定，又损害皇上威信，对国家大为不利。想到这里，他立即联合太子太傅、户部尚书兼武英殿大学士、资格最老的宰相刘健，和太子少保、礼部尚书兼文渊阁大学士李东阳，以及吏部尚书屠滽等九卿，一齐上殿劝谏营救。刘健以老迈多病推托未参加，李东阳以不能激化大臣与皇帝之间矛盾为由，未予响应。于是谢迁率领文武百官，一齐上殿劝谏："岷王状告刘逊谋反一案，情况未经调查，不宜立即逮捕刘逊；六科和都察院言官，牢记自身职责，虽犯颜直谏，但出于公心和忠君之心，恳请陛下准予无罪释放。"

在这场皇族与朝中大臣势均力敌的较量中，向来见风使舵的翰林院侍读学士杨守址认为升官发财的机会到了，立即出班启奏，声色俱厉地指责谢迁："你作为朝廷首辅之一，是皇帝的左右手，理应听从皇帝的旨意，为皇帝分忧，可是你却联合文武百官对抗皇上旨意，你的行为已经不配当首辅!"

他的话语，引来岷王、平江伯陈锐和太监李兴等人的称赞和喝彩，一齐出班启奏："杨学士此言无私无畏，应予以嘉奖!"

孝宗也龙心大悦，点头道："爱卿此言甚合朕意。"于是立即下旨：杨守址提升为翰林学士，官阶从四品。

吏部尚书屠滽道："陛下，最近正在进行官员京察，待京察完毕，看看有无劣迹，再行决定。请陛下批准。"孝宗只得同意。

孝宗看到这些人都支持庞泮，于是对谢迁等朝廷大臣的主张不予采纳。

就在武冈知州刘逊被锦衣卫千户用囚车押解到京师，打入锦衣卫大狱之际，事情忽然有了转机。

恰好此时，奉旨巡按湖广的监察御史张淳回到京师。他将武冈知州刘逊与岷王结怨的始末，直陈皇上。

岷王儿子"朱太岁"，霸占武冈一带百姓六百多亩土地，使大批农民无以为生。刘逊将岷王擅自霸占的耕地田亩粮食扣除，国库只供应其余部分。岷王认为知州与自己作对，大为震怒。另外，"朱太岁"看到新宁县叶教谕的新婚妻子林氏年轻貌美，于是趁林氏去庙宇进香之机，把她抢回王府，强纳为第五房侍妾，并且藏在深宫，不让她出来。刘逊接到叶教谕的控告，派人去问，"朱太岁"矢口否认。结果，刘逊设下妙计将林氏救出，并将没穿王侯服饰、自称是湖广按察使的"朱太岁"，以"冒充朝廷高官，招摇撞骗，诱拐妇女"的罪名痛打了一顿。于是，岷王父子对刘逊恨之入骨。

至于送禄米给王府错过期限一事，也事出有因，并非故意为之。刘知州送禄米，往年都是提前数天。今年，新出的一万二千斤小麦因连日阴雨，晾晒不及，晾晒干后送交王府途中又突遇暴雨山洪，因此超过期限两天。

看了张淳御史的奏本，孝宗皇帝顿时陷入深思：如此看来，岷王父子与武冈知州刘逊结怨很深，显然，刘逊谋反一案难以成立。岷王上告属小题大做；刘逊秉公执法，是个好官；而庞泮等六十多名言官奏本，属于有理。

此刻，吏部考功郎中储巏，又上本启奏：武冈知州刘逊，在任职三年的考核中，年年评为优等，属于一等良吏，被湖广省树为楷模，应予以提拔。

孝宗此时心里很不平静。以正直忠诚的谢阁老为首的六部九卿大臣集体为庞泮等六十多名言官求情，显然，群官之意不可违，若是违之，以后谁来帮助自己治理国家、处理朝政？这么多言官关在狱中，是个火药桶，应尽早平息。但岷王是我高祖永乐皇帝的小弟，年过花甲，他若是经常闹到皇宫，也实在令人头疼。这时，他想起儒家的中庸之道，统治之术就是使得上下左右的平衡。于是下旨：释放庞泮等六十二名给事中和御史，每人扣三个月俸禄。

武冈知州刘逊怎么处理？孝宗心里在盘算。现在此人已下锦衣卫大牢，若是一点儿不处理，无罪释放出狱，官任原职，那就说明我这个皇帝抓错了。这样皇帝的威信何在？岷王的脸面何在？但刘逊无大错，若是过分追究，势必会打击忠臣良吏秉公执事的热情，也会影响皇帝的威信，损害岷王的名声。怎么办？于是，他召来宰相谢迁和吏部尚书屠滽商量。

屠滽道："陛下，我想处理这道难题，可按照刑部所奏和庞泮给谏所提方案，先派刑部、大理寺、都察院御史加上几名给事中，组成联合调查组调查此案。待把案情调查水落石出，根据实际案情再加以处理。但是这样一来，万一调查出岷王一方的不法之事，恐怕对其不利不好收场。”

谢阁老咳嗽了几声，发言道：“古话说，解铃还须系铃人。陛下不妨召来岷王，先征求一下他的意见，是动用三法司彻查刘逊谋反一案，还是怎么做更妥当？请他自己提个方案。”

孝宗略微一想，觉得谢迁的主意好，于是立即召来岷王，对他说：“岷王，如今六部九卿联合上奏，一致要求派刑部、大理寺、都察院彻查刘逊谋反一案。你看如何？”

岷王原以为凭借堂堂皇帝叔公、太祖儿子的显赫身份，弹劾一个小小的五品知州，一定会像从身上掸去一只蚂蚁那么容易。但他没料到，一粒粟米官——给事中庞泮一出头，居然掀起滔天巨浪，结果六科四十多个给事中一齐上疏，都察院二十个御史联名声援，更想不到会引得六部九卿一齐上殿，集体保以庞泮为首的谏官，闹得满城风雨，朝野皆知。看样子，我已经成了百官的对头，众矢之的。若是六部九卿联合起来，再加上庞矮这个硬头颈的跳梁小丑上蹿下跳，将此案彻底一查，我岷王府霸占百姓大批良田之事以及我儿子的种种不法行径便会暴露在光天化日之下。到那时，六部九卿和都察院竭力上奏王子犯法与庶民同罪，那我和儿孙将毫无退路了。那时，不但要退还大批多占的田地，损失大量利益，儿孙亦将被查办，实在有损我堂堂亲王的威信，可谓后患无穷哪！看来众怒难犯，还是见好就收吧。

想到这里，他对皇帝道：“陛下不用大动干戈了，免得让您为难。此案，任凭皇上处理。但我坚决声明：从此不想在武冈再看到刘逊这个狗官，我要他滚得远远的！”

有了岷王这句话，孝宗皇帝不禁长出了一口气，于是下旨：

一、庞泮等六十二名给事中和御史上奏之事，念其出于忠君为国之心，免予起诉，予以全部释放。罚俸三个月，以惩戒对皇帝和亲王不恭之罪。

二、武冈知州刘逊，虽谋反一案查无实据，但送交岷王府禄米超过期限，已构成对亲王不敬之罪，应给予惩戒。刘逊贬谪江西任南昌县知县，官阶由五品降为六品。接到圣旨，立即离开湖广，不得稍有迟延！

武冈知州刘逊原以为，被岷王告以谋反大罪，此番必定死在大狱，尸骨难收，根本没想到还能从锦衣卫的深牢大狱中出来。这令他有恍如隔世的感觉，更没想到还能继续为官。接到圣旨，他不禁高呼："皇上英明，圣上万岁！"

后来，他了解到事情的真相：此番先是庞泮上疏进谏，接着六十多名言官冒着坐牢杀头的危险纷纷响应，为自己鸣冤叫屈。皇帝将庞泮等人一齐打入锦衣卫大牢；最后六部九卿文武大臣集体上奏本，营救庞泮等人。为此，他不禁感激涕零。他在赴任途中，给谢阁老和屠尚书及庞泮各写来一封感谢信。在给庞泮的信中，写道："庞给谏，万分感激您为我仗义执言！您的刚正不阿，令我钦佩之至！"

而岷王却将龙头拐杖笃笃地戳着地面，气得胡子翘起老高，恨声不绝道："这个恶庞矮，跟我作对，坏我大事，若是以后撞到我的手里，我要剥你皮抽你筋！"然后，又再三告诫儿子："你要记住，以后千万别惹那个硬头颈庞矮。别看他人矮，只有几寸高，可能量却大得吓人，就像大威力的缠龙鞭炮一样，一点火就能冲上九天云霄哩！"

经过这场"文武百官保庞泮"事件，庞泮声名远扬，朝野皆知。

而那个在朝堂上公开跳出来指斥谢阁老和屠尚书，对皇帝火上浇油的侍读学士杨守址却引火烧身。屠滽上奏皇帝：在官员京察中，杨守址被列为下等。加上此番杨守址混淆视听，给皇帝决策带来严重影响，因此被降为侍读。有个御史写诗嘲笑道：

看风使舵拍马精，梦想把官三级升；

引火烧身遭降官，招来朝野作话柄。

从此，不但谢阁老和屠尚书对杨守址冷眼相待，连百官和谏垣言官也对他竭尽讽刺打击之能事。杨守址在懊丧羞愧之中煎熬，很快病势恹恹，连忙辞职回家，不久病故。

在贫困忧虑和担惊受怕的多重夹击下，蒋氏病倒了。她经常做噩梦出虚汗，还不时伴有几声咳嗽。找来郎中一看，说这是内脏有毛病，需要吃药静养，也需要增加营养。

“我回老家天台去。”蒋氏斩钉截铁地说，“京城柴米贵，你俸禄低，我们一家四口开支大，本来就上月接不到下月，如今又遭罚俸，日子怎么过?”看到水缸、火炉和眠床、书桌挤满一屋的穷困景象，庞泮叹了一口气，愧疚地对妻子道：“是我没本事，叫你受苦了。但回老家路途遥远，迢迢三四千里，你一个女人带着一对儿女，叫我如何放心?”

蒋氏道：“你去各大衙门打听一下，有没有去江南公干的官员和差役？如果有，我们就跟他们一起走。”庞泮觉得有道理，于是到吏部等几个衙门转了一圈，果然听说有好几拨人要去江南，其中有个姓汪的官员正要去浙江赴任杭州知府，有官船。

汪知府素来敬重庞泮的为人，听说庞夫人要回浙江老家，豪爽地说：“庞给谏，夫人尽管搭我的官船，你一百个放心，我保证把你的家眷毫发无损地送到天台老家！”

庞泮松了一口气，于是第二天便将妻子和一对儿女送上南去的官船。望着瘦如黄花的妻子渐渐远去的身影，庞泮的眼泪不知不觉地流了出来。他骂自己：“你这个没用的家伙，竟然不能养活妻子儿女！”但仔细一想，他又释然了：“我是为朝廷安危，为清正官员仗义执言，没有错！虽然遭罚俸，日子过得清贫，但我问心无愧，心里舒坦！”

## 三、因惩治外戚庞泮声震朝野

中秋节这天，北京发生了轰动全城的大规模斗殴事件。

说起这场斗殴的原因，倒是令人啼笑皆非。不是为了争夺金银财宝、奇珍古玩，而是为了争夺一对鹌鹑鸟。

话说一个秋日，在西直门鸟市，有一对鹌鹑鸟特别引人注目。雌的身上雪白，如同白雪公主；雄的身上火红，好像一个身穿红袍的将军。它们最吸引人的，还是凄婉动听的歌喉和搏斗的本领。每当雌的啼出一支缠绵悱恻的歌曲，雄的立即用高亢雄健的声音应和，配合得天衣无缝，好像在进行男女声二重唱，这种亲热恩爱的情景令人羡慕。

它们俩不但一起唱歌，一起觅食，一起飞翔，还演绎一场鸟界罗密欧与朱丽叶的爱情绝唱。每当有别的雄鸟公开向白雪公主示爱，红袍将军立刻闪电般护住自己的爱人，不让情敌靠近；当自己的爱人遭到情敌的轻慢和追逐时，红袍将军奋不顾身地冲上去，与情敌展开一场殊死搏斗。俗话说，两强相遇勇者胜。由于红袍将军拼死勇战，因此常常凯旋而归，得到白雪公主的嘉奖。有时，当与情敌势均力敌，或情敌过于强大红袍将军处于下风时，白雪公主总是不顾自身柔弱，与丈夫一起向敌人发起抗击，直到敌人死于非命或落荒而逃。它们这种为保卫爱情而战的场景，简直令人嫉妒。

由于这对鹌鹑鸟的动人歌喉和勇敢无畏的决斗精神，从而赢得了“夫妻歌唱家”和“爱情保卫战勇士”的美誉。据鸟主人介绍，它们还有说话和送信的特长，这就更加吸引众人的目光了。

“这么可爱的鸟儿，我可以买去给姑妈解闷，让她开心。”一位周姓书生心想。于是，他上前问饲养鹌鹑的主人：“这对鹌鹑卖多少银子?”

养鸟人见此人身穿绫罗，一副书生打扮，而且跟着个眉清目秀的小厮，知道是有钱且不谙世事的公子哥，于是张口便要价二十两银子。

“好，就依你。”周生叫小厮付了银子，刚准备从鸟主人手里拿过鸟笼，忽然听到一声吼叫：“这鸟我要买!”一个腰粗如谷桶的中年男胖子，拿出五十两银子塞到鸟主人手里。鸟主人见这么一大注银子，喜不自禁，立刻把二十两银子退还给周生，连忙把鸟笼递给新买主。

“慢!”周公子挡住鸟笼，生气地质问，“这鸟是我先买下的，你为何要抢我的?”

“买卖自由，你可以买我也可以买！老板你说对吗?”说着，粗腰男一把从主人手里抢过鸟笼拔腿就走。

“你给我站住!”周公子怒喝道，“买东西讲个先来后到，从哪里冒出你这么个横行霸道之人?”

“你休要跟我啰唆!”大胖子也发怒道，“把老子惹火了，拧下你的头颅当尿壶，叫你连告状也没门!”

“顺天府、大理寺、刑部、都察院，这些衙门都可以告呀，怎么就告状无门呢?”周公子冷笑道，“你倒是说给我听听，你究竟有多大的来头，竟连各大衙门都不敢过问。”

“我要是说出来，准叫你吓得尿了裤子，惊得半死!”胖子话音刚落，他的一帮跟班异口同声地说：“我家爷，就是当今皇后娘娘的嫡亲哥哥!”原来是张鹤龄。

看热闹的人顿时大吃一惊，纷纷看着买鸟的周公子。只见周公子似乎愣了一下，但并未显出惧怕的样子。他慢条斯理地说：“俗话说，王子犯法与庶民同罪。你不就是国舅嘛，还没有王子尊贵哩，怎可横行霸道、欺压良民！”

谁知话音未落，一个蒲草扇般大的巴掌，以泰山压顶之势劈过来：“我就揍了你，看你怎么把老子治罪！”但张国舅的右手掌刚贴近周公子脸庞，突然被周公子的左手抓住，说时迟那时快，只听“阿唷”一声，张国舅已经跪倒在地，右手腕已经伤得不轻——折了。他大喊一声：“来人！狠揍这个狗娘养的！打赢他重重有赏！打死他由我担当！”

顿时，四个跟班一齐上来拳打脚踢。

但周公子没有慌张。他一身挡住三人进攻，他的随从对付一人。只见周公子一个扫堂腿，便将两人扫倒在地来了个嘴啃泥，一掌将一个击出好远，然后仰面朝天像坐滑梯一样倒退一丈以外。他的随从也将一人打倒在地。

“滚！快滚！”周公子喝道，“不要惹恼了我！”

张国舅一行人抱头鼠窜。但周公子和随从拿着鸟笼，还未走出西边街巷，便有几十个人拿着棍棒甚至刀枪涌上前来。张国舅高喊：“快快前来跪地求饶，供我痛打一顿，赔我一百两银子疗伤，再摆桌酒席赔礼道歉，方才免你一死！”

周公子脱去外面长衫，露出内衣褡膊，一副武生打扮：“你别白日做梦了！来吧，谁上前试试，我就叫他下半生残废！”

他的威风震住了张府一帮家丁。忽听一片喊声：“谁欺侮我们周伯爵家公子，我们决不轻饶他！”喊声刚落，顿时冲上来十多个年轻力壮的后生，原来是周公子一方的人赶到了。

听说是皇太后娘家兄弟伯爵家，张家人愣住了。张鹤龄喝道：“我贵为侯爵，比伯爵高一等，还怕他！”

张鹤龄报仇心切，看到对方人少，他喊了一声：“打赢这场架，每人赏银十两，抓住对方首领，赏银五十两！”

于是手下几十个人冲过来，周公子一方也不示弱，和对方打了起来。顿时，助威声、呐喊声、呼唤声，夹杂着呻吟声，响成一片。

顺天府衙门听说西直门发生大规模械斗，巡检连忙带着一班差役前来拘人。但一到现场顿时傻了眼，原来械斗双方来头都大得吓人。一方是母仪天下的皇后娘娘的亲兄弟；另一方是当今皇上的祖母——堂堂太皇太后的侄孙。双方对垒于街巷通道，轰动京城。

外戚周寿、周彧是周太皇太后的兄弟。

张皇后，河北青县人。成化二十三年选为太子妃，同年弘治帝即位，张氏立为皇后，得到独宠。其父张峦由太学生一步登天，跃为都督同知（从一品），再封为寿宁伯，进封寿宁侯，死后赠昌国公。张皇后两兄弟也封爵。弘治三年，赐青县附近四百余顷耕地给张家，张家借机又大肆占地。不久又下旨，将宝源店后七十六间房子，赐给张家管业。

对张、周两家为争夺鹌鹑而发生的大规模斗殴事件，顺天府不敢拘人，把案子推到大理寺，大理寺又推到刑部，刑部又推到都察院，结果一个衙门也不敢受理。

庞泮听说周、张两家皇亲国戚为争夺鹌鹑鸟斗殴事件后，立即赶往出事地点调查，并了解到张家兄弟一些触目惊心的不法行径。

张家兄弟放纵家奴征租害民。张鹤龄的庄田每亩收白银五分，超过当时王府、勋戚的庄田白银二分。豢养了大批市井无赖、势利小人、光棍帮闲等，纵容家奴打死无辜百姓。占据关隘渡口，设卡收税。如正阳门外卖米、卖菜的小商贩，每天交钱方可买卖；否则被追赶殴打，无容身之地。崇文门外，车辆往来已有官税，可他们还要拦截收钱。强取豪夺，搞得百姓怨声载道。

张鹤龄又向皇帝讨得长芦盐场七十万引（一大引四百斤，小引二百斤），大发横财。张氏兄弟曾一次侵占耕地一千二百公顷，当地官员告到朝廷，皇帝叫巡抚高铨调查。高铨怕连累自己，说“张氏兄弟买的是盐碱地无关紧要”，草草结案。后来百姓又告，大理寺派两人到实地勘查时，被二张的手下毒打致伤。皇帝要治二张的罪，不料皇后哭闹，皇帝只得拿出一百两银子叫太监去安抚被打的官员。占地之事和殴打官员之事，不了了之。

皇亲国戚胡作非为，国法无奈，朝野叹息。因为张皇后的纵容，张家兄弟更加胆大妄为。

庞泮想起，明太祖朱元璋为防止外戚干政，明确规定皇帝、亲王的后妃、宫嫔只能在民间选择，勋旧、仕宦的进奉不能接受。后妃进宫后只能主持宫内之事，不得干政，违者处死。由于立法严，没有出现后妃干政之事。如今，出现这种事情，若不及时制止，后患无穷。

他气愤地说：“张、周两家皇亲国戚，公然在京城大街上斗殴，影响极坏，若不惩罚何以服众？”他彻夜难眠，于是写成《昭国法以保全外戚疏》，呈交皇上，接连劝谏，要求对两家治罪：

> 臣观看前朝史籍，凡是托属后宫，与皇亲国戚联姻之人，必定谨慎自律，才能长久地保持荣华富贵，永远流传美名。而骄奢淫逸，就不能保全始终，会很快遭到报应，终于溃败倾覆。这种例子数不胜数。因此，贵为皇亲国戚而蒙朝廷恩典之人，怎能不时刻小心谨慎而自保呢？而皇上想要保全外戚，怎可不严肃地警戒他们呢？

庞泮在论述自律与骄奢的正反后果之后，一针见血地指出：

> 寿宁侯张鹤龄，长宁伯周彧，皆是朝廷至亲，承恩封为侯伯上等爵位，富贵已到极点，荣宠无以复加，自当惩恶扬善，反省过失，谨守国家法令。只有上不负国家之厚恩，下才可绵延子孙洪福，可为何他们地位尊贵了反而骄横；富贵了反而奢侈，凭借皇亲国戚之名胡作非为呢？

接着，具体谈到此番械斗：

近来，张、周两家，因争一对鹌鹑鸟，竟然互相厮打，既绑人于私家，又聚众于通道，对垒街巷，势如仇敌，砸毁门窗，行同暴徒。地处京城銮驾附近，名声连着后妃至亲，竟然如此作为，那么其他里巷小民，商贩后代，又有谁能挡得住他们的强大势力呢？幸而太皇太后闻知此事，銮驾派人严厉谴责周彧。陛下看在张皇后面上，从轻发落姻亲。

庞泮紧接着分析根源：

追根寻源，事情发生根由，皆是因两家手下人中一些光棍、无赖之徒，互相引荐，结成党羽，攀附权贵，作威作福，非亲的成为亲友，亡命的为了保命，因此即使皇亲国戚之间，也被煽动得互相猜疑甚至结怨。

庞泮还揭露张国舅家触目惊心的不法事情：

据说张鹤龄手下人，侵夺别人田地，包揽缴纳各项钱粮，把持行业垄断市场，阻塞客商，有的占据关隘渡口，设卡收税，剥夺民众钱财，凡有利益之处，无不侵占剥夺。比如正阳门外卖菜卖米的，都是贫寒小民，借了少量本钱做买卖，仅够糊口，而张鹤龄手下无赖之徒，却设板凳芦席，分散给各人，坐地分钱，每日勒索钱若干，方才允许摊贩买卖；否则追赶殴打，使他们无容身之地，其行为实在可恶！崇文门外，来往车辆已有官税，但这伙人却多方拦截，不论官民每车要钱若干，方才允许过往，否则，强抢豪夺，使人没有往返的道路。此种所作所为，不胜枚举。

庞泮宕开一笔，再写道：

财是民之心，夺民之财，就会伤民之心，谤议喧腾，怨声载道。然而这些歹徒，狐假虎威，惹事害人，小民不敢吭声，连官府也不敢举奏，不但天门九重中的皇上无法得知，深居禁中之地的皇亲国戚，又岂能尽知手下人的行为如此恶毒？白白地使利益归于这些人，怨恨归于皇亲，玷污外戚的清名，损害盛世的善政，远近传闻，实在不是美事，若不及早惩治痛加禁止，日积月累，迟早会酿成大祸，天怨人怒，导致溃败局面。到那时，即使皇上顾念至亲，王法也难以屡次赦免，怎能不审察其苗头而及时加以防范呢？

于是，庞泮提出严正要求：

恳请皇上惩罚往事以戒将来，特降谕旨，戒谕张、周两家外戚：应想到富贵有极，做人应当知足，不可糟蹋君主的恩典，依仗宠爱而触犯国法。他们的家人僮仆，原来在家中的，命令将其姓名户籍填报官府，以防外人假冒，并对他们严加管束，不许肆意妄为。

写到这里，庞泮想到，外戚府中的市井无赖和亡命之徒是争夺鹌鹑鸟事件愈演愈烈以致轰动京城的重要原因，也是破坏社会安定的潜在因素，是一颗颗定时炸弹，若不加以铲除，社会安定就无法保障。但怎么铲除？依靠三法司，根本无法办到，他们根本不敢到皇亲国戚府上捉人，必须动用锦衣卫！于是特别指出：

凡是市井无赖及亡命之徒投靠皇亲国戚的，恳求皇上下旨锦衣卫缉拿，送三法司查究审问明白，是军士的勒令归军队；是百姓的勒令回当地劳作，务必要将他们全部驱逐离开，不许私自容忍逗留京师！并下旨都察院张贴榜文，在街坊、城厢、市镇、关卡、渡口及交通要道，经常晓谕。如遇没有户籍的小人，仍冒充皇亲国戚名头害人的，准许受害之人和对方户甲长，在京师的，拿送锦衣卫；在地方的，拿送当地官府，审讯明白，依照判处凶恶无赖事例，判处枷号、充军。

这样便法令彰显，罪犯震慑，国家就能巩固万年不拔的根基，而外戚也能享受与国无疆的福祉了。这样，岂不是美事吗？

为了增强奏疏的效果，庞泮最后写道：

今此事体关系非轻，所以敢于冒犯干扰陛下，再次恳切奏闻。陛下若能采纳臣的建议，那么不仅是微臣之大幸，也是诸位外戚之大幸！

庞泮的奏疏，在朝廷引起轩然大波。

因为在奏疏中庞泮无情地揭露了国舅张鹤龄的种种罪行，引起张皇后的怨恨，她在皇帝面前又哭又闹，说："庞泮无中生有，污蔑皇亲国戚，皇上要狠狠处置！"皇帝无法，只得同意暂时将庞泮羁押。于是张皇后便拿着鸡毛当令箭，立刻吩咐锦衣卫将庞泮关入大牢。

锦衣卫千户见庞泮得罪了两宫，料想庞泮这回已无生机，于是便将不认罪的庞泮打了四十杀威棒，打得他皮开肉绽、鲜血淋漓。正当要实施毒计，准备用酒将庞泮灌醉，深夜趁其熟睡之际，用沙袋压住他的胸口，将他闷死，然后报个暴病身亡，太皇太后却出来拯救庞泮。

与张皇后袒护有罪的兄弟完全不同的是，太皇太后周氏在庞泮弹劾皇亲国戚时却派专人到周府，严厉地谴责了周彧，并亲自出面，在皇帝面前为庞泮说话："庞泮的奏疏有远见卓识，既体现了对朝廷的赤胆忠心，又显示了对外戚的关怀与爱护。这样的奏疏是一场及时雨！"

太皇太后周氏的表态给庞泮的奏疏定了性，挽救了他。这天早朝，孝宗当着文武百官的面称赞道："庞爱卿奏得好，真是及时雨！"于是，庞泮立刻被释放出狱。皇帝还下旨：

一、凡是市井无赖、光棍、帮闲帮凶、亡命之徒，勒令其返回原籍。今后选择家人僮仆，要勤劳善良，并全部登记造册。

二、家人和僮仆人数，根据永乐年间先帝旨意，王公之家，不得超过二十人，一品官家，不超过十二人。

三、凡有家人僮仆胡作非为，冒充皇亲国戚者，转送三法司查办。

因为太皇太后周氏的严厉谴责，周彧将市井无赖、光棍帮闲遣返回原籍，另选勤劳善良之辈为僮仆，并造册上报；把此次冒充皇亲国戚、胡作非为的歹徒或亡命之徒，送交三法司衙门惩办。所以，事态很快平息。

见到两家皇亲国戚遭到处治，整个京城聚众斗殴的行为几乎销声匿迹，社会秩序顿时井然；各省勋戚和官员听到这个消息后，对手下人严加管束，社会风气大变。

由于太皇太后律己严，此后没有发生类似事件。但张皇后却对皇帝又哭又闹，偏袒兄弟二人，不肯将聚集门下的市井无赖、光棍帮闲遣返原籍，结果终于酿成大祸。

弘治帝驾崩后，嘉靖皇帝执政。张延龄抢占大片耕地、打死人、强暴宫女、私设关卡收税、强取豪夺等罪行被官民连连告发，最终被下死牢。张太后跪地求饶，因皇帝不答应而一病不起，不久病死。张延龄很快被处死。当然，这是后话了。

## 四、督修卢沟桥工程得皇帝嘉奖

弘治二年（1489 年）初夏，北京郊区的卢沟桥，遭受百年一遇的洪水，被冲毁。

此桥因横跨卢沟河（即永定河）而得名，是北京最古老的石拱连桥。它建于金朝明昌三年（1192 年）。早在战国时代，卢沟河渡口一带已是燕蓟交通要道，兵家必争之地。公元 1153 年，金朝定都燕京（今北京市宣武区西）后，卢沟河上浮桥便成为南方各省进京必由之路和燕京重要门户。

卢沟桥全长约二百六十六米，宽七点五米，最宽处九米多，桥墩十座共十一孔，整个桥体都是石结构，关键部位均有银锭铁榫连接，是华北最长的古代石桥。“卢沟晓月”从金朝章宗年间，即被列为“燕京八景”之一。早在七百年前，卢沟桥因意大利旅行家马可·波罗将其他介绍到欧洲而闻名于世。石桥柱上那形态各异的精美石狮子，更是脍炙人口。

卢沟桥被冲毁，造成南方各省进京道路断绝。

夏天，庞泮接到了皇帝的圣旨，命令他督修卢沟桥和驿站。“这是皇上对我的极大信任!”庞泮很是激动。接到圣旨时，他正咽喉肿痛，饭菜难咽。但他二话不说，当天下午就立刻动身，赶往卢沟桥，并迅速会同宛平县丞，商讨修复事宜。

来到实地一考察，只见卢沟桥一片狼藉，冲垮北端两孔，冲毁桥北河槽二百余丈和东西堤岸多处。庞泮和工部随行技术人员一测算，全部修复至少需要十万两白银。由于国家财政紧张，户部只下拨了六万两，这不足的四万两怎么筹措？庞泮急得寝食难安。这需要多种途径方能筹得，他在心里盘算：

一是向北京城的富户募捐。他写出募捐公告，派人四处张贴。与顺天府衙有关部门官员接洽，召开京城富户座谈会，晓之以理，动之以情，发动他们慷慨解囊。

二是向北京官员募捐。庞泮自己带头捐出一个月俸银。他享受四品官员的俸禄和规制，月俸十六石大米（约等于如今的五千元）。因此，清水衙门的京官们，纷纷从微薄的俸禄中挤出一点。

三是发动宛平县百姓，开展“捐一块石，一担沙”活动，号召人人为修建卢沟桥做贡献。

通过多方面的努力，从北京富户处募得银子近四万两；从北京官员处募得银子约五千两；最后又从成千上万百姓中，募得沙石等建筑材料约值数千两银子。

看到修复大桥的资金如数到位，庞泮不禁长舒了一口气。但紧跟而来的两道技术难题卡住了他，令他伤透了脑筋。

第一道技术难题是，此番洪水冲垮了卢沟桥两孔桥洞，导致桥身石雕护栏四十八根望柱倒塌损坏。这望柱的损坏，带来了极大的麻烦，因为这涉及卢沟桥精美的石雕狮子。

卢沟桥桥身石雕护栏上，共有二百八十一根高一点四米的望柱，柱头刻有莲座，座下是莲花墩，柱顶上刻有大小不等、形态各异、数之不尽的石狮子。那石狮子有雌雄之分，雄的在戏弄绣球，雌的在嬉戏小狮，最小的小狮，仅长几厘米。石狮子不但栩栩如生，而且千姿百态，有小狮子在母狮子怀中吃奶的，有的背着，有的只露出半个头一张嘴，石雕艺术精美绝伦。因此，要修复这座古老石拱桥，无疑必须恢复那两孔四十八根望柱上美轮美奂的精美石雕。到何处去寻找这能雕刻石狮的能工巧匠呢？

庞泮废寝忘食地埋头查阅浩瀚的资料，结果从卢沟桥变迁的资料中获悉：公元1444年，卢沟桥曾经有过一次大修。他从工部资料中找到，雕刻石狮的巧匠（雕刻家）来自四大石雕之乡：河北保定曲阳县、浙江青田县、浙江温岭县、福建惠安县。

他把四大石雕之乡的师傅作了比较，其中最好的是福建惠安的娄师傅和河北曲阳的汪师傅。

曲阳石雕在东汉时已初具规模，到了唐代已成为北方汉白玉雕像发源地和雕刻中心，元代达到鼎盛，如云冈石窟、乐山大佛、敦煌石窟、五台山佛像、阿房宫、故宫等石雕，具有大气磅礴的艺术特点。而惠安石雕，起步于晋代，发展于唐宋，元明时期达到鼎盛。它起源于黄河流域的雕刻艺术，融中原文化、闽越文化、海洋文化于一炉，汲取晋唐遗风、宋元神韵，形成精雕细刻、纤巧灵动的南派艺术风格。

看样子，卢沟桥的大小石狮子雕刻，分别出自河北曲阳和福建惠安，即南北两派名家之手。

离上次卢沟桥大修已经过去了整整四十五年，不知巧匠后裔还在否。庞泮立即用驿马传书方式，紧急行文泉州府惠安县衙查找石雕名家娄东狮后人，另外立即派人赶往河北保定府曲阳县寻找石雕名家后裔。

惠安县令接到庞泮给事中的函件后，查找到娄东狮已经五十岁的儿子是泉州府久负盛名的雕刻名家。于是，立即派一名专差陪同前来北京报到。

但在寻找曲阳县石雕世家的过程中，遇到了意想不到的麻烦，因为这个姓宋的雕刻家此时正关在保定府牢狱中。

得知这个消息后，庞泮不禁吃了一惊：究竟犯了什么罪？是杀人放火的重罪吗？若是如此，那就麻烦了。他特地派专人袁书吏到曲阳县宋师傅家询问究竟犯了何种罪。

“我家相公并没有犯罪。”宋师傅的妻子沈氏神色黯然地说，“他不过是得罪了一个权贵罢了。”

“到底是怎么回事？”袁书吏问。

“其实是因为我家的石雕刻作坊生意好，引起了一个权贵的眼红。他们造谣诬陷，设计把我爹关进了牢狱。”宋师傅的儿子、年近三十岁的小宋，两眼冒火地说道。

“你把详细情况说给我听听。若有冤屈，我回京向庞老爷报告，设法为你父亲申冤。”

“你的主人是谁？是朝中大官吗？”小宋两眼闪出希望之光，接着又忧心忡忡地说：“除非是当朝一品宰相，就是尚书一级的也奈何不了这家权贵呢!"

"我家老爷不是尚书更不是宰相。"袁书吏摇摇头,"他只是一个工科给事中,七品官罢了。"

听说只是一个县令一般大的芝麻官,沈氏两眼的希望之光顿时熄灭了。"客官,你赶快回去吧,我们说了等于口气呵板壁——毫无用处。"

"你们不要有思想顾虑,说来听听,只要有理,是冤屈之事,我家庞老爷都会为你们打抱不平的。"袁书吏道,"我家庞老爷是当朝著名的硬头官,名扬全国哩!"他对着四只渴望的眼睛,说出名字,"他就是天不怕地不怕,不怕坐牢不怕杀头,朝中权贵闻风丧胆,就是皇上也很敬重的庞泮。"

"原来就是那个屡次冒着巨大风险,向皇帝上奏疏的著名硬头官庞泮大人!"母子二人顿时欢呼起来,暗淡无光的眼睛顿时如同黑夜中看到天上的启明星一般,又闪闪发亮了。

"说来话长。"小宋此刻方才打开了话匣子,"我爹在保定府开了家石雕作坊。凭着我们雕刻世家的声誉,以及我们父子精湛的石雕技艺,可谓生意兴隆,财源茂盛。可谁能料想,在保定府开绸缎庄的张皇亲看到这种情况,顿时红了眼,起了强占的念头。皇亲的管家,那个绰号'野狼'的家伙,拿来五百两银子,来买我家的石作坊,要我们父子俩为他干。这石作坊,我们每年净收入在五六千两银子以上,我们怎么可能这样贱卖?后来,他又拿来一千两,我们仍然没有卖。说实话,即使给我们五千两银子,我们也不想卖。可他竟然拿来这点儿银子就想买走我爹奋斗大半生挣来的石作坊,你说,这不是异想天开吗?'野狼'看到强买不成,又使出一记损招,派地痞流氓不时前来骚扰捣乱。可是因为我们在当地口碑好,大伙都来维护我们的利益,一帮习武的江湖好汉看不惯皇亲那种强横举动,狠狠地教训了这帮地痞流氓，使他们不敢再来捣乱滋事。这让‘野狼’更加愤怒，于是又使出一个恶招。”

说到这里，他胸膛里似乎被一团乱麻塞住，讲不出话，只得停顿了好一会儿，直到喝了一碗水才继续讲述。

“一天中午，我和爹正在吃饭，突然看到一个老头来到我家作坊，砰的一声，便将高台上一尊精美的石狮子推落地上，跌碎了。这尊石狮子是一个员外定做的，价值三十两银子，损失不小。我们当时要他赔，可他不但不赔，还骂我们猪狗不如。也怪我当时不够冷静，因为生气，我就打了他一巴掌。谁知这一巴掌，就打出一场奇祸。

“老头倒在地上耍赖，说我们打伤了他，竟然狮子大开口要我家拿出一百两银子作为赔偿。我们没有理睬。谁知，不一会儿便来了两个府衙差役把我爹抓走了。说是我们把老头打成了重伤，要将我爹判刑坐牢。如今我爹已在牢狱中受苦半年，我家的石作坊很快被查封，不久便被张皇亲一个钱没花就抢走了。”小宋说到这里不禁破口大骂：“这张皇亲真是强盗！不但抢走我家财产，还把我爹平白无故判了五年刑！真是冤到天上去了！”

“客官，请你务必向庞大人报告我们的冤情，早日把我丈夫救出牢狱，归还我家的石作坊。”沈氏眼泪汪汪地说道，“我们像盼星星盼月亮一样等着庞大人。要知道，我们一家度日如年哪！”

“我回去就报告庞老爷，”袁书吏斩钉截铁地说，“我想他一定有办法把宋师傅救出牢狱的！”说完，他立刻动身，返回宛平城，向庞泮报告。庞泮一听无比愤慨，立即写了一封公函，叫袁书吏专程送交保定府知府。

保定府许知府，这天接到工科给事中、卢沟桥修桥督办官庞泮的一封公函，信中写道：

许府台阁下，现有贵府曲阳人氏、石雕名家宋北雕，出自石雕名门世家。近闻因打伤老汉而判刑入狱。据宋某家属和目击者称，老汉无故毁坏精美石狮，类同疯子，其行为属于故意寻衅滋事。宋某并无致人伤残情节，老者之伤系敲诈行为。宋某入狱系有冤情。特请府台阁下，将老者拘拿验伤，查清案情。若是宋某确未触犯刑律，请立即予以释放，以便听我差遣，前来卢沟桥工地雕刻石狮，完成当今皇上之命。据管家说，此事牵涉到张皇亲，不知消息准确否？是空穴来风，还是管家拿皇亲做挡箭牌而自己胡作非为？许府台若是感到案情棘手难以处理，请接函后，迅速回音，鄙人将亲自上疏，奏明皇上，请旨定夺。

工科给事中、钦命卢沟桥修复工程督办　庞泮

接到这封公函，许知府如同接到一个烫手山芋，感到震惊和棘手。一个给事中虽然品秩只有从七品，比县令还低一级，但是规制和俸禄都和自己这个四品知府一样，连省部级都不敢轻视。况且给事中是京官，是皇帝身边的人，因此得罪他是不明智的。再说，这个庞矮，虽从未见过面，但早闻其大名。他常常把京城搅得满城风雨，此人虽说是个出奇的矮个子，但是敢上九天揽月、敢下五洋捉鳖，跟皇帝也敢争论是非曲直的铁面硬头官，曾弹劾过许多大人物哩。此案，当初自己为了巴结张皇亲将宋某判刑，并将石作坊查封，看来现在遇到麻烦了。若是不放宋某出狱，庞泮必然会上奏朝廷，那时，必将惊动刑部、大理寺、都察院三法司，闹得沸沸扬扬，对自己的仕途将大大不利。但是，放了宋某恐怕会引起张皇亲的不满。怎么办？他绞尽脑汁地思考对策。对，我只要把庞泮要将此案告到三法司、要上疏给皇上告诉张皇亲，张皇亲必然害怕将此案捅到朝廷而同意府里放人。皇亲即使心里有怨气，也会撒向庞泮了。

如此一想，主意已定。他立即差人找来张皇亲的管家，把事情说

得很大："京官庞泮联合多名御史，上奏章弹劾自己无故将雕刻名家宋北雕投入府狱，制造冤狱；并弹劾管家倚仗权势作威作福，欲请旨严办。庞泮的奏疏一上，皇帝一下旨，张皇亲必然会丢卒保车，把你抛出去坐牢！"

听了许府台一番话，'野狼'顿时吓得不轻，只好恳求许知府放人免灾。于是，宋北雕很快被无罪释放。

在保定府等待案件处理结果的袁书吏，将庞给事欲保荐他们去北京修卢沟桥的事一说，征求他们的意见。老宋师傅流着眼泪道："我身陷囹圄，受尽折磨。若是在狱中再待半年，很可能命丧黄泉。我的性命和一切都是庞大人所赐，此生无以为报，愿为庞大人和朝廷贡献所有聪明才智！上刀山下火海也心甘情愿，何况去修桥？"于是父子俩只简单地收拾了一下行李，便告别家中亲人，匆匆踏上进京之路。

从此他们不管炎炎烈日还是三九严寒，日夜奋战在卢沟桥工地，和福建惠安绰号"南雕王"的娄小狮并肩战斗，把毁坏的数十尊大小石狮子重新雕刻出之前的神韵和风采，令世人赞叹不已。这是后话不表。

庞泮正为资金到位、雕刻名家来到而略松一口气时，不料，负责工程技术的赵监工匆匆跑来报告新情况。

"大坝填方的原料没办法解决。"他愁眉苦脸道，"填料强度要特别好，而且要更具耐水性。我们找了多种材料都不行，这可怎么办？"

庞泮正为填料问题而苦恼，忽见工地上有个监工神色慌张地赶来报告："好几个民工突然昏倒在工地，不知何故。"庞泮连忙带袁书吏来到施工现场。他见吴老义等几个人躺倒在地不能起来，脸色紫黑，两眼无神，呼吸短促，知道是中暑症状。他连忙取出随身所带的痧药，分给众人就着开水吞下。不一会儿，众人解了暑气，慢慢能够活动了。

其中最严重的要数泥瓦匠方守礼老人。此人年近六旬。只见他两眼紧闭，脸色黑紫，人事不省。工地郎中对他进行抢救，但是忙得满头大汗也没有作用。见庞大人来到，郎中直摇头道：“大人，我拿不准这是什么病，我是无能为力了。”他简直要哭出声来。

庞泮一看，这是严重中暑，若不及时抢救，有生命危险。于是，他亲自上前抢救。

庞泮拿来半碗水，弯起中指和食指蘸了点儿水，他刚揪了几下方守礼后颈中间的一根粗筋立刻变成了紫黑色，于是又使劲地一把一把地揪老人的后颈和前脖，直到前后颈脖各出了三道粗长的紫黑色痕迹，方见这个老泥瓦匠慢慢苏醒过来。

“是谁救了我?”老泥瓦匠慢慢睁开眼睛询问。

“是工地督办庞大人。”吴老汉告诉他，“我还以为你这回要向阎罗王报到了呢!”

一听说是庞泮大人亲自救了自己，方老汉想立即挣扎起来拜见，却被庞泮一把按住说：“老哥，莫动。你刚苏醒过来，身体很虚弱，切莫乱动，要好好休养。”他对一位监工吩咐：“你叫食堂厨师给方老哥做碗可口的鸡蛋面。”

“这回，我的确是到鬼门关走了一遭，要是没有庞大人，我是回不来了。”老人眼含着泪花，哽咽着说。

这天傍晚，庞泮又来到工地宿舍，看望方老汉和吴老汉等几位中暑的人，还有几位在施工中伤了手脚的民工。

“你们可以按规定去财务那里领一些伤残抚恤金。”庞泮对伤了手脚的民工吩咐。

“庞大人，我的病已经全好了，准备明天一早就出工。”听了方老汉的话，庞泮说：“老哥，莫急。你的病刚好，且年纪大，需要休息一两天方可出工。你可以休两天病假。”

"庞大人，您待我们这些普通民工太好了，就像亲人一样关心。"方老汉感动得热泪盈眶，然后说："庞大人，我想单独跟您汇报个事。"

"好。"庞泮立即把老汉带到大桥督修处。

"庞大人，我的一条命是您所救，"老汉道，"老朽无以为报，准备为卢沟桥施工献一项小小的祖传技术。"

庞泮大喜："老哥若是能贡献祖传技术，为修复卢沟桥立功，那是莫大的善举。你的英名必将刻在卢沟桥修复史册上，被人们传诵不衰!"

于是，方老汉说出了令修桥技术人员伤透脑筋的大桥填料技术："我的先人曾参加过要隘、险关、碉堡的修筑，传下建筑填料的技术，就是用标准砂和糯米汤按比例搅拌均匀制成糯米砂浆。这种砂浆强度和韧度特别好，更具耐水性。若是采用这种填料修筑，卢沟桥经久耐用，至少有五十年寿命!"

庞泮激动地上前，紧紧地握住方老汉的手，连声道："老哥，谢谢你！我代表朝廷和修桥指挥部，衷心感谢你!"于是提拔方老汉为大桥指挥部建筑填料施工参议（顾问），具体负责建筑填料的配置和施工，并向上奏请封方老汉为八品官衔。方老汉喜得手舞足蹈："我做梦也没想到，我一个快要入土的人还有当官的风光!"这可把众多民工羡慕得啧啧有声。

于是在施工中，众人纷纷献计献策，使施工进度大大加快。

正当大桥修复工程紧锣密鼓地顺利进行时，这天傍晚庞泮忽然接到一封家书。这信是从北京工科转寄来的。蒋夫人来信说："已经有好长时间没有见过老爷，心中很是挂念。今年深秋以来，我受了风寒，经常咳嗽哮喘，至今未愈。切望相公今年春节能回家探望。"

接到来信，庞泮想，久未回乡且夫人有病在身，本当回家探望，可如今为国为民修建大桥，夫妻之情只好割舍，探亲一事只好待大桥修复工程完成之日再考虑了。因此，他只是回了一封信，说明情由，嘱咐妻子要请郎中看病，注意饮食，将养身体，待工程完工，自己就请假回家探亲。

由于官民一心，上下同心，群策群力，工程进度大大加快。第二年三月初，终于赶在凌汛和洪水到来之前，卢沟桥修复工程大功告成。

工部侍郎陈政亲临现场勘察。他看到“卢沟晓月”美景重现，新修复的两孔桥与原先的九孔衔接得天衣无缝，数十尊重新雕刻的石狮形态逼真、巧夺天工，与原来的石狮形貌毫无二致。整座大桥如同一道彩虹雄跨于永定河上，可谓固若金汤。陈侍郎不禁大为赞叹：“庞泮功劳大矣！”

当看到年仅四十岁的庞泮两鬓如霜，形销骨立，如同生了一场大病时，陈侍郎感叹道：“这新修复的桥是你的满腹心思和满腔热血筑成的啊！”回朝以后，陈侍郎立即向皇帝启奏：“庞泮督办殚精竭虑，成效卓著，卢沟桥修复工程出色完成，应给予嘉奖。”孝宗龙心大悦，下旨：给庞泮记功一次，吏部备案，京察一等，赏银一百两。考虑到庞泮三年未回老家，特赐假期三个月，回老家探亲。

## 五、回乡探亲方知妻子已经病故

庞泮匆匆赶到著名的同仁堂大药店，买了治风寒咳嗽的良药，在市场上采购了山东阿胶、衣服和两对玉镯（一对分给两个儿女），带着一百两皇上赐的赏银，带了一名随从，就急急地踏上回乡之路。

走在回乡的路上，庞泮思念家乡、思念夫人的心情更加强烈。夫人的病现在怎么样了？到底痊愈了没有？他心想，夫人年仅三十二虚岁，正是年轻力壮的时候，有点儿小病痛很快就会好的。

一天晚上，他忽然梦见蒋氏来到身边与自己告别，说：“妾要出远门。从今往后，与君永别了!”说着，泪如雨下。庞泮感到很奇怪，连忙道：“膺紫，只有三十出头，为何说这种话？以后即使老去，也是我先走啊!”庞泮拉住妻子不让走，可是膺紫偏要走。一拉一扯，庞泮猛然惊醒。他觉得此梦十分蹊跷，想到妻子来信中曾提到身体不舒服，不禁担心起来。莫非妻子现在病情加重了吗？

庞泮知道，自己身为谏官俸禄本就低，再加上京城生活费用昂贵，一家四口在京城的生活仅够温饱。特别是因为上奏疏弹劾权贵被几次罚俸后，家里的经济状况更是雪上加霜，常常入不敷出，靠借债度日。蒋氏只好节俭度日，平时舍不得吃舍不得穿，一个月也吃不上一斤肉，连买斤豆腐也不舍得。他担心，妻子在老家即使生病也不去看病买药。想到夫人生病已有半年，不知如今康复了没有？

庞泮回故乡走的是水路。四月初，他坐船从北京出发，沿京杭大运河走。这条运河是世界上里程最长的人工河，全长一千七百九十四公里，比著名的苏伊士运河要长十倍，比巴拿马运河要长二十倍。它与万里长城、新疆的坎儿井，并称为中国古代三项伟大工程。

此时，庞泮无比思念蒋氏，归心似箭。一路上，他除了在大码头转船等船外，几乎是船不停开，日夜兼程向江南进发。经过约十天航程，终于在一个傍晚到达浙江省会杭州。他宿了一夜，第二天一早，就到驿站，拿出磨勘（官府介绍信）。按照朝廷规制，他可以享受四品知府出巡的待遇，选用四人抬的漂亮凉轿和四名差役。但他只要了一顶小轿，没要差役，只带着原先那名随从，就急急往天台县赶。

话说蒋膺紫回到老家后，一边抚养一对儿女，一边依然像庞泮没有做官时那样，纺纱织布，补贴家用。与丈夫分别后，蒋氏方才体会到家书抵万金的滋味。从此，每隔半个月，她就急切地盼着丈夫的来信。要是没有接到信，她的心里就发愁：丈夫是不是生病了？办差是不是出啥差错遭到处罚了？

每当收不到京城书信时，她就要后悔当初为何自己不留在京师陪伴在丈夫身旁，以致现在丈夫像断线的风筝想抓也抓不到手。

在贫困忧虑和担惊受怕的多重夹击下，蒋氏病倒了，她经常做噩梦，出冷汗。整整一个月没有接到北京的来信，她的心里急坏了。她知道，丈夫肯定是遇到什么麻烦了，但是又不知道是什么事情。

暮春的一天，正当蒋氏为一个多月没有接到京城来信而忐忑不安、心里如同油煎一般难以忍耐时，突然听到一个惊人的消息。这个消息是平镇绸缎庄范员外传来的。

这天下午，庞泮的岳父蒋员外正拉着二胡，突然，一个幽灵般的人物出现在他的身旁，那是绰号"赖头剥皮"的家伙。他仗着是平镇人地头硬，经常在平镇集市上做些坐地分赃、欺男霸女的事，一次被蒋员外到天台县令那里告了一状，结果蹲了大半年的牢狱，被打得皮开肉绽，还被罚了一笔银子。

这时，只听他阴阳怪气地说："老员外，告诉你一个好消息。你那个引以为豪的女婿，在京城做官的庞泮大人，近日已经被打入天牢！你逍遥自在的快活日子已经到头了！赶快去京城见女婿最后一面吧，要是去得迟了，只好等着收庞矮的尸首了！"

"放你娘的狗屁！看我不打断你的狗腿！"蒋员外骂道。

"哈哈，你以为自己还能像你女婿做京官时那样威风八面吗？你现在是泥菩萨过河自身难保，还想来整我？告诉你，风水轮流转，现在你的后台倒了，我还怕你个卵！"

一席话刺得蒋员外心里直冒火，却发作不出来。他想，既然这个坏蛋这么说，恐怕他真是听到了什么风声。于是他立刻放下胡琴，坐了顶小轿，匆匆赶往后洋山女儿那里，打听个明白。

蒋员外到了后洋山，见到女儿，把这个消息一说，蒋氏不禁心惊肉跳。他们不顾天色已黑，找来两个侄子，立即雇了一辆马车，点起灯笼火把，赶往台州府城，跟府学夏暐姑父打听庞泮在京师的消息。

当他们来到夏暐家，只见家里灯火通明，蒋氏不禁慌了神。她知道，庞泮被打入天牢的事恐怕十有八九是真的了！见到姑父，只见以前几乎见不到白发的姑父，如今已是鬓发斑白，背也驼了，走路已显得老态龙钟。

“姑父，我是来打听庞泮的消息的。”她后半句话还没说出口，就被姑父拦住了。

“京城张皇后和太皇太后两家豪门，为争夺鹌鹑引起大规模的斗殴，庞泮接连上奏疏，要求对皇亲国戚治罪，结果得罪了皇后娘娘，被关入锦衣卫监狱。”姑父简要地介绍了最近发生在京城的事情，看到侄媳妇脸白如纸，劝慰道：“不过，你不必过分担心，听说朝中宰相等大臣正在设法营救，估计庞泮不会有大的危险。”

从府城回到家里，已是三更时分。

她躺在床上，辗转反侧睡不着。“锦衣卫监狱”俗称“天牢”，这可是皇帝亲自掌管的关押重大罪犯的监狱！关进天牢的人，必死无疑！听说能够从天牢里活着走出来的人，少而又少，十个不到一个。这次庞泮的奏疏得罪的是两宫的皇后和太皇太后，看来这次丈夫真的是在劫难逃了！膺紫一声长叹。退一万步讲，即使皇帝考虑大臣的意见，不杀庞泮，但是蹲大狱充军，在所难免！这样一来，丈夫大半生的奋斗都将付之东流，他的一生从此毁了。相公啊相公，俗话说，做官要像鹅卵石一样圆滑，能屈能伸，左右逢源，方能做到高位。可是你太硬太刚，用天台的家乡话说，就是硬碰直裂。你这样硬碰硬，就算你是石头，但那些王爷、伯爵、太监是铜和钢铁，至于皇后与太皇太后更是金子和钻石，你跟他们硬碰能有好下场吗？必然会头破血流粉身碎骨！真是伴君如伴虎哪！她发出一声绝望的哀号。

蒋氏就这么胡思乱想着，头脑昏昏沉沉的。最后，疲劳压倒了她，终于迷迷糊糊地睡了过去。

忽然，她听到一阵急促的马蹄声在门前响起，急忙来到门口，只听一个钦差在高叫："圣上有旨，工科给事中庞泮犯大逆之罪，将押解午朝门外斩首示众。庞泮临死时，提出要与妻子见最后一面。圣上有好生之德，考虑到庞泮与蒋氏夫妇伉俪情深，着蒋氏速速进京，与夫君见最后一面。"

宣读完毕，立刻牵过一匹高头大马叫蒋氏骑上，吩咐她闭上眼睛。只听风声呼呼，很快到了京师午门外的法场。监斩官见蒋氏来到，于是从囚车里放出蓬头垢面、遍体鳞伤的庞泮。只见他两眼通红，眼角带伤。庞泮抬起头说道："贤妻，今日一见将要永别。是我害得你从今往后孤苦伶仃。在这永别之际，我有一言嘱咐：子孙后代，千万莫做谏官！一言不慎，就将引来杀身之祸。"

说完，他决然地走上刑场。只见刽子手高举起刺人眼目的砍刀，蒋氏吓得两眼紧闭。等她睁开眼睛，丈夫那颗硕大的头颅已骨碌碌地在地上打滚了。

"我的夫君，你好冤哪！"她只喊出一句话，便昏厥在地。

"娘！娘！你怎么啦？"一对儿女的急切呼唤声使她醒了过来。她睁开眼睛一看，天已大亮。原来，自己做了一个噩梦。

"娘，你的头发怎么白了？"十二岁的大女儿惊叫起来。

"对呀，昨天白头发还看不大出来，今天怎么就全白了呢？"十岁的儿子庞栎也附和说。蒋氏拿过女儿递过来的镜子一照，果然看到自己满头白发、面黄肌瘦。

蒋氏感到百骨酸痛，浑身像散了架，仿佛爬过千座山、涉过百条河。她明白，自己被贫穷和忧虑损伤了身体，又被庞泮被打入天牢这场突如其来的霹雳当头击中，恐怕再无生机。于是，她吩咐一对儿女结伴去泉井村，叫来父亲交代后事："嫁给庞泮，我今生无悔。可惜我却不能与他白头偕老。庞泮做谏官风险大，我在家提心吊胆。与其这样日夜思念、担惊受怕，还不如我早些离世。女儿不孝，丢下两个孩子，所幸他们都知书识礼。庞泮此番生死未卜，只好请父亲再照顾几年，将他们抚养成人。”

“好女儿，庞泮此番虽然有些凶险，但他吉人自有天相，估计不会有大的灾难的。俗话说，气宽寿长。你一切要放宽心，好日子还在后头呢！”蒋员外安慰了一番，看到女儿气色不好，只好带着一对外孙去泉井村了。

蒋氏待父亲走后，挣扎着起床，鼓起全身的力气，写下一封绝笔信，然后只叫了一声：“庞相公，我的好夫君，为妻先走一步，在奈何桥等你！”她身子往后一仰，便倒地而亡。时为弘治三年（1890年）秋。蒋氏年仅三十三虚岁。

实际上，蒋氏要是胸怀宽广，能够熬过这一关，以后庞泮的官运还是不错的。若是能够与庞泮白头偕老，她将有享不尽的福。结果，让继配李氏得到了本该正配夫人蒋氏得到的荣华和富贵。因此有人感叹：气宽方能寿长，寿长才有福享。

话说庞泮马不停蹄地急急赶路。从杭州到天台县城，将近五百华里，而且要经过高峻陡峭、曲折盘旋的关岭。他晓行夜宿，经过五天的急行，这天黄昏终于抵达天台县城。

“老爷，请您先去客厅用餐，住宿客房正在安排收拾。等吃过饭，就可一切齐备，保您满意。”驿馆中年驿官恭敬地对庞泮道，“里面有蒸锅，可以洗个蒸浴，消除旅途疲劳。”

半个月的奔波赶路，庞泮身体很是疲惫，很想在县城住一宿，将养一下身体。但想到若是住在县城，明天可能县里又有一番官场和同窗朋友的应酬，要耽搁时间，不如干脆趁晚上回家给夫人一个意外的惊喜。想到此，他开言道：“哦，老弟，我就在这里吃顿便饭，住宿的事就不用麻烦了。我想如今正当初夏，今夜又月光如昼，我准备继续赶路，去西乡平镇。”听了庞泮的话，驿官不禁瞪大了两眼，像看一个怪物那样看着他。那眼神分明在说：真是有福不知享，喜欢住茅厂！

匆匆吃过晚饭，庞泮带着随从，坐着小轿，急急往家赶。大约经过三个钟点，夜里十点多钟，他终于来到故乡后洋山老家门前。

看到这幢无比熟悉的小楼，庞泮顿时想起夫人蒋膺紫深夜织布的情景，仿佛听到机杼的唧唧声，也仿佛听到夫人那银铃般的笑声。他立刻上前轻轻地叩打那扇大木门。

笃，笃笃，笃笃笃。他充满柔情地叫：“膺紫，膺紫，开门，快开门，我是庞泮！”但里面静寂无声。

他接连叫了好几声，也没听到回音。

大概是回泉井娘家了吧，他想。

忽然，他听到传来大嫂的声音：“这深更半夜的，是谁呀？”

庞泮连忙回答：“大嫂，我是庞泮呀！”

“哦，是小叔回来了！”大嫂惊喜地说，“你稍等一下，我马上来！”紧接着，听见大嫂好像在喊自己儿女的声音：“快起来，你们爹爹回来了！”不一会儿，大嫂开门出来，只听她对两个十来岁的儿女道：“这是你们的爹爹，快叫。”

只见小姑娘和男孩儿怯生生地上前，叫了一声：“爹！”

“你娘呢？她去外公家了吗？”

听到父亲问，小姑娘顿时愣了一下，只说了一句：“爹，你怎么到现在才回来呀？娘，已经不在了！”话未说完，便扑到庞泮怀里，哇哇地大哭起来。

“什么？你娘没了？死了？”庞泮简直不敢相信自己的耳朵，直到大嫂忧伤地点了点头，然后牵起衣角擦眼泪，才相信是真的。

这消息如同五雷轰顶，庞泮只觉得头脑轰的一声，两眼一黑，顿时天旋地转，昏倒在地。

第二天一早，一缕阳光从窗外射进来，庞泮方才清醒过来。

“爹，你醒啦!”女儿露出欣喜之情，“昨夜看到你昏过去，我和弟弟害怕极了。我怕你也像娘那样要永远离开我们哩!”女儿担忧道。

“小囡，快带我去你娘坟墓。”在女儿的引导下，庞泮走了五六里路，来到灵芝山石马坟。来到妻子的坟前，他只叫了一声：“膺紫——我的爱人，我来迟了!”便一下子扑倒在妻子的坟前，号啕大哭起来。哭了一阵，他在坟前摆放起咳喘药、阿胶，还有一对晶莹的玉镯。他点燃一炷香，鞠躬祭拜。

他含着热泪，喃喃地诉说道：“我千里迢迢给你带来治咳喘良药，带来阿胶和玉镯。我原想先用药治好你的咳嗽病，再用阿胶健旺你的身体，让你脱下旧衣衫换上华丽的衣裳，再戴上一对晶莹的玉镯，把你打扮得如同仙女下凡，就像你当年出嫁时一样美丽！谁知你没有吃到这种药，没有穿上我带来的新衣裳，没有戴上玉镯，年纪轻轻便命丧黄泉，叫为夫痛断肝肠!”

“你在阴间，一个人孤苦伶仃，又患着病，这叫我如何放心?”他泪眼婆娑地拿起治咳喘良药，塞进青冢里，“我给你留着药，你在那边要先把病医好。”最后，他吟诗一首悼念：

爱妻何自竟沉埋，探亲惊闻悲泪洒。
欲逐飞云无羽翼，且将荣锦换衰麻。
酒盅不到九泉路，荆树还开百岁花。
最是鸳鸯情分切，梦魂夜夜绕天涯。

他看到一对儿女在私塾读书，知书识礼，感到很是欣慰。庞泮在老家只待了一个月，把一对儿女托付给岳父，便动身回京。

一回到京师，他立即向皇上奏报：

微臣奉旨督修卢沟桥期间，妻子蒋氏病危不告知，已于数月前病故。请求皇上给予表彰封典。

皇帝一接到庞泮奏章，为蒋氏的深明大义、公而忘私而感动，于是下旨封蒋氏为孺人，并树碑表彰。同时，封庞泮父亲为征仕郎、母亲曹氏为孺人。圣旨：

恩荣录

敕工科给事中庞泮父母

奉

天承运

皇帝敕曰：父之教子，期于成名；子之孝亲，志于显耀。肆国家推恩臣下，必有以体其尽孝之心，而酬其善教之功焉。尔庞公序，乃工科给事中庞泮之父，隐居乐善，训子能官。宜赐殊恩，以褒所自。此特赠尔为征仕郎。工科给事中庞泮尚克承之，永慰冥漠。

敕曰：孝莫大于显扬，恩莫隆于褒恤。朝廷推恩群臣，而必及其亲者。所以崇孝礼而示激劝也。尔曹氏乃工科给事中庞泮之母，温柔慈惠，妇道克修，有子登庸禄弗逮养，可无恤典用，推其源，兹特赠为孺人。灵其不昧，尚克歆承。

敕工科给事中庞泮妻

奉

天承运

皇帝敕曰：人伦始于夫妇，风化本于闺门。朝廷褒宠臣，下必及其配者。所以重伦理而崇化本也。尔工科给事中庞泮妻蒋氏，克谨妇道，善相其夫。夫既荣显，尔不偕老，兹特赠为孺人。九泉有知，服斯宠命。

## 六、劝谏皇帝以节用治世爱民

一个冬日，庞泮在记录、编纂诏书时，忽然见到皇帝这样一条旨意：

为了庆祝天下太平、百姓安居乐业的大好局面，和王子降生的特大喜事，过一个祥和的元宵节，特命工部，在京师原庆元宵节拨款五万两白银的基础上，再加拨五万两白银，在京师举办盛大的元宵灯会，并按惯例，放灯十夜……

元宵挂灯，始于东汉明帝刘庄时期，盛于唐代。宋代放灯时间由三夜延长为六夜。到了明代，太祖朱元璋建都南京后，规定正月初八“上灯”，十七日夜“落灯”，时间为十夜。明成祖朱棣迁都北京后，仍依旧例放灯十夜。根据资料记载，北京的灯市口大街，就因最为壮观的灯市而得名。

看到这道圣旨，庞泮心中不禁一沉：为了一个元宵节，竟然花费十万两白银的巨款！这真是惊人的浪费！这股奢靡之风要不得！再说，据各地快报，河南闹旱灾，浙江遭水灾，哀鸿遍地。这十万两白银，可以救活数十万百姓哩！想到此，他立即向皇上呈递《节用爱民疏》，指出：

臣闻治理天下，最关键是爱民，而要做到爱民，必须先节省国家的费用。费用不节省，就伤了国家的财政，伤财的结果是害民，要想治理好国家，就不可能了。圣贤这个明训，陛下应是早就耳熟能详，牢记在心，并且亲自实行了，哪里还用得着微臣来说呢？但臣待罪言路，常年无补，偶有所见，怎敢闭口沉默？

他先引用圣贤的话，来阐述治理国家与爱民、节省费用三者之间的密切关系，明确指出，节省费用，是治理好国家的重要前提，而且皇上一直亲自实行，做得很好。

皇帝看到庞泮说自己是个明君，十分开心。

接着，庞泮笔锋一转，直接切入奏疏的主题——元宵节灯会的费用问题：

> 近日，内宫太监李兴等人，奏请预备明年元宵节灯火料物，已经得到您的批准，下旨给工部执行。

因为皇上已经下旨批准，这笔费用几乎已是板上钉钉，无可挽回了。怎样才能使皇上改变主意呢？庞泮想起去年因为灾荒，皇上停止各项大型活动之事，于是写道：

> 臣等非常敬佩皇上，去年由于灾害，您修省责己，凡是元宵节放灯、端午节射柳之类活动，全部停止不实行，以节省费用。这对国家确实非常有益，而且上合民意，下慰民心，难道不成为值得歌颂的一代美事吗？

自己去年之举，被庞泮称赞为“值得歌颂的一代美事”，孝宗的内心就像吃了蜜糖一般甜滋滋的。他迫不及待地看下去。

庞泮此刻，又从国家财赋重地——东南民力的困竭，国家费用浩大的现状，打动皇帝：

> 臣切实叨念东南民力，确实已经困竭到了极点。又加上国家费用浩繁，毫厘必取，动不动就派内官催逼，急如星火，或织造绸缎布匹，或粗壮木材，前面还没过去，后面接踵而来，道路喧哗，地方愁骇，纷扰百端，艰难万状。陛下深居皇宫，没有看见这种悲苦的境况，若是真正看见，必定会深深地为之忧虑！

接着又从各地发生灾害的现实情况，论述节省费用的紧迫性，提醒和劝说皇上：

今年各地灾害，比起去年更加严重。南京地震，连日发生；真定陨星，红光耀空。浙江所属州县，加上河北、江苏等地，有的旱灾，有的水灾，百姓饥困，本来应缴的皇粮国税尚且不能完成，怎能又在“分外”横加骚扰呢？陛下在皇宫操劳国家大事，不可以为了安乐而忽视这些情况啊！

看到这里，孝宗眼前顿时出现各地大灾的一幕幕惨状：

河北禾苗枯焦，百姓结伴外逃乞讨；江南江河横溢，墙倒屋塌，灾民流离失所……顿时眼睛湿润了。孝宗用绸罗帕轻轻地擦去眼泪，接着看下去：

唐太宗曾经说过：“朕为小民之主，必欲轻徭役、薄赋税，使他们家给人足，朕即使不听管弦，乐亦在其中了。”

孝宗被深深地打动了。

最后，庞泮提出要求：

恳请陛下，可怜百姓的疲敝困苦，节省水流一般的钱财，今后凡是元宵节灯火等无益之事，全部弃置，再也不举办；即使必不可省的，也应痛加节俭，防止虚耗钱财。派遣官差催取绸缎木材等项，全部禁止；已经进行的也应当急急追回，不使地方重受骚扰。像浙江等受灾地方，下旨责令户部及所属官员，紧急赈灾抚恤，免除其田租，宽限其徭役，应当像救火和拯救溺水人一样急迫。

庞泮写到这里，把心里的担心和盘托出：

这样做，才能使百姓得到一些实惠，如果地方官员行动迟缓，受灾地方的百姓，饥寒交迫，躲避于穷乡僻壤之中，不知他们又会做出何种意想不到的事情来（暗示百姓会造反）。这种后果，怎不值得忧虑呢？恳请陛下格外宽容，对臣的建议稍加采纳，那么，非但是微臣一人之大幸，也是天下百姓之大幸啊！

“写得好！真可谓鞭辟入里，切中要害；言辞恳切，动人心弦。庞泮真是一个忠君爱国的忠臣，体察百姓疾苦、爱民如子的良吏！”孝宗心里说。

看到这段文字，孝宗皇帝眼前不禁闪现出本朝发生的一个个民众造反的可怕场面。

明初洪武三十年（1397 年），田九成、金刚奴在陕西沔县（今勉县），以白莲教组织民众造反。田九成称帝，年号龙凤。攻破略阳等地，占据川陕间险要山地，声势浩大。

宣德八年（1433 年），江西发生水灾，次年又遭旱灾、蝗灾。农民无法生活，又苦于官府徭役和地主勒索，永丰人夏旭，率领饥民数千，占据大盘山造反。

正统十二年（1447 年），叶宗留在福建福安县聚集流民数万，称大王，与福建邓茂七武装遥相呼应，以江西钻山的东盘岭为根据地，在浙、闽、赣三省边区活动，攻破州县多地，威震江南。

第二年，邓茂七领导佃农，聚众数万，称“铲平王”，在福建沙县建立政权。

同年，蒋福成领导冶铁工人和贫民造反，仅十日聚众上万人，攻占福建尤溪，与邓茂七合兵，攻破二十多县，一时福建震动。

正统十四年（1449 年），广东南海人黄萧养，带领囚徒越狱造反，并组织民众十多万，船只千余艘，围攻广州，称“顺天王”，分封部下为公、侯、伯、太傅、都督等官爵，影响巨大。

成化元年（1465 年），刘通、石龙率流亡农民数十万，在湖北房县大石厂起事，刘通称王，国号汉，设将军、元帅、总兵等官，分兵进攻襄、邓、汉中，纵横于鄂北陕南；仅在四年前，福建武平佃农丘隆，率领近万人，进攻福建上杭，江西石城、广昌、信丰和广东揭阳等州县，烧官府，杀官吏，震动江南……

一幕幕造反情景，一桩桩沉痛教训，千万不能忘记！想到这里，孝宗下旨：

取消明年正月的元宵节灯会，禁止各级官府的奢靡之风，若有违反者，将严肃处理！

同时下旨：

赤胆忠君、为国为民的好谏官庞泮，表彰一次，奖励三个月俸禄大米四十八石，以示鼓励！

庞泮见皇上诚恳地接受了自己的建议，不禁高兴万分，还褒奖自己，不禁感激涕零。他立即上奏：北方旱灾，南方水灾，多少灾民流离失所，逃荒要饭，特将皇上赏赐的三个月禄米，捐献给灾民。

皇上见奏，夸奖道："庞泮真是正直清廉一心为民的好谏官！"

"傻，这个庞矮，真是个傻蛋！"同僚中有人直摇头，"以前几次罚俸，日子艰难，可怜得几个月没见到一片肉，妻悲儿啼；如今，破天荒得到一回赏赐，也该拿回家，让家里人高兴高兴。即使你拿了，朝廷还欠你三个月俸禄哩！可你却傻乎乎地拿去捐了。这些东西对于你一家老少，可以使生活得到很大的改善，过几个月富裕体面的日子，可对于灾区，却是杯水车薪，无济于事哩！"

庞泮听到后，笑了笑说："虽然我的捐献微不足道，但我捐献的是一片赤子之心。英明的皇上能采纳我的建议，施恩于灾民，我即使天天吃粥，半年吃不到一片肉，但是心里甘甜！"

## 七、在蒋老员外严命下庞泮续弦

光阴匆匆，转眼蒋氏离世已经将近两年。看到庞泮日渐消瘦的脸，和他既当爹又当娘的忙碌情景，谢阁老看在眼里痛在心上："你应该再续弦，娶一房妻子。”

蒋老员外也特地来信要他再娶：“人死不能复活。一双儿女没有娘亲，你没有个服侍之人，这怎么行?”并且严命：“你若是不续弦，就是对我的不孝!”庞泮的几个兄弟和嫂子，也很担心庞泮的生活和身体。“小叔这样，会搞出病来的。”大嫂子心疼地说。

一天，蒋老员外特地坐着轿子，来到后洋山，找到庞泮大嫂潘氏，对她说：“他嫂子，就拜托你花点儿工夫，给庞泮再找一个知书识礼、贤惠的妻子。”

于是，潘氏立即行动起来。

不久，传来一个好消息：离花墅约十里的龚家村，有个教私塾的李秀才，妻子早早去世，他含辛茹苦把女儿带大。为抚养教育女儿，这个学富五车的秀才，放弃了考举人、进士的机会，尽心教育。这个女儿也十分聪颖，一听就懂，一点就通，吟诗作赋、琴棋书画无所不能。李秀才曾叹气道：“可惜女子不能参加科举，不然，我这女儿就是中解元、夺取三鼎甲的料!”此女不但才学高、容颜美，更兼懂得武术，身手矫健，英姿飒爽，走起路来如同银燕展翅。

看到女儿如此出众，李秀才曾发下誓愿：吾女非才高八斗的青年举人不嫁！否则，哪怕男方是百万富豪也不稀罕!

但青年举人未娶亲的凤毛麟角，因此从十六岁开始，接连等待了整整三年，仍未遇到合适人选，所以至今仍待字闺中。

听到这个消息大嫂潘氏大喜，于是有一天，坐了顶小轿，亲自出马前来探听虚实。她装作到伍佰岙古庙烧香拜佛路过龚家村，在李秀才门前停下来，装作讨水喝，与李家姑娘正面接触了一次。

此时李姑娘正在水井边打水。她拿吊桶打水，动作麻利快速。潘氏见她肤色白皙，容貌娇媚，脸蛋上有两个酒窝，十分讨人喜欢。

“姑娘贵姓?”听见客人询问，姑娘落落大方地答道：“免贵，人称十八子。”原来姓李。潘氏对这个姑娘十分满意。于是找到李秀才，向他提亲。李秀才一听说是当后妈，一口拒绝。

“我家闺女正当妙龄，是一块宝玉，不会给人家当后妈的！”他一脸愠怒，口气硬得像块石头，“哪怕对方是百万富豪！”

“老先生，我们也是听说令爱是千里挑一的好姑娘，才慕名前来求婚的。”潘氏耐心地劝说，“不过我家小叔不是富豪，是个读书人，文才远近闻名。”听说文才有名，李秀才不禁松了口，急急地问：“是少年案首，还是青年举人？”他想，只要所嫁是举人，就实现了当初的誓言。

“功名比举人还高，是个进士，”潘氏自豪地说，“而且在京城任给事中。”

“啊，是进士，还是个京官！”老秀才吃了一惊，这倒是出乎意料。但随即一种不祥的预感袭上他的心头，男方不会是个五六十岁的老头子吧！于是又问：“男方多大年龄？”

“景泰元年出生，今年刚好四十二岁。”老先生听说是个中年京官，立刻问：“请问男方贵姓大名？是天台人吗？”

当听说男方就是大名鼎鼎的花墅庞泮给谏，老秀才大喜过望，满口答应道：“能侍奉庞大人，实乃小女三生有幸！”他甚至不讨要什么聘礼，就爽快地答应了这门亲事。

很快，庞泮哥嫂便择一个吉日，将李氏迎娶过门。不久，将她送到京城，与庞泮团聚。

李氏的父亲李老秀才看到女儿嫁了个进士还是京官，不禁喜极而泣。此刻，他想起过去遭人羞辱的一幕。

一天，三十出头的富翁范员外，骑着高头大马，带着绸缎、美酒、银子等厚礼，在一班仆从的前呼后拥下，得意扬扬、趾高气扬地来到龚家村，向李老秀才求亲。

听说这个男子连秀才也没中，老秀才便一口拒绝："我不能把女儿嫁给一个没有文化的男人。"

"我念过私塾，怎么能说没有文化？"范员外反驳说，"我虽然没中秀才，但挣得家财万贯，比那些穷酸秀才和举人岂不是要强上百倍？秀才、举人的虚名顶屁用？它能供你吃、供你穿吗？你女儿若是嫁那些读书人，只能过忍饥挨饿、舂米磨面的贫苦日子；如果嫁给我，吃油、穿绸、骑马、坐轿安享清福！两者相比，真有天地之别。这样明显的事情，难道你不清楚吗？"

"我女儿嫁了读书人，夫婿若是做了官，还有封'孺人'的荣耀呢！"

听了老秀才的话，范员外不禁哈哈大笑道："俗话说，有钱能使鬼推磨。有钱什么事情办不成？要做官，容易得很呀！只要我有兴趣，妻子也有这个愿望，我就花点儿钱，买个官当当，过过做官的瘾，风光风光！"

他看了老秀才一眼，奚落道："有我这样百万豪富的女婿，你还不满意，简直就是个糊涂虫！不会盼望着女儿做诰命夫人吧？"他停顿了一下，用鄙夷的口气说："老实告诉你，你女儿这辈子要是能嫁个正式朝廷命官，我就不姓范！就到你家门前，做乌龟倒爬三圈！"

想到这里，老秀才满肚子是火，立即起身，来到平镇范员外绸缎庄。

此时，范员外正懒洋洋地躺在客厅的躺椅上，和一个体面人，每人手里拿着一支烟枪，两眼乜斜着，在吞云吐雾享福哩！见一个不速之客急匆匆地闯进来，不禁睁大了眼睛，没好气地问："你是谁？怎么到别人家也不打声招呼？"

"我就是那个教书的李秀才。"

看到李秀才，他趾高气扬地说："老秀才，你是不是手头有点儿紧，想借点儿钱花花？虽然我向你求亲时，你无情地把我拒之门外，可我却愿意借给你五百甚至一千个铜钱救济你！”

“谢谢你的好意，不过我不缺钱。”老秀才说，“我今天来，是想告诉你一件事。”

“有什么喜事吗？”范员外揶揄道，“是不是来告诉我，你家宝贝女儿已册封为诰命夫人了？”说完，他哈哈大笑。他原想把面前这个不肯把女儿嫁给自己的老秀才奚落一番，让此人气得吐血，以泄心头之愤，谁知这个老东西不但不生气反而满面春风。

“对，我是有喜事要告诉你。”老秀才志得意满道，“我的女婿庞泮进士已经当上京官——给事中，享受四品官员府台的待遇，上朝排列在巡抚、尚书、侍郎这些二品以上高官后面呢！”紧接着又说，“记得你以前曾经发过誓，说我的女儿要是能嫁个正式朝廷命官，你就不姓范！还说，要做乌龟倒爬三圈！不知你是否还记得这件事？”

啊，原来这个老不死的是上门兴师问罪的！范员外一听老秀才的女婿不但做了京官，而且享受府台一级的待遇，上朝排列在二品高官后面，大惊失色，嘴里的老烟枪不禁啪的一声跌到石板地上，翡翠烟嘴顿时磕出了一道耀眼的火花。“我，我，我——”他张口结舌，面红耳赤，说不出话来。古话道“过头饭好吃，过头话不能讲”，这话说得真有道理。

此刻，他恨不得钻天入地立刻消失，以逃避眼前这个尴尬局面。但死狗逃避不了热汤。眼前的窘境该怎么办？难道真的去扮乌龟倒爬三圈？真的这样去做，岂不让人笑掉大牙？

这时，他两个眼珠如同两只小老鼠骨碌碌一转，忽然想起一个主意，于是立刻说：“老先生，您可能记错了吧！我当时说的原话是：您的女儿要是不能嫁个朝廷命官，我就不姓范，就做乌龟倒爬三圈！看样子，我还是有先见之明。我早就知道你家李姑娘是稀世珍宝，是月里嫦娥，因此我不揣冒昧前来求婚。老先生不把女儿许配给我，我只怨自己是只丑乌鸦配不上金凤凰。我知道，天仙嫦娥一定不会待在凡间，她是一定要奔向月亮的。换句话说，她一定会嫁给朝廷命官，而且会步步登高——你的女婿会做大官，你的女儿也一定会成为诰命夫人!”

一番话说得李秀才哭笑不得。呀，这个人真是老滑头，把原来说过的话都赖掉了。

“如此说来，我还要感谢你的预言和吉言了?”李先生挖苦道。

“不不不，还是我办一桌酒席请客，祝贺您女婿高升吧!”听了范员外的话，李秀才憋在心中的怨气顿时消散了，他脚步轻快地往家走。他一边走一边还唱起了多年未唱的一首家乡歌：

金童玉女下凡来，文武星官来投胎；

老翁抱子笑呵呵，五子登科千百代。

## 八、拼死弹劾李广“十当诛”之罪

太监凭借皇帝恩宠，横行霸道、胡作非为，是明朝政治腐败的一个突出表现，也是危害朝政的一大毒瘤。

太监李广看风使舵，投机取巧，利用孝宗因从小身体虚弱，欲求良方不得故而信佛的性格特点，以迷信邪说、花言巧语骗取皇帝信任，得到恩宠，被任命为“传奉官”。

李广利用这个特殊身份，卖官鬻爵，大量收受贿赂，侵吞京畿民田，又获得京畿地区食盐专卖权，成了大富豪。他拉帮结派，横行霸道，形成一手遮天之势。贵戚大臣尊称他为公公，纷纷向他行礼，还称他为“主教真人”。

有人掐指对庞泮粗粗地算了一下李广在朝中的羽翼：

武将中，有保国公朱晖，吴鉴、李玺两个侯爵，陈韶、王镛、刘福三个伯爵，还有都督孙贵。

文臣中，有吏部尚书屠滽，户部尚书周经，礼部尚书徐琼，刑部尚书白昂，工部尚书徐贯，礼部侍郎程敏政——六部尚书中，占了五个，真可谓权势熏天。唯有兵部尚书未被网罗，但兵部侍郎王宗彝却唯他马首是瞻。

三法司中，最有权力的刑部和都察院都被他控制：左都御史王越，右都御史李蕙，都是他的党羽；刑部尚书白昂，是他的铁哥们。

太常寺卿崔志端、李温，太仆寺少卿杨瑛，还有山东按察使赵鹤龄，河南左右参政等二十七个文武官员，都与他勾结一起。

李广下面有十五个干儿子，号称“五豹”“十狗”。

他甚至把六十六个工匠升官，赐予冠带的工匠达一百三十八人。

他建造私宅别墅，将京城古道水流玉泉山水绕宅流；劝说皇帝大修乾清宫，在万寿山上建造毓秀亭，动用军队上万人，耗资白银百万两。

众位正直的大臣气愤地说：“李广横行霸道，国家无安宁日子。但他权势熏天，无可奈何。如此下去，如何得了？”

“我一定要上奏疏，弹劾这个国家和百姓的大祸害！”庞泮说。

都察院副都御史张淳竭力相劝：“李广势力大，他在整个京城和全国都织成一张罗网。你把矛头对准他，他会指挥一群豺狼虎豹一齐扑上来，把你咬得稀巴烂！”

给事中张朝看到庞泮奏疏的题目，顿时大惊：“你这样与他拼命，李广岂肯饶你？你弹劾他会招来大祸！他必然会以百倍的疯狂将你除掉！何文鼎的凄惨遭遇就是明鉴。”

何文鼎控告张家兄弟私自在国家长芦盐场大肆进盐五十万引（大引四百斤，小引二百斤）销往全国各地，大发横财，结果被下狱。太监李广为讨好张皇后，对何文鼎严刑拷打，将其乱棍打死在狱中。

谢阁老担心地说：“李广是条五步蛇（即蕲蛇，剧毒，人一旦被咬，五步之内就要昏倒），弹劾他需万分小心哪！”

妻子李氏流着泪劝说道：“相公，朝中与你友善的上司、同僚、亲朋好友，甚至连谢阁老也劝你，可见此番上疏危如累卵哪！”

面对这种情况，庞泮病了，而且病得不轻，只得请了病假。

十天后，他从松江府回来了。原来，他是装病。他带回了许多李广的罪证。庞泮决心弹劾李广十大当诛之罪。他已经置生命于度外。“箭在弦上，不得不发！”庞泮下狠心道，“为了国家，为了百姓，我决心献出头上乌纱帽，和头上这个六斤四两（指头颅）！”

早朝前，庞泮把一封书信交给妻子，吩咐道：“我要是傍晚没有回家，你再打开。”等丈夫出门后，李氏心里嘀咕：“老爷有什么事不能当面交代，非要写信呢？”于是她禁不住好奇心打开所留的信一看，不禁吓出一阵冷汗。原来信里是这样几句话：“若是我傍晚仍未回家，说明大祸临头。你赶快取出积蓄的十两银子，带上儿女，速速逃命。切记！”

这时，蒋氏所生的大女儿已经十六岁，已被庞泮外婆家的后人——秀才曹庆哲所聘，正在天台老家，待春节时迎娶。跟在庞泮夫妻身边的，是儿子庞栎和李氏所生的幼女。

话说这天早朝，庞泮上金銮殿，向皇帝上《宦官招权纳贿疏》，弹劾李广“十当诛之罪”。

臣切实查明内宫监李广，弄权纳贿、肆虐嚣张的气焰，远胜于宪宗朝那个祸国殃民的内侍太监梁芳；控制下面官员，蒙蔽圣上，奸诈欺骗的行为，实同于成化朝司礼监掌印太监牛玉。历数他的罪恶，万死莫逃。

陛下清心寡欲，所以圣体安康。李广却谎称有炼丹之术，进献荒诞不经的丹药，以左道旁门欺瞒蒙蔽圣上。这是李广当诛第一罪。

李广以太子神主牌供奉祖庙，献媚神灵以求得福祉，用歪门邪道愚弄国家神器。这是李广当诛第二罪。

西山玉泉之水流入京城，环绕皇宫，实为京师第一水流。而李广为图一己之私游畅快，竟然在西直门外建造私宅，将官河故道改护门墙，明目张胆损害京师气脉。其本心，实为目无皇上。这是李广当诛第三罪。

主谋主使和挑唆寿宁侯张鹤龄兄弟，干一些不当之事，招致天下人议论，连累皇亲。这是李广当诛第四罪。

欺君罔上，重启跑官升官之门。锦衣卫千户黄英，所做之事只是挑选奶娘，有何功劳？竟然为他巧立名目，要求升迁为常由功臣外戚担任的锦衣卫最高长官指挥使！周玉一类，都是李广门下奴仆，有何才能？有何作为？竟然使他们升官！导致奸诈之徒，钻营成风。妨碍政务损坏国体，侵蚀损耗国家资财。这是李广当诛第五罪。

勾结奸邪小人，辱没国家名器。譬如太常寺正卿崔志端，少卿布自云，寺丞冯宗远，及真人陈应循之流，都称李广为“教主老爷”。崔志端屡次被弹劾，竟然安然如故，不能动摇他一根毫毛。这都是李广庇护的结果。这是李广当诛第六罪。

假借“果户”为名，侵夺大名府山川土地，差点激成民变，以致近日，奉御官赵宣等人，仿效成风，强迫百姓献地，肆意扩充王庄及庄田，以致皇庄、王庄和庄田，遍布京城到晋鲁豫陕川赣和湖广，百姓被骚扰得苦不堪言。这是李广当诛第七罪。

贪财害民。东南是朝廷财赋重地。凡遇松江等地解送缴纳阔布的大户人家，每次百般挟制，必定额外搜刮银子数百甚至一二千两，以致解户既无法交差，又债台高筑家破人亡。这是李广当诛第八罪。

视国家纲常礼仪为儿戏，僭越狂妄。李广无非是一个太监，而朝廷大臣、驸马贵戚却要对他卑辞谦礼，依仗他来邀宠，朝廷体统何在？读书人颜面何在？这是李广当诛第九罪。

盗用皇上威仪，劫掠朝廷爵位以树立私恩。总兵、镇守，本是国家柱石，边塞干城，却都要仰仗李广以保全俸禄地位，将他尊称为“公”，有的甚至贿赂勾结。这是李广当诛第十罪。

读到庞泮弹劾李广的十当诛之罪，朝中正直官员拍手称快，而那些奸邪之官，却对他恨之入骨，咬牙切齿。于是，一支支毒箭向他射来：庞泮道听途说，没有实际依据，是诬陷；庞泮攻击他人，以抬高自己；礼部说，庞泮的不少说法有违礼节；在吏部对官员京察中，庞泮不但未列入优等，还被列为差等——第三等，要受处分。

有的说法更是耸人听闻：庞泮夫人蒋氏，是吃了庞泮从京师寄去的药而突然不治身亡。都察院要求开棺验尸，查明真相。

工部上奏，在修筑卢沟桥工程中，有人举报庞泮有贪污受贿嫌疑，民众强烈要求彻底调查！

舆论汹汹，甚嚣尘上。

结果，庞泮的奏章上去，皇帝并未处理李广，还下旨：

你们说李广招权纳贿等事，只是没有指明事实，此事作罢。

钦此

但由于谢迁阁老的保护，和太皇太后的关照，庞泮也没被治罪。

庞泮知道李广正得宠，要扳倒他很不容易，还需假以时日，等待有利时机。

不久，两件事情使形势有了转机。

第一件是“驸马案”。

为了彻底消除外戚干政的危险，明朝从太祖朱元璋立法，规定皇室不许与文臣武将联姻，驸马要在民间寒门男子中物色。

李广向皇帝极力推荐袁相，夸他相貌堂堂，文武双全。弘治皇帝同意招袁相为驸马，并选定大婚日期。

可是庞泮深入民间一了解，实际情况与李广所说的大相径庭。据袁相邻居反映：富户袁相是个市井无赖，靠向大太监李广大肆贿赂来骗婚。

于是庞泮立即启奏皇上，要求派人调查。一调查，证明是个连秀才也没中，靠敲诈勒索、坐地分赃发迹的刁蛮光棍。皇帝大怒，下旨取消这桩婚事，革去袁相驸马名号，将袁相下狱。

这件事使皇帝对李广的信任打了一个大大的折扣。紧接着皇宫里发生的两桩事，使李广的命运急转直下。

不久前，李广怂恿皇帝：为求皇家子孙兴旺，国泰民安，应大修乾清宫，并在风水宝地万寿山上建造“毓秀亭”。结果，动用军队上万人，耗白银百万两。谁知乾清宫整修好，毓秀亭建成，非但没生皇子，反倒死了一个皇子。而且这个皇子之死，与李广有脱不开的干系。太康皇子患天花，御医前来诊治。李广为了争功邀宠，主动开了一张符，烧成灰，泡符水给皇子吃，并言之凿凿地说：“一吃就会好。”谁知，吃后不但没好，反而很快死了。

不久，清宁宫遭火灾，烧毁了许多房屋。

这一连串事件使得朝野舆论大哗，议论纷纷。有的大臣说：“是建亭冲犯了值年太岁，必然招来祸患!”有的说：“李广胆大包天，收受大量贿赂，招假驸马，愚弄皇上，罪该万死!”还有的说：“都谏庞泮弹劾李广‘十当诛之罪’非常正确，是没有及时处理留下的祸根!”

孝宗皇帝祖母周太皇太后气愤地说：“今天李广，明天李广，就是听了他的坏主意，国库耗资巨大。假驸马，令皇家丢尽脸面；死人、火灾，搞得朝廷鸡犬不宁。李广之罪，不容赦免!”

皇帝此刻也大为恼火，下旨让刑部、都察院和大理寺对李广立案审查。失去保护伞的李广看到大势已去，便服毒酒自杀了。

## 九、敢为刑罚不公正向皇上申诉

弘治八年（1495 年）七月，孝宗皇帝下达一道圣旨，其意略为：

> 工科给事中庞泮，自成化二十三年（1487 年）任工科给事中以来，对朝廷赤胆忠心，疾恶如仇，为国为民，不计个人安危，敢于仗义执言，为给谏楷模。特擢升为刑科都给事中。

能担任要害部门刑科的首领，负责朝中侍从规谏、稽查六部的诤言重任，庞泮既感到高兴，也感到肩头责任的重大。他立即上谢恩表，表示决不辜负皇上的信任和殷切期望，为国为民再立新功，虽赴汤蹈火亦在所不辞!

话说庞泮一到刑科上任，便见积案严重。古话道：纲举目张。只要紧紧抓住纲，抓住重大案件，就会事半功倍。当务之急，必须完成对五十名已判死罪的重刑犯的审查。于是，他立即布置人力。经数月详细审查，他发现“杨、王抢劫案”均判死刑，证据不足。通过几次提审，庞泮终于搞清案情：

弘治七年（1494年）十二月十七日，燕山右等卫百户（约相当于连长），居住在东安县的杨谨、王山，上京操练回家途中，骑马带刀、全副武装，路过邵奇庄，看到将要参军的冯宣和大户张鸾，便上前拦住道："我们辛辛苦苦保护地方安全，你们留点儿酒钱慰劳慰劳我们！"

冯宣和张鸾两人见到两名军官带着武器和弓箭，不敢反抗，连忙摸光身上所有钱——共二百八十七文，递上。

两名军官刚走出不远，便因冯、张两人举报，被武清卫巡捕官兵抓获，送到刑部广西清吏司审问，后判决如下：骑马带刀拦路抢劫所得钱财虽少，但性质恶劣。拟定强盗抢劫罪，定死刑。发送大理寺，复审后仍定死罪，判斩刑。

庞泮详细查核案卷，发现杨谨、王山两人都没有签字画押，杨瑾母亲王氏和王山亲属又上京告御状击鼓鸣冤。庞泮知道其中定有冤情。两人虽有拦路劫财情节但并不严重，最多只够判个两年徒刑。此案属于轻罪重判，必须立即纠正。

庞泮准备写奏疏向皇上报告时，一个给事中进来对他说："庞都谏，按照往常，经刑部核准，再经大理寺复审定下的案件，我们刑科几乎没有打回票的。若是打了回票，就得罪了两大法司，关系搞僵，以后就不好做事了。"庞泮严肃道："人命大如天！我心中只考虑国法，不考虑人情！朝廷把权力交给我们，就是要我们秉公执法。若不公字当头，要我们何用？"他停顿了一下，然后斩钉截铁地说："我庞泮的手里决不能有屈死鬼！"

于是，他立即起草奏疏《详审重囚疏》：

微臣在复审时，发现重刑犯中，定强盗抢劫判斩刑的杨谨、王山二人，其情节似有可怜悯之处。

查得杨谨招称，与任职于官署的王山，都是燕山右等卫百户，居住在东安县。弘治七年十二月十七日，因上京操练回家途中，各骑原操练马匹，身带弓刀，行到邵奇庄处，遇到还未正式取得军籍将要参军的冯宣和大户张鸾驱车前来。他们不该向前拦住，并劫得铜钱二百八十七文。当时就被武清卫巡捕官兵抓获，送到刑部广西清吏司审问，拟定强盗劫财，罪当斩首。发审大理寺，杨瑾等人因为怕死，不肯画押。又因杨母王氏等人，各上京告御状。陛下下旨发送刑部重审后，仍按原先拟定的斩首罪定案。

臣等参照有关材料详细考察此案，认为：杨、王都因操练停歇，回归时抢夺财物，实出一时无知，开始并非蓄意为盗。虽有马匹弓箭，但这原本就是操练所用，并非特意为实施抢劫而准备；他们只是上前拦住，并无挟持、恐吓、伤害等凶恶情状，况且所得赃物，不过铜钱二百八十七文。如今若是将两人都按强盗抢劫罪判死刑，立即处决，这太重了，其情似有值得同情之处。此案属于轻罪重判，两人之罪，宜定为最轻一等。

庞泮先分析案情，指出本案判死刑太重，接着又从朝廷立法角度论证：

再说朝廷立法：凡是死罪，必等多次回奏而不仓促行刑。唯恐另有隐情，所以从宽从缓执行，以便一旦发现冤案，就可立即平反昭雪。如今杨瑾、王山案件虽已判定，但他们既不肯画押，其家属又各自击鼓鸣冤告御状，这件事情难道就没有可疑之处吗？想将他俩与吴聚等其他犯人，一同回奏处决，恐怕会损伤陛下体恤黎民、明慎用刑的仁心。若是那样，臣等不能说没有罪责。

最后，庞泮提出：

恳请陛下圣明垂念，与其诛杀无辜，宁可失却不合常法的判决。请皇上下旨，命令有关衙门再次审察辨明此案，务必做到明慎用刑，使犯人对判决心服口服，以便不拂逆天地好生之德。此案因是详审重囚事理，臣不敢擅自做主，特上奏章，请旨定夺。

这天傍晚，庞泮写好奏疏正准备第二天上奏，忽然听到仆役报告：“有客人来访。”开门一看，原来是大理寺胡少卿和刑部广西清吏司刘主事。胡少卿原是工科都给事中，是庞泮的老上司，刘主事则是庞泮要好的朋友。

“贺喜，贺喜！”刘主事在门口大嗓门就嚷开了。一进门，他就像变戏法一般从身上拿出两锭大银元宝，每锭五十两，共有一百两。李氏看到这么一笔厚礼，脸上顿时笑成了一朵花，连忙沏上龙井茶。庞泮见此重礼，不禁一惊，问道：“你搞的什么名堂？”

“哦，这不是我的，而是我的上司钱郎中和郭侍郎的。”刘主事连忙声明，“两位上司说，要处理一桩紧急公事一时走不开，叫我代表他们先来，等以后有时间再来。”说着，又拿出十两银子，“这是我的一份贺礼，莫嫌礼轻。”

庞泮知道，同僚之间送礼，通常三两、五两算是客气的，十两已是特殊的重礼。只见胡少卿说：“庞老弟荣升都谏，我也来祝贺，讨一杯喜酒。”说着，也拿出一封细丝白银。庞泮一看，足足有五十两。庞泮不知道他们为何要送如此重礼。不会无缘无故的，他心里想。他冷眼看着事态的发展。

果然，刘主事首先开言道：“听说庞兄准备上奏疏，为杨瑾和王山二犯申冤，改判为最轻一等，不知有无此事？”见庞泮点头，刘主事便道：“弟受刑部清吏司钱郎中和郭侍郎的委托，前来向庞兄求情，请兄长不要拜发这道奏疏。因为若是皇上批准了你的奏疏，那就等于清吏司一审所判杨、王两犯死刑是一桩错案。一追究责任，清吏司郎中就会降职，就连主管的刑部侍郎也将会在吏部官员考核中有污点而遭处分。那样，主持刑部的郭侍郎近期晋升尚书一事便将泡汤。因此，特托我请您高抬贵手。”

果然是有事，而且还是不小的事。

“是啊，是啊，”胡少卿也紧跟着说，“庞兄，若是此案改判最轻一等，我胡某作为主办官，也会遭到同样处罚，不但几年内升迁无望，还将面临降职。请看在我们以前交情的分上，放我一马。”

“刘兄，人命关天的事，我岂能睁只眼闭只眼见死不救?”庞泮有点儿生气地说，他两只眼睛逼视着刘主事，质问道：“当年你我二人仗义执言的良知和勇气哪里去了?”

一席话将刘主事闹了个大红脸。他知道在原则问题上，庞泮认死理，是个出了名的“硬头颈”，于是又道：“我理解庞兄救人于水火的侠肝义胆。那能否请你在奏疏中将杨、王二人罪减一等定为永远监禁?”

“按兄台所说，这样仍是重刑。”庞泮道。

“那就判十年以下。”胡少卿恳求道，“判个八年或五年如何?”

胡少卿心想，凭自己对庞泮有培养和提携之恩，只要自己开口，向来重情义的庞泮肯定会知恩图报的。

“老师，即使按您的说法判个五年，但此案按情节，只能判一年，这样，两人就要多受四年牢狱之灾。囚徒生活度日如年，很有可能在这四年中命丧黄泉或者致残，我们于心何忍?”庞泮毫不让步。

“哼，庞老弟，我哪有资格做你都谏大人的老师?”胡少卿冷笑着讥刺了一句，接着发火道：“我没想到你是如此寡恩薄义之人!”他气得发抖，一个食指如同一把匕首直戳庞泮的鼻头，“我一手培养你、推荐你，不想如今在我面临降职的紧要关头，你竟然心肠硬如铁，一点儿也不肯通融！”他再也忍不住了，歇斯底里地骂了起来：“我当初真是瞎了眼，培养了你这只白眼狼！”

“老师的培养提携之恩，庞泮一直牢记在心。但国家刑法非同小可，徇私舞弊不得。请大人体察学生为国为民一片忠心，原谅我。”庞泮吩咐仆役：“快去置办酒菜，款待我的恩人和好友。”

“谁要你猫哭老鼠假慈悲？”胡少卿恨声不绝道，“我没福消受你庞矮的招待！”说完，立即拿起贺礼，摔门而去。

刘主事也弦外有音地旁敲侧击：“庞兄，做事要三思，俗话说：‘人情留一半，日后好想见’，不要六亲不认，把事情做绝！”

“国家刑法大如天，人情只能放一边！”庞泮拿起一百多两银子，塞到刘主事怀里，“恕庞某只能依照国法行事了。”

“你这个硬头颈的庞矮，为了两个素不相识的罪犯，竟然敢于得罪老上司和老朋友，真是不可思议！”刘主事摇头而去。

看到两个故交含怒而去，妻子李氏既为到手的银子没了而心疼，又为丈夫而担心，说：“老爷，你不接受他们判重刑的意见，总该留点儿面子。一点儿面子不留，就把他们得罪了。你何必为了两个素不相识的罪犯，而得罪两个故交。俗话说，退一步海阔天空。你若是给他们留点儿面子，把两个罪犯判个四年五年，这对罪犯一方从死刑到短刑期，不啻为天大的恩惠，他们会感激涕零，歌颂你为大青天；而对皇上，你又可以有个很好的交代，保证了国家法律的严肃性，赢得皇上的赏识；对两个故交和刑部高官，又不得罪。因此我们收受他们的贺礼，也可以心安理得。这样，有利于朝廷，有利于故交和有关官员，有利于受冤屈罪犯，也对我们自己有利。可以说是四方面都有利的皆大欢喜的事，你何必做对四方面都不讨好的傻事啊！”李氏喘了一口气，最后说：“俗话道，弓弦绷得太紧就要断。树敌过多，对你仕途很不利啊！”

妻子的一番话的确是世事洞明，但庞泮不赞成。他说：“两个罪犯按国家法律只能判一年徒刑。若是判五年，那他们就要多坐四年监牢，再含冤受屈四年。要知道，牢狱生活度日如年。杨瑾白发苍苍的老母，卖房屋、卖田地，为独生儿子上京击鼓鸣冤告御状受尽苦楚；王山老父亲，听到儿子复审判死刑，如雷击顶，急火攻心，忧愤身亡。他们的儿女啼饥号寒。你难道忍心看到他们再多经受四年刀山火海的煎熬？”

看到妻子满面悲戚之容，眼含泪水，知道她已经被打动，于是说：“我是一个穷人家的孩子。我小时候以为县令就是最大的官，从来没有奢望能做县令这样大的官。如今，我能做到刑科都谏，论官已经比县令大，享受知府一级的待遇，我已经满足了。我此生最大的考虑是如何报效皇上的知遇之恩，多为国家和百姓做事，当个被史书称赞和受百姓爱戴的官员。除此之外，别无所求！”

第二天早朝，庞泮便呈上《详审重囚疏》。孝宗皇帝览毕奏疏，连连点头，称赞道：“此疏分析透彻，论证严密，入情入理，很好地维护了法律的公正性。”于是立刻下旨，由三法司会同刑科都给事中庞泮重审此案。很快，改判此案，将杨瑾、王山两人仅判刑一年，以示警戒。因两人坐牢已满一年，于是释放回家。

听到改判结果，杨瑾老母不禁对着苍天高呼：“老天开眼了！皇帝万岁，万万岁！”后来得知是庞泮都谏专门上奏疏给皇上为他们鸣冤叫屈，才使得皇帝下旨三法司重审此案，杨母顿时泪如泉涌。她哭泣道：“庞都谏，没有你就没有我儿子的重生！我家差一点儿就断了香火呀！你真是平民百姓的大救星！”杨瑾还将自己出狱后出生的一对子女分别起名为“向庞、爱泮”，以示感谢；王山则在家里供奉了庞泮的长生牌位，时常祭拜。这是后话不表。

中秋节这天，庞泮带着儿子庞栋，来到海王村旧货市场游玩。有个“代人书写”处的几个服务项目，引起了庞泮的注意：可以代写书信、诉状、诗词、曲赋、行状、传记，以及乡试、会试策论等任何文字东西。并且声明：若是写得不中意，分文不取。

“好大的口气！是谁夸下如此海口？”庞泮一边嘀咕，一边踱步上前，他想试试此人有无真才实学。一看，此人不是五六十岁的老先生，而是一个三十多岁的青年男子。

“后生家，你的招牌上写着，可以代写任何体裁格式的东西，不知能否代写诗？”

“可以，没有任何问题。”代书先生虽然一身旧衣衫，但难掩潇洒倜傥风度，“请客官出题。”

“那就以中秋为题。”

话音刚落，只听那人脱口而出：

八月秋高风怒号，中秋到来有啥好？

嫦娥深知人间苦，飞上月宫乐逍遥。

吟毕，连忙拱手作揖：“见笑，见笑！请客官指点。”

庞泮吃了一惊：人间把曹植七步诗传为美谈，没想到这位生活在社会底层的代书先生却有如此敏捷的诗才。

“先生到底是什么人，竟有如此出口成诗的高才？”

青年先生道：“不瞒相公，在下中过进士，曾任翰林院检讨之职，故对诗词有点儿研究。”

“失敬，失敬！”庞泮连忙道，“请问贵姓？”

“免贵，姓徐。”代书先生回答。

庞泮很惊讶，正想问他何以由堂堂翰林沦落为“代书先生”，忽听一个童稚声音响起：“爹爹，我要吃鸡蛋、月饼。”原来一个五六岁的小男孩儿，正目不转睛地盯着正在吃鸡蛋和月饼的庞栎。看到这个身穿打了好几个补丁的旧衣裳、脸脏得如花猫的小孩儿，少年庞栎厌恶地说："小叫花，快走开！"

庞泮一见这个情景，连忙喝住儿子："不得无礼！快拿个月饼给小弟弟。"话音未落，忽见一个头发蓬松、衣衫不整的少妇，从不远处的煎饼摊上奔过来咒骂道："你这个小馋鬼，谁教你做乞丐讨饭的！"一个栗暴打得孩子哭了，然后一把拉起小男孩儿就走。

此时，代书先生连忙走过来，说："孩子不懂事，嘴馋，你打他干吗？"

少妇没好气地说："都怪我当初瞎了眼，竟嫁了你这个读书人！我好不容易等到丈夫中了进士，原以为从此苦尽甘来，有了出头之日，谁知却陷进地狱流落外地，有家也不能回！"说着便一把眼泪一把鼻涕，嘤嘤嗡嗡地伤心地哭起来。

小男孩儿见娘哭，以为是自己眼馋别人东西惹母亲生气了，于是拉着母亲的手懂事地说："娘，别生气，我再也不向别人讨东西吃了。"一句话，把少妇的心又揉碎了。她一把搂住男孩儿，哽咽着说："好孩子，是娘不好，娘不该打你。"然后又道："是你投胎投错了人家，是我嫁错了郎！"

此刻，只见代书先生两脚顿地，悲痛欲绝地号叫道："我前世造了什么孽，今生要受如此报应！"他两手高举，在向老天诉苦："苍天哪，苍天，你睁开眼睛看看我们的不平事吧！"

"请问你到底是为了什么事而导致目前的境遇？"庞泮询问，"是犯了什么法？"怀着很大的好奇心，他决心直言问个明白："是贪赃枉法、奸淫妇女，还是诬告？"

"若是犯这些罪，那是咎由自取，丝毫怨不得别人。"徐翰林满怀委屈，怨天尤人道，"我们只不过为自己的官职级别向上司提些意见而已。"

"那到底是一件什么样的事？"庞泮关切地问。

“那简直是一场噩梦!”徐进士用二指宽三寸长的废火纸卷了支喇叭筒旱烟，点燃后，吸了几口，便讲述起他的遭遇。“那是一年前的秋天，我正在翰林院办公，忽然听到吏部有朋友传来一个好消息，说是年龄三十周岁以上，任‘检讨’职务满三年的，可以升职加俸。说实话，这个消息对于我们这些在清水衙门的翰林院官吏，对于在物价奇高的京城谋生需养家糊口的读书人来说，不啻是天大的福音！你想想，‘检讨’可以升‘编修’，既升官又加俸禄，这是多大的诱惑！于是我们九个符合升迁条件的‘检讨’，就结伴去管官员任免升迁的吏部官吏司打听。谁知，这一去，便平地起风波，遭了灾祸!”

已是午饭时节。徐进士从妻子的煎饼摊上拿来一张没有鸡蛋，也没有菜肴的煎饼皮，就着一根大葱，边吃边接着讲述：“我们一行九人到吏部官吏司一问，主事、员外郎和郎中都说没有这回事，还要我们说出传播消息的人，要严肃处理。也怪我们年轻气盛，当时不冷静，于是便七嘴八舌地同他们理论起来。我们说：‘按资历、年龄晋级加俸，朝廷本来就有明文规定，我们打听这事不犯错!’当然也有个别同僚说了一句出格的话，说他们：‘麻木不仁，不管我们小官员的死活!’于是他们火了，就录下我们九人的名单，要处分我们。我们不服，就要跟天官大人当面反映，请他评判吏部官员的不当做法。这样一来，罪加两等。以擅入部堂重地、言语不恭之罪，每人杖八十，撤职降级，贬地方当县教谕一类小官。我们不服，又写奏疏向皇上鸣不平。于是更加惹恼了尚书，结果定为：聚众滋事，发遣为民，永不叙用。”

说到这里，他语音哽咽了：“我们这些芝麻绿豆官，怎么惹得起吏部尚书？一群小蚂蚁，怎么挡得住‘国家柱石’？我们只好纷纷卷铺盖回家。”徐进士神色凄惶，无比伤心，“说是回家，其实连家也回不了。我们中进士、点翰林，当初何等风光？如今被革职为民，怎么有脸面回家乡见父母和亲友？这是其一。其二，我们在清水衙门为官，职位低俸禄少，本来就没有什么积蓄，遭处理后为向天子告状，在京迁延了好几个月，只好借债。这样我们连回原籍老家的盘费也没有了，怎么回得了家？”说到这里，他眼含泪水，无比心酸地悲叹道：“今生今世，只好流落异乡为鬼。往后的日子不知怎么过，若不是妻子儿女在身边，真想跳进护城河自杀算了！”他泪水纵横，一个大男人竟不顾大庭广众，号啕大哭起来。

了解事情真相后，庞泮十分同情他，问道：“其他八个人回家了没有？”

“没有，”徐进士回答，“大都流落京城，或测字、看相、占卦、代书，或教书、做账房先生谋生。”

“徐翰林，你告诉其他几位同伴，务必不要灰心，千万不可轻生，要振作。王勃有一句名言说得好：穷且益坚，不坠青云之志！任何时候都不要妄自菲薄。”庞泮略思索片刻，说：“请将你们九人的姓名，列张名单给我。”看到对方犹豫怀疑的神色，他连忙补充：“我想为你们写一道奏疏，向皇上求情。”

听到面前这个身材矮胖、貌不惊人、作儒生打扮的中年人，说出要上疏为自己和同僚求情的话，徐宏检讨不禁大为惊奇，暗淡无神的眼睛顿时闪出了希望之光，连忙问：“请问足下是朝中哪位大臣？”

“我不是大臣。”庞泮道，“只是个微不足道的小官。但俗话说得好：位卑未敢忘忧国。我要为国家呼吁解救你们这些人才！”

徐宏原本想此人能说出这番话，除非是三公（太师、太傅、太保）、三孤（少师、少傅、少保）、宗人府大臣、东宫大臣、五军都督或都督同知（均是正从一品）、尚书、大学士一级的高官，或是公、侯、伯爵。因为只有这些人，才有回天之力，六部侍郎一级根本不行，就连尚书恐怕都不行，因为处理这件事的就是六部最牛的吏部天官。如今听说只是个小官，两眼的希望之光顿时熄灭。但看到对方气度恢宏，一副泰山压顶不弯腰、舍我其谁的沉稳模样，忽然脑子一个激灵，闪过一个念头：莫非是皇亲国戚？于是，立刻问："不知足下是哪位勋爵？哪位皇亲国戚？"

看到对方连连摇头，徐进士彻底失望了。不是上述这些人，除非是天上神仙才能救自己了。但世上哪有神仙？想到这里，他对面前这人已经不抱什么希望，只是出于礼貌心不在焉地问了一句："请问高姓大名？"

"在下姓庞名泮，号石壁。"

徐宏一听连忙说道："哦，就是不久前接连弹劾大太监李广和皇亲国戚名闻朝野的庞都谏呀！失敬，失敬！"

"哪天你和其他八位同僚聚会一次，我到现场了解一下情况。"

徐进士连连点头："好的，好的。"

庞泮带着儿子回家了。徐进士望着庞泮的背影，喃喃地说："怪不得我昨夜梦见自己行走在黑夜茫茫的原始森林里，前不见尽头后不见来路，更不知路在何方，正四顾茫然，突然，太白金星下凡为我指路。原来，这位神仙就是庞都谏。"

仅过两天，徐宏等一干九人全部聚集在一起，纷纷向庞泮谈了各自的情况，倾诉了遭革职后颠沛流离难以谋生甚至妻离子散、家破人亡的凄惨境遇。庞泮安慰他们保重身体，自己将竭尽所能帮助他们。

回到住处，一吃过晚饭，庞泮立即动手写奏疏。此时，由于经济条件好转，他重新租了一处三间两厢的住房。他走进书房，点亮蜡烛，开始仔细研究这起案件。

徐宏等九人是按照"诈以不实者"律条被处理的。"诈以不实者"是说：向上奏事或上书虚假不实，欺诈上司。但九人所犯的过错只是"礼貌不恭、顶撞官长"，因此并不适用这一条罪行。对，就从这里落笔！

他着手起草这篇别具一格的奏章：《赦过宥罪疏》。

由于对案件分析透彻，定性准确，对徐宏等人情况摸得清楚，加上对他们满腔的同情，于是稿子写得很快，几乎是一气呵成。写好后，只略改了一下，就抄了出来。

第二天早朝后，庞泮叩响了翰林院掌院的穆学士家门，准备与他联名启奏，以使奏疏更有力量。

谁知穆学士一看庞泮所写的奏疏，是为徐宏等九人鸣冤叫屈，为他们翻案，大惊道："这九人革职案系吏部尚书兼大学士耿裕所定，皇上御笔亲自下旨批准，怎能翻案？老朽怎敢为他们鸣冤？我劝你也别自讨没趣了！"

"这个老滑头，胆小鬼！"庞泮轻蔑地啐了一口，"一片树叶从天上掉下来也把你吓破胆。怪不得年已古稀，连个礼部侍郎也没有做上。你老人家德高望重，原本想借助你的声望，增加奏疏的分量。既然你怕丢乌纱帽，那我庞泮就学关云长：单刀赴会！"

这天傍晚，接到刑科都谏庞泮的奏疏，孝宗皇帝立即秉烛夜读。

《尚书》曰："罪行轻重有可疑之处，应从轻判处。"《左传》道："罪行不能确定的，只能听从开脱罪名的做法。"古人在刑罚中，必定寄托着宽厚之意，以开启犯人改过自新之路，从而达到"实行刑罚的目的在于无人触犯刑罚"的效果。

接着，叙述徐宏等人遭重罚的缘由，肯定他们的错误行为和皇上的宽大为怀：

臣切实查明，以前担任翰林院检讨之职，如今被问罪革职为民的徐宏、李师儒、王钺、何洽、杨铎、刘溥、翟敬、谭溥、王序九人，都由新进士中具备"人物俊伟、语言正当、学问优长”条件，挑选出来授以“检讨”之职，辅佐亲王。不料偶然听了别人言语，急迫想得到升迁重用，一起擅自闯入部堂，礼貌不恭，毫无顾忌地顶撞官长，以致被吏部尚书耿裕等参奏送问。当时法司审问拟罪，皆共同根据所奏事体，以“诈以不实”律条处置。各减等判决棒责，判徒刑，服劳役，而陛下圣断，将他们遣送原籍为民，永不叙用。

庞泮上述文字的言下之意，就是说，徐宏等九人的罪行只是“擅闯部堂，礼貌不恭、顶撞官长”，因此当初吏部以“诈以不实”律条处置，并不适合，并且太重。孝宗皇帝心想，刑罚经典著作说得好：“罪行不能确定的，只能听从开脱罪名的做法；罪行轻重有可疑之处，应从轻判处。”孝宗点点头，心里说：“对，说得有理有据！当初吏部的处罚确实不当，而且过重。”

孝宗继续看下去：

徐宏为首，李师儒等八人为从，这是根据追究犯罪人心理动机来定罪。刑法有明文规定：定罪要根据罪责轻重，要分首恶与胁从。如今，对徐宏等九人定罪，却不辨轻重，不分首从，一律削职为民，这似乎处罚得太重了。朝廷立下法令：凡是贪赃枉法官吏，一律追赃夺爵革职除名。其他如下属骂官长等条款，其处罚不至于此。如今这九人所犯情节，实在是一时狂妄造成，既不是贪赃枉法和奸淫大罪，又不是杀人放火等危害社会的重罪，却被处以上述之刑，确实值得怜悯和商榷。

这条核心是“下属骂官长等条款，处罚不至于此”一句，这与上段观点一脉相承，还是说当初吏部将他们“革职为民”过重。

读到此处，皇上不禁连连点头，嘴里喃喃自语：“看来，这桩案件应当改正。”他又看下去。

庞泮叙述九人求功名来之不易，及革职为民后的困窘状况：

徐宏、李师儒等人，平生辛苦，好不容易才考上进士，等待多年方才选为“检讨”，正以学行老成，期望不论资排辈而能越级提拔重用，不料做官没有几日，便触犯律条，遭“革职为民，永不叙用”处置，抱恨无穷，终生难展胸中才学。从此，姓名不能收录在故乡户籍之中，衣冠混入低贱平民行列。他们流落他乡，无颜回家，呻吟悲怆，度日如年。又听到他们中间有骨肉至亲，相继在江湖上到处寻找，甚至早晚相抱哭泣，以致想自尽了结生命。他们的境遇，可以说是狼狈到极点了！

当皇上读到这段文字时，怜悯和爱才之心油然而生。

至此，庞泮宕开一笔，从天地灾害角度，写纠正此案的必要性，加强请命的效果：

臣私下听说积成怨愤之气，未必不损伤天地间的和谐。如今四面八方灾患频发，虽然人事与天心相感应，本来不专是应验在这件事，但是，这等怨气压抑，实在不可不为他们伸张。

恳请陛下对他们特别加以赦免、宽恕，将徐宏等人依照法律拟订处置方案，有的给予官复原职，有的调离别任，以开通其悔过自新之路，保全国法的公正，以挽救有用人才，使之不白白浪费。如此，天理人心，可说两全其美，或许这也是陛下“修省罪己”的一个好开端吧！

看完奏疏，孝宗既为徐宏一干人革职为民后的狼狈境遇而感到同情，也为他们十年寒窗求取功名半生，学问和才情白白浪费感到惋惜，更为吏部当初以“诈以不实”处理徐宏等人，适用律条有误而生气：你这个吏部尚书怎么当的？律条不适合，怎可乱处置？即使处置，也应像庞泮所说，按照《尚书》教导的，“罪行轻重有可疑之处，应从轻判处”，或按《左传》“罪行不能确定的，只能按无罪处置”。

于是立即下旨给吏部尚书耿裕，并附上庞泮的奏疏副本：

刑科都谏庞泮爱卿所奏合情合理，论据充分。敕吏部将徐宏等九人案件重新审查处理，给以改过自新出路。

接到圣旨，看了所附的庞泮奏疏，吏部尚书耿裕心头一震，如同当头被敲了一棒。当初，只是因为这帮愣头青冒犯了自己的天威准备杀鸡儆猴，于是从重从速处理。他原想这九人的案子，是自己拟定皇上钦定，板上钉钉永世难翻的案子，没想到现在给庞泮抓住了漏洞！如今又要重新起用这些人。按他的想法根本不想改正这个案子。这得多么难受，多么丢面子！但是，不改正是不行的。皇上对这件事的褒贬态度很明显。圣旨说得明明白白，“给以改过自新出路”，怎么能抗拒？于是，耿尚书只得按旨意办事。将徐宏等九人中五人官复原职，继续留在翰林院任“检讨”之职，四人外调到地方任县丞、县尉一类官职。徐宏调到江苏任县尉。

重新任职的命令一下达，徐宏一干九人不禁涕泗横流，他们高呼：“庞青天，感激您为我们拨云见日！”

他们带着礼物（每人五十两白银），结伴来到庞泮住处，拜谢救难大恩，并特意订下京城最著名的“龙楼凤阁”大酒楼，答谢庞都谏冒险相救。

庞泮道：“这是皇上圣明，吏部开明。你们要谢，首先就要谢皇上和吏部。诸位翰林的厚意我心领了。但诸位遭此横祸，两年来艰难度日，哪有银子上这里豪吃？再说，我向来对奢靡之风深恶痛绝。因此，请我赴豪宴，绝难从命！”

他把案桌上一大堆银子，装进一个袋子里，递还徐宏，说："徐翰林，由你负责，把银子发还诸位。"他语重心长地说："重新任职，需要置办服饰轿马，去外地更要增加一笔盘费。因此你们的礼物，请赶快收回去！"说到这里，他略停了停，语气十分严肃决绝，"若不收回，我就交到吏部，叫他们再给你们一个处分。那样，你们就可能难以重新上任了！"

庞泮严肃地说了这番话，看到大伙表情有点儿尴尬，于是快活地说："各位兄弟若不嫌弃，请在敝舍吃顿便饭！"于是叫妻子下厨，在家煮了一大锅手擀面，买了一坛酒，招待众人，把这些翰林感动得泪流满面。庞泮道："我写奏疏的目的，是使你们能施展胸中才学，为国为民作一番事业！若要感谢我，就请多建功立业！"

"谨遵庞都谏教诲！"众人拱手表示。

客人走后，一身疲惫的李氏苦笑道："为他们九人救苦救难，到头来一点儿好处没得到，倒还贴了一顿饭，还累得我腰酸背痛！"埋怨之情溢于言表。

"不要小气。"庞泮说，"一坛酒钱能有多少？你今天给了他们一杯酒、一碗面的恩惠，等以后我告老还乡后有机会去他们那里，他们会加倍报答你的，说不定会把你当贵宾接待呢！"接着他似乎喃喃自语，"广施恩德与人，也必将受益自身。"

这九人后来无论任京职还是外任，都牢记庞都谏言语，勤政爱民，有一番不俗的表现，受到百姓称赞。仕途大都做到州府司一级官员，有的甚至做到侍郎、尚书一级高官，成为朝廷大臣。

这些人以后逢年过节总是来书信或遣人问寒问暖，与庞泮成为了挚友。后来杨铎侍郎还将山西省清正廉明的布政使的女儿，知书识礼、容貌妩媚的潘姑娘，介绍给庞泮的儿子庞栎为妻，促成了一个好姻缘。庞泮告老还乡后，大外甥与平镇八角亭一个张姓大财主发生纠纷，遭到讹诈要吃官司，结果靠台州知府解救，方才化险为夷，以后中了举人。年老的庞泮前去感谢，原来这个知府不是别人，正是当年庞泮解救过的李师儒翰林。这是后话。

再说吏部尚书耿裕退朝回家，想到皇上已经明显表示对自己不信任，结果躺倒在床，一病不起，只好辞职回山西平定老家，第二年便病逝。临死前，他不住地念叨着："庞泮，你人矮智高。没想到我堂堂吏部天官，走遍江河湖海，经历过大风大浪，却在你这个小阴沟里翻了船。我恨你！但你能为素不相识的人两肋插刀，老夫倒也佩服你！"说完连喊三声："庞泮，庞矮！我的冤家！"便吐血而亡。

## 十、力谏皇上停止信奉异端邪说

明代中叶，皇帝盲目迷信和尚、道士、江湖术士"炼丹成仙"和"点药化金银"的论调，甚至很随意地任命这些人为"传奉官"。这些人搞得宫廷里乌烟瘴气，造成宦官专权，严重扰乱了朝廷纪纲和国家法度，甚至损害了皇帝的身体。看到这种情况，庞泮非常忧虑。

一天，庞泮看到一个和尚"传奉官"，违反皇上禁令，在紫禁城威风八面地乘八人大轿。

这是个好机会，我要借此机会上一道奏章，庞泮在心里说。用什么题目呢？和尚、道士这些地位低微的人，违背祖制，冒用高地位者的权威，这是超越本分，说得简单一点儿就是僭分。对，就用这个题目！于是，他上了一道奏章《异端僭分疏》。

首先，叙述其盛大的排场：

本月初九日，臣上完早朝，与吏科都给事中季源等人，同出西长安门，远远就望见一队轿马，威风凛凛地从西逶迤而来，随从满路，尘土迷眼。开始，我们怀疑是宰相、尚书一级大臣，但即使是，也不应有如此排场；又恐怕是皇亲和功臣，细想也不应如此。等到接近细看，不觉心头惊骇出汗不止！原来是个愚顽无知的秃驴，高乘大轿，四人肩扛，八人分列两旁护卫，前列棍杖四五对，呼喊声响彻云霄；后拥骏马二十余骑，而奔驰的气势快若闪电。秃驴端坐轿内，轻摇鹅毛扇，膝盖上炉香袅袅。簇拥着大轿行走的青衣，纷杂繁多，背负的玩器光辉灿烂。路上行人都敛声屏气，并排观看，士大夫也慌不迭地下马避路。臣心中愤激。细看此人，才知是僧录司中最底层的右觉义戒璇和尚，刚被授予“传奉掌印”僧侣，隶属礼部的一个从八品小官，就盛备如此仪仗！

庞泮接着加以评论：

皇上曾下圣旨：今后违例乘轿及乘八抬大轿，应严加禁约，违者须指名陈奏。最近朝廷也有规定：文臣四品官，如佥都御史等官，亦且不许乘轿；武臣自公侯以下，非奉特旨，也不敢坐轿，何况提炉导引，不是万乘之尊的天子，谁敢使用？如今这戒璇是什么人？竟敢在京城之地、天子脚下，如此狂妄无礼！况且佛教奉行清静，策杖步行是其本分，怎可超越公卿，肆无忌惮，公然蔑视王法无动于衷到如此地步？

最后，庞泮劝谏皇上：

国法必当严谨，名器不可轻慢。恳请陛下将贼秃戒璇拿送法司，明证其罪，作为践踏公道、肆意超越本分者的警戒。并恳请禁止“传奉”，以免留下后患，用以保全八年来政治之清明，流传盛德于永久！

此疏一上，引来众多王公大臣的响应。各科给事中和众多御史纷纷上章弹劾，很快将戒璇捉拿审问，判刑充军边远之地。顿时，朝纲肃然，“传奉官”大减，出门再也不敢越礼违例了。

但不久，传奉之风又重新兴起。

一天，庞泮忽见皇帝下了一道圣旨：

由工部行文南京等处，及浙江、湖广两省布政司所属府州县，要他们用心查访会打造铜鼓之人，不论军民、工匠、仆役或是锦衣卫人员的家属子弟等，寻访推举十几名，并派适当人员，起送工部听候调用，不得隐匿不报，怠惰玩忽。

看到这道圣旨，庞泮不禁吃了一惊：为造铜鼓，南京地面和浙江、湖广数省地面兴师动众，将遗患无穷！

冰冻三尺非一日之寒。他知道，“传奉官”由来已久。

天顺八年（1464 年）二月，刚即位的成化帝朱见深，下了一道诏令，授给工匠姚旺为文思院副使。文思院是工部下面一个司局，负责制造金银犀玉工巧之物，金彩绘素装钿之饰，以供皇宫舆辇册宝法物共器物之用。副使，相当于各部司级员外郎一级官员（约从四品）。从此，有了传奉官。

这种传奉官，不经吏部任免、不经选拔、廷推和部议等选官程序，由皇帝直接任命，只是为了满足皇帝及后宫妃嫔或宦官的愿望，破坏了选官制度，带来种种恶果：一是把官爵当私物，随意任用，破坏了皇帝与官员之间平衡；二是传奉官中，一大批出身僧道、工匠及医卜、星相，靠结交宦官或行贿得官，极大地败坏了吏治；三是有权的妃嫔及太监，可以借皇帝之名发号施令，直接传授“传奉官”，卖官鬻爵。

为打造铜鼓，居然震动三省地面，闹得鸡犬不宁，这可怎么得了？我要力谏皇上，请皇上收回成命，纠正弊端！庞泮心急如焚，于是连夜起草奏折。第二天早朝，孝宗便读到了庞泮的奏章《止传奉疏》：

从前，您为太子时，举天下珍奇好玩之物，都不足以动心；及至登基君临天下，尤其难能可贵的是，仍未改变初衷。然而不知为何，如今却将平时看作无用之物的铜鼓，当成刻意追求之物而不辞辛劳。或许您以为这只是小事一件，妨碍不大，又不好拒绝身边人的请求，姑且下了这道圣旨，并非出于陛下的本意。殊不知作为圣旨颁发，会引起众人议论，事情虽小，但关系甚大！

制造铜鼓，事情虽小，但关系甚大！庞泮的话，犹如重锤敲击在孝宗的心头，令他浑身一震。他迫不及待地看下去：

何况铜鼓，既非雅乐名物，即使拥有，能有什么大的用处呢？用在郊庙中，显得轻慢；用在国宴中，又显得不伦不类；用在征伐上，又不是什么金鼓一类。它只不过是供少年游玩的器具，加剧奢靡气象罢了。就是原先收存的，也应废弃不用，以示节俭，怎能拿用于游玩不急之物，重新劳民于千万里之远呢？更何况，如今各种弊政未除，民力凋敝，全力安抚犹恐不及，格外烦扰，怎能安生？

皇上下一道圣旨，寻访十几名铜匠，好像不觉得是一件大事，但不知南京等处及浙江、湖广所属府县，该是多么广阔的地面哪！皇命一到，谁敢不从？那么，穷乡僻壤，没有一夫一民不在搜寻之中了。当此搜寻之时，岂能全部出于公心？无非是放过富户派遣穷户，出去甲者进入乙者，只白白地为江南开设一番骗局罢了，对上，无补于国用，对下有伤于民心，难道可把它作为一件小事，而不去体恤百姓疾苦吗？

打造铜鼓的危害：骚扰军民，有损国体。

庞泮的奏疏，不禁使孝宗想起上古舜帝打造漆器，劝谏者多达十多人之事。舜帝以一国之尊，拥有四海，打造一件小小的漆器并不过分。但他们更知道，这样做，是奢侈的开始，露出危亡的迹象。孝宗又继续看下去：

臣等听说皇太子圣性天成，正亲近儒术，好学上进。但他的思想还未定型，好坏易变。即使立足于学习节俭，还担心奢华；若是一开始就放纵让他奢侈，将来拿什么制止？陛下正应慎重对待自己的喜好，并把其作为效法的章程，而不应沉溺于游玩，来分散太子聪明好学的心思。孔子说："少年若天性，习惯成自然。"唐朝张元素，因太子在宫中击鼓游乐，声闻于外，便对太子恳切劝谏，并毁掉所击之鼓。唐太宗听到此事大为赞赏。

从铜鼓事件论述与江山社稷的关系，从教育皇太子、巩固江山角度出发，提醒自己。庞泮都谏忠心可鉴。可谓用心良苦！

是听从庞泮的建议，还是不理睬，或是严加惩处？孝宗思想在搏斗，心里在犹豫。

恳请陛下留神省察，追回不久前所下达的圣旨，不但不造新鼓，以致被众人怨恨谤议；并且将原先所存铜鼓，或损毁或收藏，不再用来玩乐，不留存骄奢淫逸的场所。

这个硬头颈庞矮，实在大胆之极！居然要我收回已经下达的旨意！亏他想得出来。自古道：君无戏言。若是朝令夕改，岂不自毁名声？

此刻，他真想仿照以前很多皇帝的做法，下旨"将胆大妄为的庞泮革职查办"，以警告其他官员。

这时，他很想知道此刻的庞泮到底在做什么。于是，立即派校尉骑马速速召来庞泮。谁知校尉刚走出宫殿，便见庞泮在午朝门外，并未回家，手里拿着一副绳索。

“老庞，你怎么到现在还没回家?”

“我在等待皇上的判决。”庞泮若无其事道，“我想，皇上看完我的奏疏，必定有回音。我做好了最坏的打算：抓我进锦衣卫大牢，因为我犯了要皇上收回圣旨的大罪。犯这种欺君罔上之罪的人，很少会有哪个皇帝会让他逍遥法外。汉武帝是一代雄主，尚且容不下司马迁的意见，将他阉割让他生不如死受尽屈辱，何况其他帝王？除非唐太宗再世！因此，我上朝时，就做好了被处死的准备。但即使被处死，我也无怨无悔，因为我是为明朝的江山永固而死，死而无憾!”

“既然你作好赴死的准备，为何不跳到护城河里自杀?”校尉不禁跟庞泮开起了玩笑。

“不过，我相信当今皇上是励精图治的一代明君。他一定不会抓我。不但不会抓我，还会下旨停止寻访打造铜鼓之人呢!”

校尉回宫，把庞泮的行为一说，孝宗叹息道：“对于一个将生命置之度外的人来说，还有什么刑罚使他害怕呢！庞泮奏疏结尾说得好：‘避免玩物丧志。如此，子孙绵延、江山永固，岂不是有依靠了吗?’”

庞泮的忠心惊天地泣鬼神！为了子孙绵延、江山永固，我有什么圣旨不能改呢？对，玩物丧志！这是自古以来的惨痛教训。只有励精图治，才能子孙绵延、江山永固!

孝宗于是下旨:“立即撤销原来的圣旨，停止寻访打造铜鼓之人。”

一场数省范围的劳民伤财的灾难避免了。

这天，庞泮忽然听得众人议论纷纷，都说紫禁城中传出“烧炼”的消息，说是点药立即可以化为金银，炼丹吃了可以变为神仙。

“这种行为完全是阴险奸猾、居心叵测、肆意妄为、欺君罔上!”庞泮愤怒道，“若是皇上中了奸计，那就大事不好了!”于是连夜起草奏疏，第二天早朝准备上奏本，谁知皇帝未早朝，正在工部一处地方参观烧炼金银和金丹。他对部下一位刑科给事中附耳说了几句，然后环顾四周，似乎在寻找什么。忽然，他眼前一亮。

“借我马匹一用!”京营指挥冯同知刚下马，缰绳便被一人夺走。他正想发火，只见庞泮已经翻身上马，急急而去。他直摇头：“这个庞矮不知又发什么癫!”接着自言自语：“不过，看他急如星火的样子，必定有什么大事!”当他听说庞泮是赶往郊外烧炼场所，向皇上直谏烧炼之事，不禁佩服道：“这个庞矮，胆大如天，但愿这回犯颜直谏不出什么事才好!”

烧炼局坐落在北郊一个荒僻的地方。庞泮远远一望，只见一片房屋上空，火焰冲天，乌烟瘴气。“果然如此!”他立即策马奔到门口。

“皇上，皇上!”一个户部郎中跌跌撞撞地跑进大殿，高声向皇帝报告，“庞泮来了!”

孝宗一惊，于是来到门口，只见一个火红的大皮球滚到身边。

“庞泮，你来干什么?”

“微臣今天早朝呈递奏疏，没有见到皇上，听说皇上在郊区视察，所以找到这里来了。”

“对，庞爱卿说得没错，我听说这里在烧炼一些东西，所以就来现场视察一下。”孝宗说，“把你的奏疏拿过来看看。”接着便看起庞泮的奏疏。

陛下登基以来，严肃处置不良之事，凡是左道旁门，扰乱政事之辈，都旗帜鲜明及时地将其贬谪、流放、诛杀，所以朝廷清明，气象正大。臣私下以为，您怎可为此类人所迷惑，而改变禁止邪术的初衷呢?臣想，必定万无此理!臣想，这恐怕是外人在误传吧!但臣子爱君，必定事先劝谏;若等祸事酿成，劝说也来不及了。请让臣恳切地为陛下议论一下这件事吧！

看完第一节文字，孝宗抬起头说："我带工部监造局的人，来验证事情的真伪。我是不太相信点药可化金银、吃金丹可以成仙的说法的。"于是，继续看下去。

《论语》道：死生有命，富贵在天。《通议》也说：金不可化，世不可度。若是点药可化金银，炼丹能度人成仙，那么凡是有能力、有智慧的人，应当首先得到。这样，人的生死富贵，就由人掌握而不由天与命主宰了。事物的变化，自有它的客观规律，他们是些什么人啊，竟能独自将其改变？

对，《论语》和《通议》说得有道理，庞泮分析得确实没错。孝宗目光紧盯住下面一段惊心动魄的文字：

宠信方士，相信邪说，危害无穷，到头来难免后悔不已。威名赫赫的秦始皇，被徐福所欺骗，竟然求仙于三山蓬莱，派遣数千童男童女入海却不见返回，最后发生剧变，暴卒于沙丘（河北广宗西北），对短命的秦朝国运能有何益？文治武功显赫的汉武大帝，被方士李少君所迷惑，竟然相信炼丹合药，后来这些人虽被放逐或诛杀，但已酿成无穷灾祸。汉武帝晚年追悔莫及，又有何用？有"中兴之主"美誉的唐宪宗，追求长生，以方士柳泌为台州刺史，希望炼成丹药吃了可以长生不老，但很快发生大灾难，自己暴死宫中，唐朝顿时土崩瓦解。宋徽宗以道士林灵素为符箓，以为可以长生不老，到头来遭遇难言惨祸，自身被金兵掳掠，国破家灭，葬身异域。累累往事桩桩可见，难道不值得深思吗？

古代信邪术遭巨祸的君王事例，如闪电惊雷，令孝宗很是触动。

或许这些人真像庞泮最后所说的那样：自古以来，何曾有人真能点药化金，炼丹成仙。这类小人只不过是贪图眼前的利益罢了！

孝宗于是对庞泮道："你既然反对'点药化金银、炼丹成神仙'的观点，那么就跟我进去，由你鉴别事情的真伪。"

当皇帝把庞泮的看法一说，里面的一帮方士个个气得吹胡子瞪眼，像一田地青蛙七嘴八舌地哇哇直叫，唇枪舌剑、恶语相向，一齐上前围攻庞泮，欲置他于死地。

但庞泮却面不改色，就像三国时期的诸葛亮舌战群儒。面对"点药可以化金银"的论调，庞泮拿出布头、木头、石头、铁块等，对方士道："你们不要光耍嘴皮子功夫，若是点药真能化出金银我才信服！"一个"撒手锏"，打得这些人顿时傻了眼。

庞泮无比鄙视地斥责道："假如你们真能点药化金银，为何不闭户在家坐致其富？竟然要像苍蝇一般嗡嗡乱飞，像狗一样不顾廉耻，依附于豪门权贵甚至帝王之家呢？"

接着，庞泮对那些吹嘘"吃了金丹能够飞升仙界"的方士说："请你们吃了自己炼的金丹飞上天空试试，若是脱了鞋就能腾云驾雾飞天而去，我就心服口服。现在我奉皇上旨意，要你们立刻吃丹飞天！"结果这伙人面面相觑，十分尴尬。

庞泮高声道："如果真能够炼丹成神仙，你们为何不自己脱鞋飞升天界成神去，却要向皇上苦苦乞求，妄图走捷径求富贵呢？由此可知，你们根本没有成仙的法术！皇上无比英明，必定不会被你们的花言巧语所迷惑！"

说到这里，庞泮立即上前跪倒，对皇帝要求道："恳请皇上，将这些欺君罔上妖言妄说的大骗子严肃处置！像以前一样，将他们坐牢、流放、诛杀！"

庞泮的要求如同惊雷打得众多方士扑通一声纷纷跪倒在地，一齐磕头求饶："皇上饶命！""皇上救命！"有的眼泪鼻涕横流；有的在石板地上咚咚地连连磕头，把额头磕得如同烂柿子，鲜血直流；有的吓得尿了裤子。

孝宗看到这群方士的狼狈相，想到这些人是自己召来的，觉得现在下狠手未免太不仁义了。

庞泮看到皇帝犹豫不决，心想，若是现在放这些人归山，以后会遗患无穷。必须杀鸡儆猴，严加惩处，方可朝政清明。想到此，他走到大门口，只见手下的一位刑科给事中早已经在那里等候。他见到庞都谏，连忙把一样东西递上。庞泮接过东西转身就走。

庞泮来到皇帝身旁，跪倒在地，两手高举一个条幅启奏道："太皇太后有谕旨，请皇上过目。"

孝宗一看，顿时变了脸色，只见上面写着一行娟秀的毛笔字："请皇孙按旧例，将妖言妄说的方士严肃处置，不能手软，以免遗患国家。"

原来，这是太皇太后周氏的御笔。孝宗只好下令严处，于是众方士被绳之以法。此举一举震动了朝野，从此，京城方士销声匿迹。

# 第四章　清廉有为的地方官

## 一、智破内外勾结的银库盗窃大案

庞泮被敕封双龙金匾，又被恩赐敕造五凤楼后，直声动天下，名满朝野。谢迁和吏部两次向皇上推荐庞泮担任大理寺少卿，但不知为何，皇上压着一直没有下旨任命。弘治十一年（1498 年）六月，最后外放任福建右参政（从三品）。

布政使下设左右参政以分领各道。庞泮分守闽南道，掌管漳州、泉州、福州、兴化（莆田，辖境相当莆田、仙游）四府。

进贤季源，豫章涂旦，金溪吴世忠，维扬徐昂，吴江鲁昂、叶伸，山东商河卢亨，福建林廷玉，慈溪周授，余姚邹轩，永康徐沂，东莞王镇、钟渤，河北广平马子聪，瀛海屈伸，万全熊伟，广安李应和，古泸张朝用，嘉定杨瑛十九位官场友人，特地在郊外通州古渡口举行酒宴，为庞泮饯行。

性格豪爽、名震诗坛的江西进贤季源，一站起身一首诗便脱口而出：

十年簪笔侍螭头，名重清班第一流。
闽海何须重借寇，东人难挽复迎周。

紫薇春暖翻封稿，红荔花香扑醉眸。

今日与君成远别，青尊都下湿征裘。

淮扬（扬州）的徐昂，怀着恋恋不舍的心情，吟唱道：

七尺撑持宇宙间，肯将宠辱动心颜。

量分东浙半边海，气夺天台万仞山。

国入久无三岁积，民劳未见一家闲。

宸忧有意思兼济，何日闽中许见还？

浙江余姚邹轩，一边用筷子敲击着酒杯，一边吟诵：

风裁磊落缙绅间，敢抗封章犯帝颜。

十载冰霜知劲节，八闽人物仰高山。

阳回海峤烟氛散，吟对薇花宇宙闲。

此去应知非久别，登仙指日看征还。

四川广安李应和，竟离开酒桌，来到庞泮面前，踏歌吟诗：

秋霜凛凛百寮间，独立朝端几犯颜。

赤手十年擎日月，芳名自古重丘山。

薇垣春到香风发，闽海烟开眼界闲。

廊庙只今需硕辅，都门伫立望君还。

身穿孔雀服饰的庞泮，此刻无比激动地说：“感谢诸位盛情款待，又作诗相送。诸位挚友的友情，在下无以为送，就借用一首古诗表表心意。”

庞泮赴任将欲行，忽闻诸友踏歌声，

桃花潭水深千尺，不及挚友送我情！

说完，洒泪登船，拱手正欲告别，忽见一骑飞奔而来，骑马人大喊：“庞参政，请稍等片刻。谢阁老因年老体病不能亲自到场，特写诗相赠。”

庞泮连忙跳上岸，接过诗一看，原来是一首七言律诗：

三叠阳关此送行，斯文乡曲两关情。

谏垣论列余风纪，方岳参知属老成。

万里江湖悬白日，九重宵旰为苍生。

他年洗耳闽南道，应拟仁风起颂声。

谢迁阁老，浙江余姚人，兵部尚书兼东阁大学士。他对庞泮爱护有加，曾几次推荐庞泮担任大理寺少卿，吏部也曾两次讨论拟任，但是都没有结果。

话说庞泮到福建上任之际，恰逢李布政使因病去世。庞泮赶往其处所巡查，整理李布政遗物时，忽然发现他住房的箱子里有一千四百余两白银。当时在场之人，有人提出“私分”。可庞泮立即制止。他当场就对大家说：“得到财物归公，是天经地义之事，私分天理国法不容。这批银子应启奏皇上，上交国库，归国家所有。这样，既增加国库收入，又可减轻百姓负担。”一番话说得大家纷纷点头赞同，于是这笔巨款上交国库。镇守大人听到后，赞不绝口：“清官庞泮，名不虚传！”

庞泮刚回到省城，一封家书早已放在案头。一打开家书，其中一行字如同一柄利剑直刺他的胸膛：“叔叔，家父已于五天前，即八月廿四日去世，昨天已经下葬。地点选在爷爷奶奶坟地桐坑之原，以便他们能日夜相见，都不寂寞。父亲临死前，多次念叨着叔叔您的名字，说想见您一面，一直不肯断气。”

看到这里，庞泮心头一酸，眼泪顿时抑制不住地流下来了。他大叫一声：“五哥，弟弟对你有愧哪！”便昏了过去。

“老爷，老爷，你醒醒。”李氏的呼唤，使他睁开了眼睛。

“人死不能复生，望老爷节哀。”李氏拿来热毛巾，给他擦去满脸的泪水，“你自己的身体很虚弱，要当心。”

“你扶我起来。”听到丈夫吩咐，李氏搀扶他坐起来，问：“你要做什么?”

“我要写点儿东西。”

“你身体不好，明天再写吧。”

听了夫人的话，庞泮坚持道：“我难以入睡。”说完披衣起床，来到书房，提笔蘸墨写下一首诗《闽藩官寓哭兄》：

家书日望报平安，讵意开缄不忍看。
兄弟六人今缺一，雁书千里竟成单。
悲号徒有血和泪，痛割真如刺人肝。
一别天长并地久，埙篪哪得再同欢?

他病倒了。一连十天，了无生趣。他心中吟道：

伏枕经旬气未苏，床头药裹对寒炉。
正当阳德亨君子，何事阴衍虐老夫。
耳畔不堪闻水响，梦中犹记唱山呼。
料知否泰有常数，且展羲经看卦图。

但正在此刻，忽然传来一个石破天惊的消息：福安库银十万两被抢劫!

庞泮立刻吩咐：“快套马车去福安!”

“老爷，你病势恹恹，如何出得了远门，办得了公事?”

“遇到如此大事，只要我有一口气，就应该去处理!”虽然他说话声音嘶哑，有气无力，但他的口气不容置疑。几个差役只好七手八脚把他抱上马车。

赶到福安，经了解，发现问题十分严重。

县官为了早日破案，大肆抓捕平民严刑拷打，造成三人死亡，十七人受伤。

庞泮一方面了解被抓捕的平民，另一方面深入调查城关各界人士，大家都有一个共同的说法：官府内部有海盗的“保护神”，社会上有海盗的走狗。

但糟糕的是，正在这个节骨眼上，庞参政却病倒了，而且病得不轻，一连十天躺在病床上人事不省。

第十天深夜，庞泮亲自带领宁德府一帮人，一举抓获六个涉案人员。原来他是装病，以麻痹那帮人。

经内审外查，搞清是海盗内外勾结实施盗窃的大案。于是将罪犯判刑，将草菅人命的福安知县、县丞、主簿革职查办，释放了无辜群众。

为了一劳永逸地解决海盗抢劫的问题，庞泮组织成立防海盗自卫大队，给前来抢劫的海盗予以毁灭性打击。从此，百姓安居乐业。百姓拍手称快，都说："今日得太平，全靠庞大人!"

前来视察的钦差陈大人将庞泮的功绩上奏，皇上很高兴，下旨表彰，任命庞泮"兼福建粮食总督"。

第二年元宵节，当地百姓敲锣打鼓送来五株兰花感谢庞参政。这是福建武夷山兰花（简称建兰），是很珍贵的兰花，象征平安吉祥和清正廉洁。他们说，一株献给庞大人，一株请庞大人转交布政使大人，还有三株敬献皇上。不久，皇上将一株兰花赐给庞泮。

庞泮在离开福建路过浙东时，把两株兰花运回了天台老家。一株送给了姑丈，皇上敕赐的这一株被栽种在花墅后洋山自己的故居。这种花四季常开，花朵绚丽，香气浓郁。人云：室有兰花不炷香；又称：梅兰竹菊四君子。

至今福建人还常常与人讲述"建兰的传说"，怀念清正廉明的庞泮大人。二十世纪八十年代，福建兰花花农还来天台收购"建兰"。这是后话不表。

## 二、唐伯虎不远千里访都谏

唐寅，字伯虎，苏州吴县人，十六岁即中案首（秀才第一名），弘治十一年（1498 年）又中南京乡试头名解元，有“江南才子”之美誉。他满腹才华，春风得意，意欲连中三元。在弘治十二年会试中，唐寅夺取会元和状元。谁知，他却因为卷入主考官程敏政和考生徐强的科场舞弊案而被革黜，心灵造成严重创伤。

唐寅含恨归乡后，饱尝世间冷遇。在《漫兴》中，他悲愤地唱出郁结在心中的无限辛酸：“万点落花俱是恨！”他在《秋风纨扇图》中题诗：

秋来纨扇合收藏，何事佳人重感伤？

请把世情详细看，大抵谁不逐炎凉。

唐伯虎虽遭沉重打击，但满腹诗书的他却雄心未灭，渴望在仕途上有所作为。他梦想有一天能拨云见日，找到清官为自己平反。

有一天，好友祝枝山忽然告诉他：“朝中有个硬头都谏，名叫庞泮。他刚正直言，无私无畏，不管近臣太监、皇亲国戚，凡是违法和损害国家百姓利益的，无不检举揭发，绝不留情；甚至皇帝做错了事，也敢于犯颜直谏。因触犯皇帝，被停俸禄两次，有一次还被打入大牢。但他出狱后，仍不改初衷，依然冒死直谏，名动京城内外，皇帝赐他‘直声动天下’金匾。人们都传诵庞泮是‘当今活包公’。若是能找到他，你的冤案昭雪就有希望了。可惜他已经调往福建，你只能到福建去找他。”

唐伯虎带着书童出发了。一路风尘仆仆，经过近两个月的艰难跋涉，终于到达福建。但多方打听，无法找到庞泮。衙门里的人告诉他，皇帝有圣旨来，已调他去河南当布政使，恐怕已经动身了。唐伯虎心里想，庞大人从福建调河南，一定会顺路回浙江天台老家，我只要提前赶到天台，在那里等候，不愁等不到他。

于是他和家童两人立即启程，一路风餐露宿，直奔浙江天台。他们来到花墅后牌门村，村人告诉他："庞泮调河南做布政使的消息家乡人早已知道，但人还没有到家。"

于是唐伯虎只得在平镇客栈住下，每天等待庞泮的到来，并常到庞泮老家附近的董家店歇息。在难耐的等待中，为了排遣心中的焦虑郁闷之情，他到附近的青山桌、广严寺、西张桌、国清寺、桐柏宫等地游玩，拜佛祈祷。但等了一个多月，盘缠将尽也不见庞泮大人的人影，最后到庞泮老家一问，村里人告诉他："庞泮没过天台，已从福建直接去河南赴任了。"唐伯虎闻讯，喟然长叹道：

蒙冤受屈访庞泮，渴望清官今无缘；

神魂颠倒愁满腹，今生今世梦难圆！

他大哭一声，不禁厥倒在地。回故乡后，他对功名心灰意冷，生活放荡不羁，隐居在苏州郊外的桃花坞，以绘画赚点微薄的收入，凄凉度日。他在写给友人孙思的诗中慨叹道：

青衫白发老痴顽，笔砚生涯苦食难；

湖上水田人不要，谁来买我画中山？

又叹道：

书画诗文总不工，偶然生计寓其中；

勿嫌斗粟囊钱少，也济先生一日穷。

嘉靖二年（1523 年）十二月初二，一代诗画奇才在凄风苦雨中走完一生，年仅五十四岁。

## 三、为罗山大案中的蒙冤百姓平反

弘治十五年（1502 年）春天，庞泮来到河南省城开封，担任省右布政使之职。几乎与他同时到达的还有皇上的一道封诰——封庞泮继任夫人李氏为“孺人”。

诰河南布政使庞泮妻

奉

天承运

皇帝诰曰：人伦始于夫妇，风化本于闺门。朝廷褒宠臣，下必及其配者。所以重伦理而崇化本也。尔河南布政使庞泮妻李氏，克谨妇道，善相其夫。夫既荣显，尔又偕老，兹特封为孺人。服斯宠命。

诰　敕

这道封诰内容与以前给原配夫人蒋氏的大致相同，所不同的是，给蒋氏用的是“敕诰”，而给李氏用的是“封诰”；对蒋氏称“赠”，而对李氏则称“封”。这是因为，按当时朝廷条例，五品以上官员用皇帝的诰命授予，称为“诰封”；五品以下，用敕命授予，称为“敕封”。蒋氏受封时，庞泮只是个七品小官，因此只能用“敕封”；而李氏受封时，庞泮已跃升为二、三品官员，故用“诰封”。将在生的称为“封”，已死的称为“赠”。蒋氏是死后追封，只能称“赠”；李氏是在世，故称“封”。

当庞泮把皇上“诰封”的圣旨拿给妻子时，李氏激动得脸颊绯红，喜泪纷落，俏丽如少女。“梨花一枝春带雨！好看，好看！”听到丈夫的赞美，向来端庄稳重的她，一下扑上前抱住丈夫，亲昵地在他左右脸颊上给了两个热吻，情不自禁地说：“敬爱的大清官，我的老爷，感谢你娶我为妻！若是有下辈子，我还愿意嫁你！”

“过几天我们举办一个家庭宴会，全家一起庆祝一下。”庞泮说。

李氏无比庆幸自己在生获得皇封恩典，于是立刻把这个大喜讯报告家乡年过花甲的老父亲。李老先生得到这个喜讯，立刻赶到平镇对那个范员外说：“托你的福，我女婿庞泮当了河南布政使，我女儿还获得皇上诰封孺人！”接着炫耀道：“你知道什么是诰封吗？只有府台以上的夫人才能称诰封呢！”最后丢下一句话：“我女儿当初亏得没嫁你，要是嫁了你，哪有现在的大富大贵！”

听了这番话，范员外气得目瞪口呆。待李老先生一走，他吼了一声：“气死我了！我枉有家财万贯，却不能大贵，要这大富何用？”他把绸缎庄的招牌一把扯下来，丢在地上，踩得稀巴烂。

但李氏的兴奋心情还没过去，家庭庆祝晚会还没举办，庞泮便急如星火地走了——赶往外地公干去了。

原来，庞泮到任仅三天，便接到确山和固始两县共数百人签名的告状信。这些犯人家属结伴来到省城击鼓鸣冤，在布政使司衙门前静坐不走。

原来，一年前罗山县发生了一起抢劫客商上万两金银，轰动全省的抢劫杀人大案。省按察使抓捕了曾到过罗山的确山和固始两县嫌疑人上百人。

庞泮立即召集两县十名家属代表，不解地问：“刑事案件属于按察使司衙门管，你们为何不找他们呀？”

众人纷纷回答：“按察使司衙门抓去我们亲人已经大半年了，强盗的毛都没抓到一根，可我们的亲人却遭受了不知多少次的拷打逼问，已经死了好几个人，还有几十人伤病。如此下去，会有更多的亲人要无辜遭殃。我们曾去按察使司衙门喊冤，却被公差乱棍打出。我们状告无门，只好来到这里。我们听说庞大人是京师的硬头官、铁面都谏，在福建智破福安银库盗窃案，使受冤屈百姓重见天日，因此，特地前来投诉，恳求庞大人为我们申冤！”

说着，众人纷纷跪倒在地。

庞布政立即找巡抚报告。巡抚连忙召来按察使与庞布政一起商量此事。

“罗山抢劫案查出真凶没有？”巡抚询问。按察使道：“传唤了一百多个嫌疑犯，但是这些死硬的刁民至今还是不肯招供。”

“案发已经一年，怎么还没查出来？难怪百姓聚众来省城告状！”巡抚明显不满，冷冷地问，“此案你准备拖到什么时候？如今大批百姓来省城告状，你打算怎么办？”

“这些人都是嫌疑犯家属，属于聚众闹事！”按察使立刻给告状之事定了性，并胸有成竹地说：“我准备派人先把这些人拘禁。至于案件，我将加大审讯力度，务必在近期审出真凶！”

“此案已经死了好几个人，又伤了不少，若是继续刑讯逼供还不知要死伤多少人呢。此案不能再这样搞下去了。”布政使庞泮道，“恐怕需要换个侦查思路。我的意见是，此事不能再拖了，应立即采取有效措施，在短期内尽快查出真凶，给几百名家属一个交代，给罗山民众一个交代！”

一听这话，范按察使很不满地将了庞泮一军：“既然庞藩台有如此大的能耐，能在短期内查出真凶，那就劳驾你这位庞诸葛出山，拿出高招破此案吧！我可是黔驴技穷，束手无策了！”

“臬台，破案是你的职责，也是你的强项，怎么反推到我的头上了？”庞泮道。

“此案影响大，如今又搞得满城风雨，若不迅速破案，很可能会酿成民众变乱。”巡抚对按察使已经没有多少信心，对庞泮道：“庞藩台，那就请你先破解这道难题，尽早抓获真凶，早日还罗山一个朗朗青天。”然后问：“你看需要多少时间方能破案？”

“大概一个月内能破案。”

庞泮的话一出口，范按察不禁哈哈大笑，嗤之以鼻道：“吹牛，简直把牛皮吹到天上去了！”他发下狠话：“老庞，你若能在一个月内破案，我就把范字倒写，扮王八在地上倒爬三圈！”

“此话当真？”庞泮道，“既然如此，那我就试试吧。”庞泮接下任务，然后对按察使说道：“我有两点要求：一是请你解除对击鼓鸣冤家属的拘禁令，二是请你派一些好身手的捕快给我。”

“这个好办，依你就是，捕快你自己去挑选吧。”这回按察使倒是很爽快地答应，于是庞泮接下这桩棘手的案件。他带着六名身手不凡的捕快，连夜出发，赶到罗山县。

按察使在冷眼观察此案的进展。令他没有想到的是，五天后就传出一条爆炸性新闻：罗山抢劫案真凶被抓获，所抢银两已如数追回（在一个坟墓里）。多名罪犯分别被判处徒刑。主犯沙南魁被判死刑，三天后押赴刑场斩首。

按察使不相信庞泮会如此快破案。他想问问庞泮用了什么高招儿，但话到嘴边又缩了回去。他怕要他兑现诺言，他不想轻易服输。

处决抢劫主犯这天，场面声势很大。因为三天前到处张贴布告，还敲锣传晓，所以这天整个罗山县大街小巷都是人，简直摩肩接踵。抢劫主犯沙南魁，五花大绑地站在囚笼里，后颈插着一道木条直牌，上写六个大字：死刑犯沙南魁。

“沙南魁”三个字还被朱砂笔打了三个叉。囚车在罗山县城兜了一圈，然后来到郊外法场。法场周围人山人海。午时三刻，号炮三声，死刑犯沙南魁立刻人头落地。

这天下午，罗山县城到处都在议论着这桩拖了一年才告破的抢劫大案。

“此番破此大案的庞藩台，早先是京城的铁面御史，名声赫赫，直声动天下呢！”

“庞藩台真是当代包公！”

“庞布政在福建就破过大案，被称为庞青天哩！”

在罗山县城郊接合部，西门里的一个酒楼——醉仙楼，三楼雅间有一桌五个客人，今天兴致特别高。几个人一进酒楼，立即呼唤酒保：“赶快办一桌体面酒菜，我们今天要喝个痛快，来个一醉方休！”一个眉毛粗如板刷，右脸有一条刀疤的中年男子，拿出一锭银子拍到桌上。酒保见到二十两银子，连忙点头哈腰而去。

很快，一桌好菜和一坛杜康酒便被摆了上来。伶俐的酒保开了坛，准备给客人倒酒，却给粗眉毛客人一口回绝：“你去楼下招待别的客人吧，这里的事不用你管，由我们自己来。”

酒保道了声“客人慢用”，就走出雅间。看到酒保下楼，雅间的五个客人顿时活跃起来，他们边喝酒边谈论。

“想不到，罗山抢劫案破得这么快，庞布政真是神仙！”肚子鼓得如同弥勒佛的大胖子名叫风急，这个后生首先开言，“我们真的应该买只烤全羊，好好感谢一下这位庞大人呀！”

“对对对，我们对庞大人真是感恩戴德！”名叫浪高的瘦猴笑着说，“没有他这个活菩萨，我们这些人不知到什么时候才能过上无忧无虑的快活日子。那个臬台到处抓人，闹得鸡犬不宁呢！”

几个人大口吃肉，大碗喝酒，好酒好菜令他们眉飞色舞。著名政治家、军事家和文学家曹操，在《短歌行》中曾道：“慨当以慷，忧思难忘；何以解忧，唯有杜康！”香气浓郁、酒劲强烈的杜康酒令他们精神亢奋，几碗酒下肚，他们个个有了醉意。

“庞泮大人，众人都夸他人矮智高。此番破案神速，被人称为当代包拯。可是依我看来，虽然不能说他是大贪官，但至少可以说他是个大昏官——一个毫无能耐的糊涂虫!”雷鸣脱去上衣,变成赤膊,露出胸前一圈长长的黑毛,说话如同打雷,“这样一个大笨蛋居然能当布政使,这样看来,我雷鸣也可以当藩台、臬台了!”说到此,他不禁大笑。

“小弟,你这话说得不对。没有这个大笨蛋,我们弟兄几个今晚能在这里如此逍遥快活吗?恐怕要在法场上吃杀头饭了。”瞎了右眼的独眼龙,索性把两只脚搁到桌子上直摇晃,得意忘形地说道。

“听说被抢劫的金银是从坟墓里找到的,这真是鬼话连篇!”虎背熊腰、样子像个首领的刀疤脸,从怀里掏出一锭五十两的银元宝,“这样说来,这锭大元宝也是坟墓里的东西了!”此刻,他不禁得意地大笑,还拿起筷子在酒坛上叮叮咚咚地敲打起来。他乜斜着两眼,边敲边唱起河南梆子:

庞矮庞矮真正好,
五日破案,本领实在高!
从此后,我们弟兄五人,
垫高枕头,放心享用大元宝……

夜色苍茫。酒足饭饱的五个结义兄弟,东倒西歪、跌跌撞撞地走出醉仙楼。他们来到一个棺材铺,将一口柏木棺材抬上一辆两匹马拉的四轮马车。然后,瘦猴一甩鞭子,在半空炸出一串连环响声,马车便在四人的簇拥下开始不紧不慢地走了起来。刚来到县城的西门口,便被守门士兵拦了下来。

“打开棺材检查一下。”守门士兵问,“为何夜晚出城?”

听说要开棺检查,刀疤脸连忙上前道:“官长,行行好!我家老娘病危,两天前来城里郎中处治疗,谁知道因病体沉重死去。您就行行好,高抬贵手,让我们赶回老家周党乡安葬。”他用袖口擦着眼泪,“葬礼选在明天一早辰时,不赶快走,就赶不上时辰了呀!”说完便

"娘呀，娘呀，你死得好可怜啊"地哭号起来。

几人有的哭泣，有的擦泪，还有的捶胸顿足、悲痛欲绝地号叫。

"我们不管丧事不丧事，上司有令我们必须执行!"一个士兵上前，准备掀棺材盖，但手里马上被塞了一个二十两的银元宝。"官长，尸体臭气大，请行个方便。"

守门士兵点点头道："好吧，你们赶快走吧。"

五人正准备重新登程赶路，忽听后面响起一个洪亮的声音："客官，请慢走，有要事相商!"

还没等五人弄清是怎么回事，只见六骑快马眨眼间已将他们三面围住。刀疤脸骂道："你们想找死吗?"说着，他们立刻打开棺材盖，纷纷取出刀剑斧锏鞭各种武器。刀疤脸一剑砍倒一个守门士兵，吼了声："弟兄们，冲出去!"

但没等冲出城门，守城兵士见情况紧急，立刻关了城门，把那五个出城的客人关在城里。

原来这五个人就是罗山县抢劫大案的劫匪，紧跟他们而来的正是庞泮从省城带来的六个捕快。一个捕快手下仆役扮作酒保，他们在醉仙楼听到五个客人酒后真言，立即约齐其他五个捕快紧跟而来。六个捕快虽说个个身手不凡，但五个强盗是一伙亡命之徒个个拼命，两边砰砰嘭嘭只打了个平手。

正在难解难分之际，忽见火把照耀得天空如同白昼，几百个兵士赶到，包围了强盗。只听一个官员声如惊雷，威严地喝道："布政使庞泮在此！还不快快下马投降!"他下令："弓箭手，快搭箭，强盗若是不投降，就把他们射成大刺猬!"

听说庞布政领兵赶到，六个捕快连忙跳出圈外。几百个士兵一齐张弓搭箭，虎视眈眈地对着五个强盗。

有一个想顽抗，霎时几十支箭呼呼而来，马上把他变成了马蜂窝。强盗倒在地上不住呻吟，顷刻间两眼翻白一命呜呼，到阎罗王那里报到去了。

这伙强盗见已经身陷绝境，只好下马束手就擒。棺材里是一大堆白晃晃、金闪闪的金银珠宝首饰，价值上万两银子。

于是，一个抢劫过路客商巨款、焚尸灭迹的大案告破。

庞泮连夜审讯，获知一个骇人听闻的黑幕：罗山县尉收受强盗巨额贿赂，致使此案的侦破毫无进展。这个县尉又将确山、固始无辜百姓（不少是富户）拘捕，将从他们身上敲诈勒索得来的银子拿出一千两孝敬了信阳府管刑侦缉捕的同知，这同知又跟省按察使司副使是亲戚，包庇县尉。因此，这起抢劫案便很难查下去，这伙强盗一直逍遥法外。

由于省按察使一直没放松查案，这伙强盗的银子还没办法出手。此番，他们听说真凶落网、劫银已经被充入国库。他们原本不信，等到上法场亲眼目睹主犯被处斩后，才彻底放了心。于是将藏在棺材铺的劫银运出城，准备运到地势起伏长达数百里的伏牛山。那样就如鸟入山林、鱼归大海，安全自由了。

可是他们根本没想到，这是庞布政布的一个圈套。

“妈的，这个庞矮也太刁钻、太阴险了！居然行这种诡计，引蛇出洞。”四个强盗临刑前，不住地摇头叹息。

结果，罗山县尉因受巨贿包庇强盗被处决。那一百多名被打入牢狱的无辜百姓，均无罪释放。三名遭刑讯逼供致死和多名受伤的人，分别获得不同程度的赔偿。这些人出狱时，高呼：“庞青天，感谢您的大恩大德！”后来，他们在确山和固始两地分别立生祠，拜祭庞布政使。

庞布政处决了强盗，释放了无辜关押的百姓，从罗山县启程，经信阳、驻马店、漯河三府回省城开封。马车刚来到郊外禹王台，只见范按察使已到十里长亭迎接。他向庞泮施礼，高声道："庞藩台，你亲自出马，妙计如神，马到成功，可喜可贺！陈年积案，七日侦破，破案奇迹！范某佩服之至！"

跟随庞布政前去破案的朱参政，此刻幸灾乐祸地将了范按察一军："范臬台，你原先跟庞藩台打的赌还算数吗？"

看到范臬台脸上红一阵白一阵，庞布政连忙解围道："一句玩笑话，何必当真？我不是神仙，没有那么大的能耐，只是因为运气好，上下同心，才侥幸破案的。"

庞泮和巡抚把涉案有关人员上奏章报告朝廷。结果信阳府同知被革职充军，省按察副使降两级被贬为商丘府同知，省按察使因对部下审察不明、破案不力被降为按察副使。

## 四、洛阳散粮先拿镇守太监和马尚书开刀

罗山抢劫案告破后庞泮一回到省城开封便病倒了。他是被劳累和悲伤两面夹攻而击倒的。这段时间他实在是太累了。庞泮从省城骑马两千里奔波至罗山县，又在确山、固始和罗山三县来回奔波，颠簸得全身骨头几乎散了架，来回路程不下三千里。白天要部署方略，提审犯人，夜里还要挑灯夜战，审查卷宗。没日没夜地工作使他像一只夏天连续犁田的耕牛一般累倒了。

深秋的深夜。他只觉得胸部发闷，身子一会儿热得大汗淋漓，一会儿又冷得瑟瑟发抖。一连两天，他不吃不喝，咳嗽呕吐个不停。

郎中一把脉惊叫道："这是伤寒，是因为极度疲劳再加上受了风寒引起的。"于是开了五副中草药，吩咐道："吃五服药，静养五天。五天之内不可劳神费力。"

这天夜里，他刚服了药躺在被窝里休息，忽见布政使司衙门的朱

参政急急地进屋禀报："洛阳地区发生饥荒，百姓饥寒交迫，社会混乱，偷盗成风，已经出现抢粮事件。"庞泮一听腾地一下翻身而起，立即吩咐："快备马掌灯，立即去洛阳！"

郎中和书吏连忙劝道："大人，您不要命了？从这里去洛阳，足足有五百里。您重病在身，岂可冒风露长途奔波？如此折腾，岂不雪上加霜，使病情更加严重？"李氏也害怕丈夫路上出危险，坚决不让他去。

"庞藩台，要不，让我代替您去吧！"朱参政自告奋勇。

庞泮摇摇头道："我不亲自到场，有些事情你是很难处理的。"朱参政知道自己权力不够，许多事情处理起来很是棘手。民间说的"权力不大，放屁不响"确实有道理。

"洛阳是六朝古都，在河南乃至全国都有很大影响。若不紧急采取措施，就会引发一场大乱！我作为全省主持钱粮的大员，岂可躺在安乐窝中享福做缩头乌龟？"庞布政气息奄奄，如同旱地上一条鱼。他嘶哑着喉咙，奋力道："快——赶快备马！"

马牵来了，庞布政踩着马镫，使出吃奶的力气，上了两次也没有骑上马。

"你们是死人没看见吗？"平时很少发火的庞布政，此刻竟骂起了书吏和差役，"还不快来帮我！"

两人连忙过来托住他，好不容易才上了马。他举起马鞭正想催马前行，突然觉得两眼一黑，一个倒栽葱便从马上跌落下来。亏得马弁眼疾手快，一个箭步跃上前扶住，抱住了脸色发白、气喘吁吁的庞布政，避免了头伤骨折的事故。

"大人，您病情严重，哪里骑得了马？今晚就别去了。将息一夜，等明天一早就赶去好吗？"朱参政极力劝道。

"救灾如救火！去！快去！"庞布政满脸是密密麻麻的汗珠，他睁开无神的双眼，张开两片干裂的嘴唇，虽有气无力但语气却坚如磐石，“快！备马车！”说完，他又迷迷糊糊地晕了过去。

“你是在拿性命开玩笑啊！”李氏无可奈何地看着奔驰而去的马车，流着泪发出了声嘶力竭的叫声。

庞布政躺在马车上，冒着绵绵秋雨，不顾颠簸全力奋进。看到眼前这个脸如黄蜡、两眼紧闭、全身不住发抖的庞布政，朱参政心头呜咽，眼含热泪，喃喃道：“庞藩台，您是百姓的贴心人，是灾民的救星，是地方官员的楷模！”

经过整整六个时辰的煎熬和五百里的长途跋涉，第二天傍晚，庞布政终于到达古都洛阳。

一进城，庞布政感到灾情远比想象的还要严重。他下车只擦了把脸，吃了半个窝窝头，就吩咐在洛阳的知府衙门连夜召开府州县三级官员紧急会议，调查了解洛阳地区灾情。

此番灾荒远比原先接到的报告还要严重。洛阳去年就因蝗虫和旱灾粮食大面积歉收；今年上半年又遭水灾，小麦几乎颗粒无收；夏秋季又遭严重旱灾，小米、苞谷（玉米）、红薯等秋粮作物被晒得枯焦，又是断收。于是百姓饥寒交迫，只得吃苞谷秆粉、红薯藤、草根度日。有的卖儿卖女，有的离乡背井去逃荒。更可恶的是，一些社会黑势力、地痞流氓，趁此机会敲诈勒索，甚至拦路打劫。粮店、布店、草料店等囤积居奇，使灾荒更加蔓延。

看到洛阳地区哀鸿遍地，百姓扶老携幼纷纷逃荒的惨景，庞布政一边布置拨出藩库银两紧急救灾，一边命令国库粮仓开仓放粮。他委派缉捕人员昼夜巡逻，遇到暴徒立刻逮捕。

当布置好这些后，他挑灯给皇上写奏疏，请求紧急拨钱粮救济灾民。深夜三点，他拟好奏疏，用六百里驿马快递寄往京师。等忙完这些，他头痛欲裂，喝了一碗郎中配制的中草药后躺进被窝。他在病床上折腾了一天，傍晚感觉头痛好了些，但是仍很沉重。他爬起来喝了点儿小米稀饭，正准备召集参政等有关人员了解情况，忽见朱参政风风火火地进来报告一个十分棘手的情况："藩台大人，当地一些官员和权贵损公肥私，雇用民夫为家奴，加重国库开支；又冒领救济粮款，令百姓怨声载道。您看怎么办？"

"谁如此胆大妄为？"庞布政不禁恼火地问。他两眼瞪得血红，如同要吃人的老虎。

"一个是洛阳镇守太监刘瑯，另一个是马尚书家。"

"查实了没有？"

"已经查实镇守府有十人冒领钱粮，马尚书家有九人。"

庞布政双眉紧皱，陷入了沉思。

刘瑯镇守是洛阳的土皇帝，官阶从二品，跟自己平级。自己虽手握全省官员的考察大权，但无权对驻军高官进行考察处理。不但自己无权处理此人，就连全省最高官巡抚也无权处理，兵部尚书才有权处理。马尚书更不用说是位高权重的朝廷大臣，没有皇上发话休想动他一根汗毛。这真是一件非常棘手的事。庞布政的头顿时大了。

显然，洛阳地方官员损公肥私、克扣救灾钱粮等一系列违法行为，其根源都在镇守和马尚书家人身上。如果不处治这两个高官的违法行为，不但难以服众，连散粮赈灾也很难搞下去。这可怎么办呢？

庞泮绞尽脑汁想计策，很快有了主意，他准备先礼后兵。他首先给马尚书写了一封信，第二天一早就发往京师。其信略云：

马尚书阁下：洛阳地区近来灾情严重。皇上圣旨已拨国库钱粮赈灾。据多人举报，并经查实，贵府管家将九个民夫作为家奴，冒领国库钱粮。特向您报告，请明示处置意见。

庞泮知道，马尚书一接到书信，即使对自己有些看法，但表面上肯定不会包庇管家犯法，一定会同意依法严查的。若是马尚书不带头，我就写奏疏给皇上弹劾他！他下了决心。

近日，一个惊人的消息在洛阳地区官民各界迅速传播：“鬼见怕”在洛阳繁华的府学门前被枷号示众！

“鬼见怕”是洛阳土皇帝刘瑯镇守使的大管家。刘瑯在洛阳绝对是个说一不二、权势熏天的霸王。他手握指挥洛阳驻防各支军队的大权，比洛阳知府还高三级，连全省最高官巡抚对他也没有管辖指挥权，只有全省最高军事长官都指挥使才有管辖指挥权（但无处置权），因此行事非常霸道。刘瑯的大管家依仗其威势，气焰十分嚣张。他欺男霸女，私设公堂，开粮仓大斗进小斗出。此番赈灾，他不但囤积居奇、高价倒卖使粮价飞涨，还冒领六十多人的赈灾钱粮。

在镇守府树立的坏榜样下，洛阳大小官吏虚报饥民数目、冒领钱粮成风，致使穷人流离失所。有穷人来镇守府要饭，会被放出的恶狗咬得鲜血淋漓。百姓看到这种情形，不禁骂道：“官家酒肉臭，路有冻死骨！”他们气愤地说：“镇守府的人吃白面馍、猪羊肉、美酒，却还要冒领赈灾钱粮，这是什么道理、什么世道？”人们纷纷诅咒：“苍天哪，你睁大眼睛看看，为何不用雷电劈死这帮混账王八蛋！”

庞布政听到百姓的议论，立刻调查，果然属实。于是，庞泮决定拿这个恶管家开刀，立即将其逮捕，并张贴布告公布：

因遭受水旱严重灾害，洛阳地区饥荒严重，哀鸿遍地。皇上圣明，立即拨下钱粮救灾。但在这危机时刻，有的官员目无王法，竟敢虚报自己府上之人为饥民，冒领大批救济钱粮。今查实洛阳镇守府大管家（绰号“鬼见怕”），丧尽天良，府上六十八人冒领救灾钱粮，并帮助四十多名亲友冒领。查实后，不但不积极退还钱粮，还抗拒辱骂执法官吏，态度极为恶劣。为严肃法纪，特扣回全部冒领钱粮，并罚银五百两，枷号半个月示众！

看到昔日不可一世的“鬼见怕”如今镣铐加身，一副狼狈相，各界民众拍手称快。但是这位管家上枷号不到一天，便被洛阳土皇帝刘瑯劫走了。

当天傍晚，日头衔山时节，刘瑯从省城开封参加完高级军事会议后回到府上，听说大管家被布政使庞泮作为反面典型枷号示众，不禁勃然大怒，骂道：“反了，反了！这个浑蛋庞矮，竟拿我的管家开刀！这分明是藐视我这个镇守使，存心要出我的丑！俗话说：打狗要看主人面。他竟敢不经我同意便将本府家人枷号示众。这分明是与我作对！既然你不仁，那就休怪我不义！”于是，气急败坏的刘瑯扬鞭催马，带着四个家将威风凛凛地赶到府学门前。刘瑯大步上前，一把撕掉布告，抽出尚方宝剑三两下就劈掉管家身上的木枷和脚镣，然后喝令管家上马。管家惶恐道：“那庞矮六亲不认，我怕老爷把我放了结局会更惨。”他愁眉不展不敢走。刘瑯骂道：“银样镴枪头，中看不中用的饭桶！天塌下来，有老子给你顶着！”

这一骂还真灵。果然，“鬼见怕”腰杆挺直了，开始如螃蟹般横行起来。他想，镇守将军是一方诸侯且靠山很硬，拜把兄弟是南京兵部尚书，这庞泮若是跟朝廷大臣作对岂不是自讨苦吃？

看到镇守带领家将要劫走管家，两个卫兵怕庞藩台怪罪，连忙上前拦阻。谁知恼羞成怒的镇守扬起鞭，只听劈啪一声，一个士兵头部已挨了重重一鞭，脸上裂开一道血红的口子，鞭梢又弹到眼睛，顿时痛得倒在地上直打滚。

另一个校尉见同伴倒地，犯人要被带走，连忙上前评理：“你为何鞭打卫兵，私放囚犯？”说着，便去拉扯马上的管家。镇守更是怒火中烧。校尉话音刚落，便听到一声怒吼：“妈的，你吃了熊心豹子胆了！在洛阳地面，老子就是皇帝！一切由我说了算！你胆敢阻拦老子？你反天了？”说着，嗖的一声，拔出兵部授予、皇上御封的尚方宝剑，手起剑落，一剑劈去。只见一道白光一闪，校尉反应不极，一只手臂已被砍掉地上。校尉大叫一声，顿时血流如注，昏倒在地……

得知犯人被劫、校尉被砍成重伤的报告，庞泮大怒："我只不过是拿镇守府的管家治了一下，谁知你堂堂镇守不但不自己反省，还如此无法无天。你仗着朝中大臣的权势，难道就可以如此作威作福吗？"他下狠心："我即使布政使不当，也要与你斗一斗。不斗倒你，决不罢休！"于是他连夜起草弹劾奏章，将刘瑯的言行罪状一一列出，用驿马作六百里加急传递进京。然后他立即派人知会省城都指挥使，请他来洛阳处理镇守使刘瑯违法乱纪的事情。

"将军，你的部下目无王法，私雇民夫为奴冒领国库银两，虚报冒领赈灾钱粮，还劫走犯人，刀劈校尉。"庞泮问，"你准备怎么处理？"

将军知道，眼前这个庞布政虽官阶比自己低一级，但是个敢作敢为、天不怕地不怕的硬头官，若是不处置镇守，他是不会善罢甘休的。但刘瑯资格老，而且背后有朝中大臣做靠山，也不能得罪，于是硬着头皮说："我看，先叫他裁去私雇人员，然后全部退回虚报冒领的钱粮，再赔偿校尉各项医疗费用，最后叫镇守向你赔礼道歉。你看这样处置如何？"在他看来，这是他所能做的最大让步，想必庞泮会欣然同意。

谁知庞泮却提出了更进一步的要求："将刘瑯降职三级，调往别地；再缴纳民夫三年多占国库银两，并加一笔罚款。"

将军感到为难，皱眉道："降职三级，我无权决定，需呈报兵部，最后由皇上亲自批准下旨方可。"

"那你将他降两级调往外地。"庞泮再次要求。

"我没有这个权力。"将军表示。

"那么，降一级调往外地呢？"庞泮又道。

“我也没有这个权力，需要报兵部批准。”

庞泮大笑道：“那你岂不成了寺庙里泥塑木雕的菩萨?”接着脸色一黑，咬牙道：“看样子你是不想严肃处理此事了。我知道，不要说降一级，即使将他免职、撤职，你也是有这个权力的!”于是，将军尴尬地走了。

几天后，皇上下达圣旨：命庞泮为钦差，全权处理洛阳赈灾大事，遇有驻军不法人事，可会同都指挥使共同处理。

看到这道圣旨，将军一下子惊呆了：这个庞矮果然厉害，竟然告到当今万岁那里去了。有圣旨撑腰，这回他不再犹豫，按庞布政提出的要求立即将刘瑯由从二品连降三级，调往信阳地区。庞泮立即逮捕了作恶多端的大管家，将其判处三年监禁；镇守赔偿校尉治疗、伤残等费用一千两银子；裁撤私雇的十个民夫，缴纳十个民夫三年多占的国库银两；缴纳六十八份虚报冒领的赈灾钱粮，并命差役逮捕违法生事的地痞流氓。

上述情况一经布告，整个洛阳地区各界人士拍手称快：“庞藩台真是当代包青天!”

镇守走了。他气得差点儿吐血，骂道：“妈的，我跟你势不两立!你今天叫我难堪，我明天也要你好看!”他恨声不绝。从此，他时刻寻找机会报复，准备联合京师马尚书让庞泮官运止步!

马尚书府上管家一见到这种情景，立即裁去九名私雇的民夫，退还冒领的库银和赈灾钱粮。

洛阳府县的官员看到昔日威风八面、不可一世的镇守使都灰溜溜地滚出了洛阳，不禁对庞藩台敬畏有加。一些贪官污吏噤若寒蝉道：“黑包拯来了!”他们慌不迭地裁减私雇的民夫，纷纷吐出多占的库银和虚报冒领的赈灾钱粮。

“杀虎儆猴”奏效。两个大人物一经处理，洛阳地面顿时震动。

各级官员和地头蛇奔走相告："硬头庞泮，当今包拯来了!"于是纷纷主动交出冒领钱粮，不法事情顿时收敛。随着朝廷救灾钱粮的下拨，局势渐渐平稳下来。

庞布政还分派清正廉明的官员带队赴开封、郑州、南阳等经济比较好的地区募捐，并亲自带队募捐，在杭州募得大量钱粮。

很快，洛阳度过了百年一遇的大饥荒。为了彻底解决灾荒问题，庞布政还拨出藩库银两，购买了上万斤小麦良种分发给广大农户，派出官吏衙役督促农户保质保量地完成冬种。第二年麦收，麦子大熟，饥荒顺利解决。

百姓四处传诵：河南来了庞青天！百姓洪福齐天！

看到人心稳定、气象复苏、市场繁荣，庞布政久压心头的千斤大石终于落下，长长地舒了一口气。

"庞布政在洛阳救灾、散粮，勇斗豪强、拯救万民，如此恩德我们应该为他立祠拜祭。"人们纷纷提议。

"依我看，庞布政的功绩值得万民称颂。我们何不编成豫剧，在戏台上演出，这样才能世代传诵。"

洛阳府学汤教授的一席话，引来众人拍手称赞："对，编成戏曲。请教授来写，让洛阳的豫剧团来演!"

豫剧，以洛阳为中心，流行于河南及邻近各省的部分地区，是明代秦腔、蒲州梆子先后传入河南地区后，同当地民歌小调结合形成。唱时用真嗓，称为"下五音"。另外一种说法，说是豫剧由北曲弦索调直接演变而成。

这年春节，豫剧《庞布政散粮》在洛阳地区风靡，并迅速传遍中州大地。府学汤教授在台下前面，摇头晃脑地欣赏着自己的得意之作。

【第一场】粮仓暗访

河南布政使庞泮上

洛阳发生大饥荒，庞泮奉旨散粮忙；

分发钱粮设粥棚，我乔装打扮暗察访。

【庞泮来到东门粮仓领粮处】只见一个肥头大耳、肚如弥勒的中年男子，带着十个虎背熊腰的后生前来领粮。

“镇守府六十八人，半个月，可领小米一千零二十斤，面粉五百一十斤。”发粮处有人拿着账本，在高声念道。

发粮处前排着密密麻麻十列长队的民众，上千人的目光如同一支支利箭齐刷刷射向镇守府那二十只大箩筐，既有羡慕也有嫉妒更有愤怒。众人交头接耳，议论纷纷：“镇守府里人，吃肉、喝酒、顿顿白面馍，富得流油，为啥还要来领救济粮，从我们穷人口里抢夺救命粮？”

“你当心点儿，要是叫那个‘鬼见怕’大管家听到，有你倒霉的时候。”有人好意提醒。

突然，那个肥头大耳、下巴肥肉有两道皱褶的大管家，高声道：“哪家的瞎眼狗在这里乱号？皇上下旨赈灾，不论官民、穷富，人人皆可分享一份阳光雨露，凭啥我们总兵府就不能享受？”说完，下令十个健壮的挑夫，立刻挑粮回府。

“什么，镇守府的人也要来领救命粮？”庞泮觉得奇怪，“这属于虚报冒领！”于是他上前制止，对发粮处一位吏员道：“镇守府暂停发放。”

大管家指挥一群后生挑起十担粮食正准备走，不料忽遭制止，管家恼火地破口大骂：“哪个王八蛋？胆子倒不小，竟敢克扣镇守府的救济粮？你们是活腻了吧！”骂完，立即命令那群挑粮人：“休要理他们，挑走！”两个看守粮仓的衙役想上前阻拦，只听管家一声吼：“揍这两个狗娘养的！”两个衙役被一帮后生一顿扁担，打得抱头鼠窜。

这帮人太嚣张了！不好好治治，赈灾很难开展。想到这里，庞布政立即命令紧跟自己的校尉和护兵拘禁了几名殴打粮仓兵丁的挑夫，并将镇守府大管家按倒在地打四十大板。管家被打得遍体鳞伤，鬼哭狼嚎。然后，再将管家上枷号在府学门口示众，管家再也威风不起来了。

……

斗转星移，沧海桑田。直到现在庞泮故乡的人若是到了河南，尤其是到了洛阳，当地百姓还是会把《庞布政散粮》的故事绘声绘色地讲给他们听，对庞布政的功德赞颂不已。

圆满完成赈灾使命后，庞泮收拾行李回省城开封。午后，马车正走到城门口，忽见大批百姓带着镐、锨等工具急急忙忙地准备出城。

“你们干啥去？为啥不下地栽苞米苗？”庞泮不禁诧异地问。

“官府下令，限期催征古铜器——铜鼎、铜簋，特别交代要一面铜镜。”

“说是上交此物赏银十两，逾期交不上每人罚钱五百文。没有办法，我们只得去野外邙山古墓地寻找。”

“这可是个严重问题！如此一来，为寻找古铜器将放弃农活，致使土地荒芜；整座邙山将变成盗墓现场，一片狼藉，洛阳地区千万阴魂将不得安宁。不行！我要制止这股歪风！”想到此，庞泮立即吩咐拨转马头，重新回城。

话说洛阳卫知府听说牧羊童得到一面古铜镜，他见这面铜镜明亮光洁、霞光万道，心中大喜：“此镜可以作为进见之礼，献给朝中权势赫赫的司礼秉笔太监季荣公公。我要拜他为义父，让他跟吏部尚书疏通一下，自己升个按察使、布政使不在话下，即使提拔到京师任侍郎也不难。那样，就能青云直上，入阁问津尚书高位。”想到此，他立即把洛阳发现价值连城的稀世珍宝——商朝古铜镜的情况报告给京师季荣公公。季荣大喜，立刻派专差前来洛阳接收。

“府台大人，这古铜镜分雌雄。牧羊童捡到的是雄镜，尚缺一面雌镜。”听了古镜鉴定专家的话，知府很是惊诧。于是，立即把此事又派专差报告季荣公公。听说古镜尚缺一面雌镜，季荣立刻下令在民间征收。

庞泮听说官府在民间征收古铜镜扰民很是恼火，立即召来知府和洛阳县令，厉声地问道：“官府征收古铜镜是怎么回事？你们可真是别出心裁呀，立即停止！”

“洛阳的一个牧羊童不久前从邙山捡到一面古铜镜。据说这古镜是双合镜，乃稀世珍宝，分雌雄两半。牧童捡到的是雄镜，但另一半有凹槽的雌镜却没有音讯。为了古镜的完整，因此需要征收。”知府解释。

“你怎么知道这铜镜是稀世珍宝？”面对庞藩台的质问，知府立刻找来古镜鉴定专家司徒先生。司徒有根有据、眉飞色舞地讲起了这面雌雄古镜的传奇经历。

“传说这面古铜镜是商纣王遍寻天下制镜男女名师，为宠妃苏妲己打造的。制成雌雄双镜，两人各藏一面取乐。后来，周武王的军队攻入商都朝歌，纣王自焚亡身，妲己自缢而死，古镜被武王所得。他认为这古镜是灭国亡君的不祥之物，下令沉入深井。就这样，古镜在水中沉睡了八百年。到了秦始皇时代，灭六国焚书坑儒收天下珍宝，古镜重现人间。但它很快便被楚霸王项羽得到，被赠予虞姬。不久，项羽被汉朝大将韩信十面埋伏奇计围困于垓下，落了个霸王别姬自刎乌江的悲惨下场。铜镜被韩信得到。因为他私藏古镜，刘邦认为他心怀异心，在云梦泽将他擒拿，从密室搜得稀世古镜。吕后死，诸吕发动叛乱，为太尉周勃平定，铜镜到了汉文帝之手。到了三国时期，此镜被董卓搜获，赠给宠姬貂蝉。后来，吕布为曹操所擒杀，铜镜归于曹丕。后历经四百年，又被武则天得到。到了唐玄宗时期，又把此镜赐予宠妃杨玉环。她在安史之乱中，在陕西马嵬驿自缢身亡，宝镜在地下埋藏数百年为宋太祖所得。后来经过南宋战乱，这面宝镜不知去向。谁料，如今重现人间。这是天降祥瑞。”他吐沫横飞地说着，正准备来一段评论却被庞布政打断：“司徒先生，改日再请教，现在我们有重要事情，你先回去吧。”

“这面古镜是谁下令征收的？”庞藩台圆瞪两眼、目光如炬地问道。知府连忙道：“藩台大人，这不关我的事，而是京师一位权贵来信限期征收呀！”知府似乎很无奈。

“哪个权贵竟然如此无法无天，私自征收国宝，大肆扰民？”

见庞藩台咄咄逼人的气势，知府嗫嚅道：“是京师司礼监季荣。”

此言一出，庞泮和朱参政都吃了一惊。

司礼监即司礼秉笔太监，权力非常大，可以代替皇帝票拟。按明朝的制度，内阁宰相接到官员给皇帝的奏章后用小票写所拟批答，再由皇帝朱笔批出，这叫作票拟。但皇帝朱批，实际上不是皇帝亲自批，而是由司礼监代写。因此，司礼监的实权甚至比宰相还大。

“若是得罪了这等人，以后麻烦就大了！”朱参政无比忧虑地说。

“为了还洛阳地区安宁，让千万民众安居乐业，我愿意献出头上这顶乌纱帽，即使坐牢杀头也无怨无悔！”庞泮咬牙道。于是他立即起草奏疏，向皇帝进谏：“古铜镜不是本地特产，官员向民间索取，百姓拿不出来，必然盗墓成风，累及千万阴魂。臣担心将引起社会混乱，激发民变。”

皇帝看了庞泮的奏疏后，立即在一天早朝时当面厉声责问朝中大臣：“是谁向洛阳下达征收古铜镜的命令的？”众大臣面面相觑，都回答：“不知道。”

“难道是庞泮无中生有？”孝宗又问。他绝不相信庞泮的奏疏是空穴来风。阁老谢迁启奏道："陛下，庞泮说得有理，这征收古铜镜的确是扰乱地方，使千家万户不得安宁。因此不管是谁的主意，都应该立刻停止。"孝宗点头："准奏。"

于是大规模征收古镜之事烟消云散，洛阳民众高兴地说："感谢庞布政给我们带来了安宁生活！他是洛阳百姓的守护神！"

庞泮在河南的政绩受到朝野称赞。吏部京察，庞泮被评为一等良吏；都察院廉政大检查时，庞泮被授予"一等廉吏"称号。太子太傅、大学士谢迁，吏部尚书和都察院，一致提议：提升庞泮为河南巡抚。

可是，奏章上去，如石沉大海杳无音讯。不久，忽然传出，有好几封举报信，向皇帝报告庞泮的不法行为：

一是把几千两饥荒捐款据为己有；

二是受贿数笔，为许多高门大户冒领钱粮、多占土地大开方便之门；

三是打着"不扰民"的幌子，停止征收古铜镜，意欲将稀世珍宝古铜镜窃为己有……

数箭齐发。贪污，受贿，盗窃国宝，罪行不轻。于是圣旨下达：

> 河南布政使庞泮，治理河南有方，尤其在洛阳赈灾中，措施得力，效果显著，多部上奏，宜擢升巡抚。然鉴于多人举报，待调查清楚以后再酌定。
>
> 钦此

庞泮上奏皇帝，要求派户部官员审查捐款账目。几个月后，审查清楚，没有一两贪污。但受贿的事，没有行贿的户主姓名，也没有行贿钱数，查来查去，没有结果。可是提升之事，却如同半天挂木槌——悬在那里，很快泡汤了。

## 五、为拒绝贺礼他用“入赘”妙招

光阴似箭，转眼间庞泮的儿子庞栎已经十八岁，到了谈婚论嫁的年龄。早在两年前庞栎十六岁时，就有不少人前来提亲，特别是一年前庞泮出任河南布政使以来，提亲的人更是络绎不绝，庞宅前可谓门庭若市。

然而，庞泮对女方家庭——准确说是对女方的父亲的选择非常挑剔，条件很古怪，具体说有四个“不结亲”：一是为官不清廉不结亲；二是吹牛拍马之流不结亲；三是名声不好不结亲；四是官阶超过自己这个布政使不结亲。可以说是到了苛刻的地步。以上几条一卡，可供选择的姑娘便寥寥无几了。

一次，有人兴冲冲地前来做大媒，介绍的是朝中大臣——吏部尚书兼大学士家的千金。可是，庞泮不同意。他说：“亲家位高权重，与这样门庭显赫的人家结亲，儿子要低人一等，会重演‘打金枝’里的一幕，别人恐怕会骂我趋炎附势哩！”

有亲友劝他：“吏部尚书可是执掌任免大权的。攀上这门亲将是天大的好事，可以进退自如：进者，可以更上一层楼，当上巡抚高官；退者，即使有什么过失，也可以借这棵参天大树遮风挡雨，成为官场不倒翁。”

庞泮道：“我既不想借对方升官，也不想借对方遮蔽风雨。”

还有亲友提醒：“天官有意与你结亲，你若一口回绝岂不叫对方难堪？这等于得罪了天官大人呀！得罪这样的朝廷重臣，以后你有好果子吃吗？”

夫人李氏也劝道：“妾身一次去孔庙进香，曾经见过天官家的千金，不但容貌秀丽妩媚，更兼谈吐文雅，待人彬彬有礼。这样的儿媳妇你为何不答应呢?”

但庞泮只有一句话:“我不同意!”

李氏不高兴地问:“那么,什么样的儿媳妇你才中意?”

“最好是平民百姓家知书识礼的姑娘。”庞泮沉吟道,“模样虽说不求很漂亮,但也要能跟儿子相配,在众人面前出得客;还要会针线,会烧菜做饭。”话未说完,便被李氏打断:“这样出众的姑娘哪里找?只有传说中的田螺姑娘才能做到!”

不久,又有一位王爷托人前来说媒,欲将庞栎招为乘龙快婿——郡马,也被庞泮一口回绝:“庞栎是独生儿子,不入赘当上门女婿!”因此,这门亲事只好作罢。夫人李氏不满地嘟囔道:“你七挑八拣,到头来只能拣个没人要的货色!”

由于庞泮的百般挑剔,让官员们对庞泮儿子婚事的热情冷却下来,最后变得门庭冷落车马稀了。

就在庞栎的婚事几乎无人问津时,突然有一天,一位官员叩响了庞泮家紧闭的大门。

原来这位官员是本届吏部表彰的著名廉吏,他参加完表彰会,特地从京师来到开封。表彰会三年一次,经层层筛选,全国共评选出五名,因此是廉洁官员的模范。此人名叫潘祺,官居山西省左布政使。他跟庞泮是同行,曾在京师有关场合交往过,性格脾气很是投缘。

这天中午,潘布政风尘仆仆地找到庞泮的住宅。他一进大门看到庞泮,就朗声大喊:“庞兄,家中可藏有好酒?”庞泮见是潘祺,笑呵呵地反问:“你们那里是出著名美酒——汾酒的地方,还用得着到我这里讨酒喝?”

“如此说来,我这趟特地大老远赶来拜访,岂不是白来了?”

“有朋自远方来,不亦乐乎!我有家酿高粱烧招待你。”庞泮立刻吩咐夫人:“快烧菜煮酒,招待客人!”

于是李氏亲自掌厨，在用人帮助下，很快一桌酒菜摆上了桌。

“哇！这菜色香味俱全，令人垂涎欲滴。嫂夫人烧菜的手艺简直比得上大酒楼名厨了！”潘祺不住地赞美，“庞兄真是好口福！”

“潘藩台远道而来，菜烧得不好，酒请多喝一点儿。”李氏一边热情而谦逊地说，一边提起酒壶为客人斟酒。

“这么多菜，叫大侄子一起上桌来吃吧。”潘祺说。

“庞栎在书房有点儿事。”庞泮回答，“不用管他，我们先动手吧！”庞泮举起酒杯，热情地说了一声：“请。”

“潘兄这次风尘仆仆而来，不知有何指教？”酒过三巡，庞泮开言问道。

“我这次是专程前来讨喜酒喝。”潘祺笑着说，“听说媒人踏破了贵府门槛，不知公子的佳偶是天官府千金，还是王府的郡主？”

“我家哪里配得上这些权贵豪门，”庞泮没好气地说，“我已经回绝了。”

“那么，到底定了哪一家？”潘祺又问，“听说佳丽如云，选择余地大得很哪！”

“因为我家老爷选亲家，定下‘四不结亲’的苛刻条件，把人都吓跑了。”前来添酒的李氏插嘴道，“现在是门可罗雀了。”

“有哪四个不结亲？”潘祺感到新鲜，不禁问。

“亲家为官不清廉、吹牛拍马、名声不好听、官阶超过布政使，都不结亲。”李氏介绍，“而且对女方也有许多要求，如知书识礼，模样端庄，会针线，会烧菜做饭。”李氏担心道，“这么多的要求，我说只有传说中的田螺仙女才做得到！又不是太子选妃，何必这么苛刻！”

“如此说来，我这次喝不到贤侄的订婚喜酒了？”

“对，确实喝不到喜酒——叫你失望了。”庞泮道。

“那我给你介绍一个如何?”潘祺笑道，“有个姑娘，年方二八，庞兄提出的条件，差不多样样具备。只是她不是南方人，而是山西人。浙江和山西两地风俗习惯不同，不知庞兄和嫂子愿意否?”

“真的?”李氏喜出望外道，“我家老爷四方为官，儿子也跟着四处跑，各地风俗习惯基本都能适应。这个问题不大。”她把头转向丈夫，似乎在征求丈夫意见，“老爷，你说呢?”

“地域不是问题。”庞泮也说，不过担心道：“不过姑娘以后要去浙江生活，不知她是否愿意?”

“这个没问题。”潘祺满口答应。

“这么好的姑娘，她父母愿意吗?她自己愿意吗?”庞泮又担心地问。

“有如此清正廉明的公公，又有这么聪明贤惠的婆婆，公子又才貌双全，怎么会不满意呢?”潘祺口口声声道，“他们全家都赞成!”

“你又不是他们，”庞泮很不放心，于是问，“怎么知道他们全家人都同意?你能百分之百代表他们吗?”

“对，我可以代表他们。”潘祺拍着胸脯，“至少可以代表大部分!”

“难道你是他家亲戚?”庞泮逼问对方。

“不瞒庞兄，这个姑娘就是我家小女。”至此潘祺方才直言相告，“小女容貌不丑，尚知书识礼。意欲与令郎结为秦晋之好，不知庞兄与嫂子意下如何?”

“你这个人不直爽，早说不就得了，何必要绕这么个大弯?”庞泮批评道。

“又是尚书女儿，又是郡马，我哪敢毛遂自荐哪!”潘祺说完哈哈大笑。

原来是这么回事，庞泮闻言大喜。心想，潘祺藩台是著名清官，既然他说女儿容貌不丑，必定姣好，又知书识礼，这可是一门难得的婚姻！于是，他连忙答应不迭："好，只要潘兄看得起，我们求之不得。"但他忽然有点儿不安地问："不知那不能代表的一部分是什么？"

"这个么，"潘祺解释道，"小女说，洞房前她要出诗考公子，公子对得出，方可进洞房；否则，罚公子读书三个月，再进洞房哩！"

"儿子要求取功名，必然需要攀越许多山峰与河流。有才女在旁督促，必定大有裨益！"庞泮心想。

"走，现在是酒足饭饱，烦请亲家带我去见见令郎。"潘祺说，"已经三年没有见面，我想见见。"

于是，庞泮把潘祺带往书房。过了走廊，便见庞栎正在大院里晒书。

"你潘叔来看你啦。"庞泮对儿子说，"他想要你的诗文带回去看看。"

"贤侄，听说你是京师太学生，很有文才，你现在作一首诗给我看看。"潘祺说。

"好，那请叔叔出题。"

潘祺触景生情，就以"晒书"为题吧。

庞栎略一思索，一首七言律诗脱口而出。

"你写出来，我要带回去好好研究研究。"

听了潘叔的话，庞栎走进书房，拿起小狼毫笔一挥而就。然后拿出几篇诗文，说："作得不好，请叔叔指教。"

潘祺布政在开封只住了一个晚上，第二天就走了。回到太原，他立即把跟河南布政使庞泮公子订婚的事告诉夫人和女儿，并把庞栎的诗文拿给女儿看。

"《晒书》是即席之作，你看写得不错吧！"潘祺特意拿出这首诗，对它赞不绝口。

先世寥寥愧乏储，官囊只有几册书。

清风窗下翻芸叶，皓日阶前曝蠹鱼。

天禄九流应未校，石渠四库已无余。

如今不检封侯策，圣道何妨一卷书。

女儿接过一看，不禁叹了一口气，说：“常言道，人生有两大快意事：洞房花烛夜，金榜题名时。庞公子虽有才气，但今生恐怕没有金榜题名的荣耀，我也不能像娘和婆婆那样做诰命夫人了。”

“庞公子两年前就中了秀才，如今又是国子监高才生，前途广阔。你怎么知道他不能更上一层楼，中举人、进士？”潘祺惊奇地问。

“古代有句名言：穷且益坚，不坠青云之志。不立下凌云壮志，是很难有一番大作为的。”潘小姐道，“你看诗中不是有一句‘如今不检封侯策’吗？没有求功名之心，还能指望他金榜题名吗？”潘祺赏识女儿的聪慧，怕女儿后悔埋怨，于是说：“你和庞公子的婚事爹爹还没有答应。我说要回家跟你商量，得你同意才订婚。”

潘小姐回答道：“庞公子虽然心不在功名，但他有文才，可以做个诗人。”她指着《高明寺》这首诗：

春日幽溪上，崖花照眼红。

路盘深谷里，寺隐万山中。

云外开重嶂，桥头萌古松。

我来新雨霁，溪上夕阳红。

潘小姐说：“诗中的‘隐’字，特别是‘萌’字写得比较传神，但诗的意境不够深邃。因此，能成为诗人，但成不了全国著名诗人。既然爹爹已经许亲，女儿做个诗人妻子也不错，嫁到江南可以跟着夫婿游览大江南北呢！只是路途遥远，难以照顾双亲了！”

“只要女儿能享福，我们没有什么，再说家里还有你哥嫂呢。”

潘氏很有识人的眼力。果然，庞栎终其一生，没有中举人、进士，但留下了许多诗文，在台州是很有名气的。

话说第二年五月中旬，庞栎的婚礼将要举行。

听说“直声动天下”的著名硬头官庞泮的儿子即将成婚，朝中六科给事中和都察院御史纷纷行动起来，给庞泮送贺礼；庞泮在朝中的故交也在积极准备。送礼风潮来得更盛更猛烈的，是河南省的官员。

布政使是仅次于省行政最高长官巡抚的高官，主管全省钱粮和考核官吏，在一省中的地位举足轻重。可以说，全省司府州县官员升迁、任免的命运，都捏在他的手里，因此，谁不想巴结奉承？于是纷纷前来打听婚礼的日子，准备贺礼，还有各地乡绅也来奉承。

另外，受过他恩惠的人，准备专程前来；还有洛阳地区的百姓，都自发地纷纷行动起来，准备每家每户捐钱派代表前来祝贺。一时间，打听消息的人和送礼的人络绎不绝，排起了长队。庞泮估计，官员士绅送礼，最少也是五十两白银，大多是一二百两；商人中，最少也会送二三百两，多的会送五百两甚至一千两。

随着婚礼日子的临近，庞布政和夫人陆续接到礼单，礼金超出庞泮的预料。让他意想不到的是，最高的已经出现两千两甚至三千两白银的巨大数目，还有的甚至送珍珠、宝贝、古玩字画。这使他大吃一惊。粗略一算，此番儿子办喜事，估计能收到礼金几万两甚至十几万两白银，很快就可成为大富翁，但也成了大贪官。这是变相受贿！岂不毁了一世清官的英名？这怎么行！于是，他立即把京师朋友的贺礼退回，可河南官吏的贺礼怎么办？他在绞尽脑汁地思考办法。

忽然，他想到了一个好主意。若是儿子不把媳妇娶进门，去外地当倒插门女婿，那么就可以公开回绝各级官员送礼了。想到这里，他不禁拍掌大笑：此计甚妙！

结婚大喜之日前三天，当送礼之人如过江之鲫涌到庞泮住宅前面时，不料吃了闭门羹——大门紧闭，人影难寻。只见大门口贴了一张醒目的告示《告亲朋好友书》：

各位亲朋好友知照，我儿庞栎已做倒插门女婿，前往山西。小儿婚礼不在河南开封举办，故谢绝一切礼金礼品。特此告知。请见谅！

一手“成亲王”毛笔字体，入木三分，堪称一手好书法！

看了告示，河南大小官吏和各界人士不禁目瞪口呆：有厚礼竟然送不出去！这个庞藩台真是个大怪人，点子也是够绝的！不过，也有人嘲笑：有这么好的发大财又不必担“贪污受贿”罪名的机会，竟然白白放弃，真是天底下的头号大傻瓜！

大小官员和各界人士看了告示，纷纷摇头叹息而去。

几位风尘仆仆从远道而来送贺礼的洛阳百姓代表，怕回乡不好向广大父老乡亲交代，于是把这块木板告示揭下来带了回去。他们喃喃地说：“这块告示是廉洁爱民的活见证，又是一幅墨宝，我们要带回去好好保存，代代相传！”

据传说，这块“廉洁爱民告示”，虽然历经岁月沧桑但一直保存至今，于是成了一块不可多得的古董宝贝。最近，随着“全国清官遗物陈列馆”的举办，随着几家著名文化影视公司争相投入巨资，要拍摄关于庞泮的电视剧，于是价格一路飙升，听说已经突破十万元大关。由于竞争激烈，有人估计还有突破二十万元大关的可能哩！这是后话不提。

话说庞栎到了山西那边，当山西官吏、商人和社会名流来到潘祺藩台处送贺礼时，不料潘藩台住宅门前也贴着这么一张告示：

小女与姑爷庞栎，前些日子已在河南省城开封成婚。切望亲朋好友免去一切礼仪。特此公告。

这张告示把亲友和各界人士都搞蒙了，不知道庞栎和潘氏到底是在哪里结的亲、在哪里办的喜酒。

于是这对新人的婚礼便在不声不响中办了，避免了盛大的送礼风潮。

看到洛阳百姓生活安定，呈现一派欣欣向荣的景象，庞布政定下计划开始巡视全省其他地区。这天，他巡视到安阳地区，看到社会安定心中十分畅快。他参观了古迹殷墟，然后专程来到岳飞故乡汤阴县，瞻仰民族英雄、精忠报国的岳飞庙。想起岳飞被奸臣秦桧借用朝廷十二道金牌催回，致使收复祖国大好河山的愿望化为泡影，令人扼腕地以“莫须有”的罪名杀害，庞泮不禁摇头叹息。汤阴县令和安阳知府热情地请他题词，他拿起笔一挥而就，一首七言绝句跃然墙壁上：

中原不绝仅如丝，正是人臣受命时。

一面提兵伸大义，功成归死未为迟。

“好诗！见解精辟！”以诗歌闻名河南的知府，不禁赞叹道。

弘治十七年（1504 年）深秋，一个黄叶纷飞的日子，庞泮带着治理河南的蓝图一回到开封，便见吏部一道调令已经等在那里：转任广西左布政使。

他在河南干了将近三年，时年五十五岁。他轻车简从，风尘仆仆地赶赴广西桂林。

## 六、智勇兼备铲平海盗和叛乱

这年冬天，庞泮一来到广西，刚安排好住处，便被南部海边十万大山中的一道警报催醒。因为，南宁府思恩的海盗十分猖獗。

思恩（今上思）坐落在十万大山的四方岭地方，北边离府城南宁较远；东南部群山连绵起伏；南部是防城港，濒临北部湾大海；西边是宁明、龙州山区，与越南交界。交通闭塞，贫困落后。

民众反映：“海盗来骚扰也没人管。”百姓怨言：“天高皇帝远，有事没人管！”

海盗连年骚扰，很猖獗。秋天抓了刘建功等三人，但案件未破。

庞泮决定提审三个嫌疑犯，先搞清案情。三人是同村，是要好邻居。几年前，他们曾和一个叫刘振兴的青年同时出海，不幸遇上海盗，刘振兴被劫持没有放回来。后来，听说刘振兴已在那边被招了女婿。不料今年该村又遭海盗抢劫，官府怀疑这三人有通海盗嫌疑，便抓捕了他们，至今已关押四个多月。

庞泮经仔细审查，觉得没有证据证明他们有罪，于是下令无罪释放。三人激动得热泪盈眶，跪倒在地，叩头谢恩，口喊：“青天大老爷，您的大恩大德我们一生牢记！”

不久的一个傍晚，被释放的刘建功忽然来到庞泮住宅，报告一个重要消息：被海盗抓去的刘振兴的父亲刘学成，暗中与海盗有密切来往。

掌握这一信息后，庞泮立即亲自找刘学成谈话。刘学成交代：“因为不放心儿子，想让儿子回家乡，所以与海盗联系。”

“你知道通海盗的严重性吗？”按当时的刑罚，通海盗要判重罪。刘学成一下子跪倒在地，磕头如捣蒜：“小人以后再也不敢了！”

“你若是能立功，我负责让你儿子平安回到家乡。”

刘学成听了庞布政的话，立刻道：“听凭大人差遣，赴汤蹈火在所不辞！”

庞泮想，古话说擒贼要擒王，只有设法捉住海盗头目，才能解决抢劫骚扰的祸患。于是，他在刘学成耳旁密授了一条“釜底抽薪”的计策。

一个秋天的深夜。海盗头目“海大王”听说防城港码头有珍珠、玉桂、八角等特产，还有上万两白银，要经过思恩解往府城南宁，于是亲自率领二百多人组成的海盗精锐前来思恩抢劫。

正当海盗进入城区准备抢劫时，忽听号炮齐鸣，知道地方有防范，连忙撤退。但哪里来得及！早已伏兵齐起，一个营约五百名精锐分两路突入海盗队伍，猛打猛冲，很快将他们冲得七零八落。

原来，庞布政抽调了防城港、东兴县、钦州等几处兵马，在此设伏。

海盗见势不妙连忙四散奔逃，但随即遭到数百名由猎户和水手组成的“海防营”的追捕。只听“捉海盗，杀海盗!”的喊声震天，很快这批海盗便被一网打尽，连首领“海大王”也束手就擒。庞泮将其中一个小队长和两名兵丁作为交换人质，把刘振兴和妻子换回来。刘振兴父子团聚，泪涕横流。

刘振兴家办喜事入洞房，众人纷纷送钱送物，庞泮还送来红纸对联，道是：振兴福大赢媳妇，学成运佳庆团圆。横联是：喜庆平寇胜利。

庞泮经过审讯，将“海大王”和“海狮”“海豹”等几名罪大恶极的海盗头目斩首示众，并将首级传示沿海地方。对于其他俘虏，经过一番耐心教育，他们愿意认罪，改过自新，写下永不侵犯的保证书，还订立《友好协议》。

海盗头目被处决，极大地震慑了海盗；消灭海盗精锐，使得海盗元气大伤；耐心教育，感化了众多海盗。加上建立“海防营”，加强海防力量，思恩一举解除了海盗威胁。

庞布政刚准备从思恩动身回省城桂林，忽然有人密报一起阴谋叛乱的重大线索。

原来，这是一起土官与当地黑势力勾结的颠覆阴谋。他们活动频繁，蠢蠢欲动。当地百姓怨声载道：“这里天高皇帝远，坏事做绝没人管。”

庞泮准备前往土官家中探听虚实。人们纷纷劝说："那里是个虎狼窝，进去很危险。"庞泮说："不入虎穴焉得虎子？再说我现在是朝廷委派的省布政使，地方官还不敢对我下毒手。你们放心吧！"

经过一番暗访，从土官夫人（因土官娶小妾一枝花而吃醋）处，获得两个重要证据：叛乱人员名单及叛乱地点。

擒贼先擒王。得知敌方已秘密组织人丁约有三百名，庞泮立即双管齐下：一面暗中调集防城港精兵数百名，火速增援思恩，和"海防保安营"联合行动，包围叛乱人员集中地；一面亲自与巡检带领兵丁突击搜查土官衙署。又获得筹资、派款部分人员名单及已收的款额账单，还有制造武器的地点、品种和大约数量。

结果抓获以土官为首包括县尉在内的六名首要成员，其中黑社会头目三名。对土官和县尉等三名地方官员，按大明刑律撤职并判刑五年；对三名黑社会头目，充军西北荒蛮之地。对其他主动坦白、认罪态度较好、决心改邪归正的人员，从宽处理。对立功人员，给予奖励。

从此，当地百姓过着安居乐业的生活。百姓交口称赞："庞大人是我们思恩百姓的'太平神'。"

这年农历十二月廿六日上午，思恩民众上百人，簇拥着一块大红匾额，上面写着"天下太平，安居乐业"八个大字，敲锣打鼓地送到布政使司衙门。歌舞队载歌载舞，唱起壮族民歌《平安之歌》：

思恩上空起妖霾，海盗叛乱接踵来。

霹雳手段平盗寇，百姓齐颂庞藩台。

民间戏班，演出桂剧，呈现官民同乐，壮、汉、瑶、侗各族同台喜庆的感人场面。

台上演员的腔调以皮黄（西皮、二黄）为主，兼唱昆腔、高腔部分曲调；后场胡琴、月琴、三弦、笛子、唢呐、战鼓、锣、钹等乐器伴奏。场面热烈感人。

# 第五章　晚年余韵

## 一、急流勇退回家乡

弘治十八年（1505 年）五月七日，孝宗朱祐樘英年早逝，病故宫中，年仅三十五岁。

广西左布政使庞泮，获知这个消息后心中异常悲痛。

他想起自己从成化末年授工科给事中以来，仕途生涯都和这位青年皇帝有关。虽然自己冒死直谏，曾引起龙心大怒，但这位皇帝对自己还是十分宽容的，从来没有将自己施以革职、充军等重罚，只是给以罚俸、拘禁等轻微处罚，并赏识有加，首先将自己提拔为刑科都给事中，执掌刑科；接着，又赏赐“直声动天下”的双龙金匾，钦赐建造“五凤楼”，使自己名扬天下，成为谏官典型。出任地方官后，首先提拔为官阶从三品的福建布政使司参政；三年后，又提拔为主管一省钱粮和官员考核大权的二品河南右布政使高官；仅隔一年，又调升为广西左布政使。纵观自己一生的仕途，从名不见经传的小小的给事中，一直做到布政使，可谓芝麻开花节节高。因此，弘治皇帝总体上是一位开明的很有作为的皇帝，对自己算是青睐有加，有知遇之恩，可以说是皇恩浩荡！

想到此，他不禁泪如雨下。他哽咽道："皇上，你若是再长寿二十年，那全国的面貌将会变得更好！谁知天不佑皇，致使短命而亡！"他提起笔，写了一篇文章，遥祭北方的孝宗皇帝：

泮自一个名不见经传的给事中走上仕途，虽屡次犯颜直谏，却依然步步高升，提拔为都谏、参政，直至布政使高位，可谓皇恩浩荡！俗话道：伴君如伴虎。君若发怒如雷霆万钧，官员轻则革职充军，重则杀头甚至死无葬身之地。然而皇上胸怀宽广，对泮的犯颜直谏，常给予采纳、褒奖，对于泮之忤逆之言，只是罚点儿俸禄，最气恼时，也只暂时关押一下，以示惩戒，而后很快放出，官复原职。从今往后，我有良言有哪位君王能虚心采纳？对忤逆奏疏，又有谁能像皇上您那样给予包容宽大？从今往后，到哪里去找像您这样开明有魄力的君王？

国丧期间，庞泮茶饭不思，精神恍惚。国丧过后，他突然觉得自己衰老了许多。对镜一照，他发现自己已是白发苍苍、牙齿脱落。不但如此，他还老是咳嗽，腰腿疼痛，走路不灵便。我真应该告老还乡了，他想。还有，自己性格向来刚直敢言，容易得罪人，若是新皇不像弘治帝那样宽宏大量，自己岂不要遭殃？还是急流勇退吧！想到此，他马上写奏章，称自己年老多病，要求告老还乡。

很快，武宗皇帝朱厚照批准了他的报告。于是，这年的深秋季节，庞泮经过十八年的仕途生涯后，终于在五十六岁这年，退休回乡。

朱厚照继位后，重用宦官刘瑾、谷大用和将领江彬等人，嬉游淫乐，扩建皇庄，掠夺百姓土地。阶级矛盾尖锐，各地造反不断，使明朝统治摇摇欲坠。若是庞泮继续在朝廷为官，不但很难有所作为，或许将有牢狱之灾呢。因此，朝野都夸他有先见之明。

话说庞泮带着夫人李氏和年幼的女儿、儿子庞栎和潘氏，以及两岁的小孙子庞荪，一家六口，这年中秋告别了故旧和广西父老乡亲，从省城桂林启程，经过约一个月的长途跋涉，终于来到江南名城杭州。他带着全家人游览了杭州西湖、苏堤、白堤、岳坟、灵隐寺等众多名胜古迹。

“上有天堂下有苏杭，杭州美景名不虚传！如今能亲眼目睹，真是人生一大快事！”潘氏洋溢着美丽如花的笑容，喜不自禁地对庞栎道。

庞栎道：“我们故乡天台的奇山异水，石梁飞瀑、铜壶滴漏，壮美无比！刘晨、阮肇遇仙女的桃源洞，美得如同仙境哩！”

“那我们快走，回真正的老家吧！”潘氏快乐地说。于是，一家人在杭州驿站换了马车，向天台县进发。一家人晓行夜宿，一路行一路看风景倒也不寂寞。终于在第三天下午未时末（约三点钟）来到前山葛，下车吃了餐故乡风味小吃——热锅摊上的猪血羹和千张（豆制品）以及糯米糕，然后继续赶路。

他们走过周坎头、下秧田，来到大路庞村。马车爬上一个小山岗，就来到麦秆山。从这里举目而望，皇帝恩赐敕建的“五凤楼”和“直声动天下”的双龙金匾已经遥遥在望；自己当年居住的后洋山屋舍依稀可见，村前那棵亭亭如盖的樟树已经清晰地映入眼帘。庞泮心里激动起来。

石牌门到了，这里是庞泮的出生地。家家炊烟袅袅。见到两辆大马车来到村里，男女老少不禁纷纷围上前观看。

“这高大的马车里坐的是哪个大官？”一个耄耋老翁问。

庞泮连忙下车回答：“叔叔，我是后洋山的庞泮。”

“哦，就是在京城做大官的庞泮啊！”老人道，接着又问：“听说你代王三日，又招了驸马，对吗？”

老人只知道庞泮原配妻子蒋氏已经去世，李氏他没有见过面。传说庞泮代王三日，必定是招了驸马。

庞泮觉得好笑，连忙招呼夫人李氏下车，对老人说："叔叔，这是我妻子，你问问她是不是皇帝的女儿。"

李氏上前一个万福，礼貌地问了一声好，然后俏皮地问："老伯，我是庞老爷屋里人，你看我像皇帝家公主吗？"

李氏因为与庞泮年龄相差悬殊，当时只有三十七八的年纪，加上生活在官署，没有经受风吹日晒，因此仍然是细皮嫩肉，如同芙蓉花一般艳丽。老人一看，两眼也直了："我说就是公主，不然哪有这般天仙美貌？简直就是月里嫦娥下凡哩！"

"你当了一世的大官，一定挣了金山银海吧！"一个中年汉子又羡慕地问。

"做官挣俸禄，又不是做生意，哪里能发财？"

听了庞泮的话，这人道："你甭骗我。听说你管全省钱粮，小手指一勾，十万八万就到手了。"

这时，那个耄耋老人走过来，对这个中年汉子吼道："你别瞎说！庞泮是天下的大清官。要不，皇上怎么会赐给他金匾，又为他造'五凤楼'呢？"

"大清官回来了！"不知是谁这么喊了一声，顿时，村里人纷纷从家里出来，一齐围上前来嘘寒问暖。

这时，庞泮的侄子、侄孙等一帮人，已经接到这里。

"叔叔，我们已经连续接了三天。前天，我们还接到周坎头，一直等到天黑，见没有人才返回来呢。"他们纷纷说，"今天总算盼到了！"喜悦之情溢于言表。他们簇拥着两辆大马车往前走，很快就到了后洋山村。看到当年中举时自己手植的那棵樟树已有脸盆粗细，走在队伍末尾的庞泮来到樟树旁，两手紧紧地抱住它，口里亲切地说：

“亲爱的伙伴，我回来了！今后，我将跟你做伴，直到我老去。”

从此，一家人在后洋山安顿下来。庞栎在县学教书，妻子潘氏在家抚养孩子，一年后又生下一个儿子。她请公公给儿子起名，庞泮笑着说：“你是才女，就自己取名吧。”潘氏想起她和庞栎在平镇始丰溪两岸看到成片芦苇摇曳、芦花飘荡的美景，于是说：“芦苇景致美，生命力强，就取名为庞苇吧。”

庞泮退休后，拿一半俸禄，每月约有二十二石大米，过着稳定而安闲的生活。

话说回乡后的一天，临近中午。李氏在厨房里炒菜做饭，儿媳潘氏逗着到处跑的大儿子庞荪在捉迷藏。小孙子躺在摇篮里，庞泮一边摇着摇篮，一边哼着动人心弦的摇篮曲：“摇啊摇，摇到外婆桥，外婆叫我好宝宝，问我是爹爹好呀，还是娘亲好？我讲：‘爹爹好，娘亲也好。’外婆听了眯眯笑。”

小孙子在摇篮曲的旋律中，不知不觉地睡着了。

不一会儿，大孙子庞荪哭着跑到庞泮跟前，一边擦眼泪一边哭诉：“爷爷，别的孩子都有麦秆哨，我也要！”

这时正逢麦收时节，只听打麦场周围到处是咿咿呀呀的麦哨声。

“好，小祖宗，不要哭，这个容易得很，我立刻给你做！”于是他用剪刀剪下几根麦秆，然后对孙子说：“你跟着爷爷念：‘大麦黄黄，小麦黄黄，做个麦饼请大王。大王老倌吃了拉个屁，小囡团孙抢勿及，瞿叫，嘭叫，拔出便会响！’”

一吹，真的响了起来。孙子一吹也响了，不禁破涕为笑。

忽然，摇篮里哇哩哇啦哭了——小孙子醒了。庞泮连忙奔上前，抱起来。

屋檐底下的燕窝旁有两只燕子，口里衔来几条虫子喂给窝里的小燕后，又闪电般飞向天空，继续寻找美食。

“看，你看那燕子!”庞泮逗着孙子，念起了儿时父母教给自己的非常有趣的儿歌《燕啊燕》：

燕啊燕，飞过天，天门关，飞过湾。

湾门白，飞过陌。麦头摇，飞过桥。

桥上打花鼓，桥下娶媳妇。

新妇娘，讲话没声响。

新郎官，端桶盘，端到房间门口，被小囡儿孙抢个完，生个小儿中状元。

小孙子眼看着天上燕子的矫健身姿，耳听着优美动听的儿歌，顿时笑了。午饭吃的是手擀面，庞泮胃口很好，吃了满满两大碗。

刚放下饭碗，只听大门口响起一阵欢腾的人声和嘈杂的脚步声。原来是亲戚、朋友、儿时的伙伴，登门看望庞泮来了。顿时，姑父、姑妈、外公、外婆、伯父、伯母、大哥、老弟、老伙计等各种称呼，令人应接不暇。庞泮连忙招呼大家坐下喝茶。

“听说庞栎大兄弟娶了个又美丽又大方的妻子，让我们也见识见识。”大伙刚走进堂前客厅，有人忽然提议，顿时引来众人的齐声响应。只见潘氏手端红漆木桶盘，大方地走出来招呼。她把大木盘放到八仙桌上，亲切地对客人道：“请大家快来品尝。”

大伙一看，只见木盘上，红枣、核桃、花生、瓜子、糖果等琳琅满目。于是，大伙一边吃一边谈论。

“弟妹真漂亮，怪不得我家弟弟要被你迷住!”庞栎姐姐快人快语道。她是蒋氏的女儿，很有口才，出嫁到东林上曹，丈夫名叫曹泾，是墙头曹庞泮外婆家的后人，已经中了秀才。这次听说爸爸退休回家，夫妻俩一起回娘家看望爸爸和家人。庞栎在山西成婚，因此曹泾夫妻和潘氏这是第一次见面。

潘氏打量了曹泾夫妻一番，只见女的端庄丰满，男的挺拔英俊，于是立刻笑着对曹泾说道："姐夫，你这个才貌双全的美男子，莫非是被杨贵妃迷住了吧！不然为啥不找别人，偏要找我姐姐呢？"说完，立即上前，亲热地与庞栎大姐及姐夫曹泾打招呼。

潘氏的一席话，既针锋相对又满含恭维，使得庞氏既高兴又佩服。她知道自己这回是遇到了一个高手，暗想：到底是大户人家书香门第出身的姑娘，说话得体而不乏机智。她也为有如此出众的弟媳而骄傲。

大伙正在吃糖果说笑，忽然外面有人匆匆进来报告："有许多车马轿子已经来到村前，都在打听庞布政的住处，说是来拜访他。"

于是大伙立刻散开，一起来到门前看热闹。

## 二、著书立说度晚年

原来，庞泮布政使告老还乡的消息，如同长了翅膀一般，很快就传遍了台州府各县，也传到浙江各个府州，于是人们便络绎不绝地涌到天台县花墅来见他，概括起来有这么几大类：

一是去府州和各类书院作讲座。内容非常广泛：可以讲奏章的写法、诗歌的创作，也可以讲皇帝钦赐"直声动天下"双龙金匾及敕建"五凤楼"的经过和传奇故事。一般要求三场（三天），每场酬金二十两白银。

二是为诗集和文集作序，每篇酬金二十两白银。

三是题词或写招牌字，每个条幅二十两银子。

尤为诱人的是，为绸缎庄、钱庄、盐商和矿业主当顾问，一年薪金六百两白银，相当于朝廷一品大员年俸的两倍，最高的甚至出上千两白银。看来，只要当两三年顾问就发了。

这样，每天车马盈门，门庭若市，而庞布政、庞都谏只有一个，所以人人都托关系——托庞泮的家人、亲戚、朋友的关系前来邀请。

然而出乎众人意料的是，一天庞泮宅院大门口竟然贴出这样一张启示：

本人因年老多病故告老还乡，因此，谢绝作讲座、作序、题词及当顾问等一切邀请。敬希见谅。

看了这张启示，众人不禁目瞪口呆，面面相觑。

“有大钱不识挣，真是大痴！”乡村里许多人不解，直摇头叹息。

退休后的生活怎么安排？庞泮在回到故乡休养了一些日子后，就考虑起这个问题。钱，生不带来死不带去，只要够吃穿用度就行，要那么多干什么？怎样才能使晚年过得更有意义？他问自己。

他首先想到的是编辑书稿。

古人有立德、立功、立言的“三立”之说。我之前留下上呈皇帝的许多奏疏，还有《名臣论略》《宠嘉录》《尚书大义》等不少箱稿子，还有许多诗歌。以前在朝廷为官，忙于政事民生，如今退休在家空闲了，应在有生之年把这些诗文收集起来编著成书。

定下这个目标后，他摆开了编辑书稿的战场。从此，他一吃过早饭准时到书房上班，午饭后稍事休息，下午接着干。傍晚，从后洋山到后牌门或白鹊寺一带散步一小时，锻炼身体。看到老人如此忙碌，潘氏、庞栎和李氏也抽空前来帮忙。

冬去春来，寒暑易季。经过几年努力，共编辑成《庞石壁谏垣稿》十七篇，《名臣论略》二卷，《宠嘉录》十卷，还有《尚书大义》和诗歌集。为了庆祝自己的著作大功告成，庞泮举行家庭宴会，宣布五部著作编成的喜讯，招待家人和至亲，还有几位诗文朋友。

女儿挑着糍粑、馒头、糯米粽子、猪蹄膀、鳖、鳗和天台著名风味小吃“饺饼筒”前来祝贺。天台县令陈世显和原南京大理寺评事，天台城关庞泮姑丈夏暐、本家后人夏鏙评事，听到消息也连忙携带好酒从县城赶到后洋山祝贺。

“庞藩台‘直声动天下’，让名不见经传的天台县享誉全国，在下作为天台知县，感到万分自豪!”陈县令首先开言道，“庞老还乡后，又像北宋司马宰相那样，殚精竭虑，编成洋洋五卷巨著，令人不胜敬佩!”

夏鍭评事，举起酒杯发表祝酒词。此人一向仗义执言，文名满江南。他写护国寺的诗广为传颂：

一舍西来集凤麟，个中门户部通尘。

桃花流水仙源近，赢得双姝作比邻。

他的祝酒词热情洋溢：“庞都谏的《谏垣稿》是‘直声动天下’的最好注脚，凸显了不畏权贵、针砭时弊、铁骨铮铮的当代包公形象，浩气贯长虹，必将流芳百世！其他几部著作，或论名臣，或录宠嘉，或吟诗作词，是对庞布政一生的必要补充和真实记录，可谓弥足珍贵。现在，请诸位亲朋好友高举酒杯，为庞老五部辉煌著作的问世而干杯!”

于是，大伙纷纷举杯畅饮。

李氏的父亲李老秀才，此刻更是激动。他心里有五喜：一是为女婿庞泮能登上布政使高位，成为天台籍高官而自豪；二是为女婿居然获得皇帝敕封的“直声动天下”金匾，扬名全国而热血沸腾；三是为自己的外孙庞栐能娶到才貌双全的布政使家千金倍感骄傲；四是为女儿被诰封为“孺人”而喜悦；五是为女婿做了高官誉满天下后，居然又编成了五卷皇皇巨著，实现了古代圣人所说的“三立”（立德、立功、立言）崇高目标而佩服羡慕！他想，人生在世，能实现“三立”中的一个就已经很了不起了，而自己的女婿居然能实现“三立”，真是凤毛麟角！他更为女婿做了高官不变心、不花心而倍感欣慰。那些州县官员娶三妻四妾或者金屋藏娇的比比皆是，可女婿依然与女儿恩爱和谐、比翼双飞，这种品德是何等高尚！

想到这些，李老先生心里如同灌满了蜜糖，因此喝酒都是来者不拒，每逢一添上酒，或是别人来敬酒，他就与人一碰杯，豪气十足地说声“干!”就痛快地喝，三两口便见杯底。潘氏怕他喝醉，来到身边，对他耳语道：“外公，莫要喝醉。”潘氏还把酒偷偷地换成凉开水。但他一喝就知道了，连忙嚷道：“这是水，不是酒!”于是，只好又换上酒。总之这次宴会，他开怀痛饮，宴会还没有结束，他就烂醉如泥。李老先生一觉睡到第二天日上三竿还没醒，直到中午潘氏特意给他做了醒酒的鱼汤才苏醒过来。

“外公，你把我吓坏了，我怕你出事，所以一直守着你。”潘氏道。

“昨晚的酒太好喝了，夏评事带来的酒最好，香气四溢，大概是南京名酒洋河大曲。陈县令送来的酒，也醇香扑鼻，恐怕也是美酒。我以前从来也没有喝过这么好的酒，我怕以后喝不到这样的好酒，于是一贪杯就醉了。”李老秀才笑道，“不过这样醉了也好，就像做梦一样，不但毫无痛苦而且很惬意呢!”

听他这么一说，潘氏拿来好几坛美酒，说：“外公，这两坛好酒您带去，可千万别再喝得烂醉了。”

老人笑道：“这个不用你嘱咐，我自己知道。既然给我了，我何必急急忙忙把它喝光？我要慢慢品尝哩!”

宴会完毕，亲友们散去。但赤城山脚墙头曹表弟曹琪留下没有走，他来到庞泮身边。“表哥，我有件事想求你。”他嗫嗫嚅嚅地说，“但你有个规定，还张贴过启事呢。”

“到底什么事？你说，只要我能办到又不违背原则的都没问题。”庞泮道，“你总不会是为无原则的事要我去跟县令疏通吧。那样的事我不会去做，也不会答应你!”

“我想请你为我贤惠的奶奶曹氏写篇东西流传后世。”

乌岗（墙头曹）曹氏，是庞泮的外婆，写外婆就是写自己的母亲。应该写，必须写！庞泮叹了一口气，道："表弟，我还以为是什么难办的事，原来是这个呀。为我外婆写传，义不容辞。我一百个愿意，一千个乐意！"他咳嗽了几声，缓了一口气，"我贴启事，说不为别人写东西，是指那些用金钱交易的东西啊！"于是他随表弟来到墙头曹，查阅资料，考察实地，很快写成《乌岗曹氏传芳录》。

隔了几天，县城桥上村表弟又来到后洋山，求庞泮为父亲夏暐的画像写一幅像赞。庞泮深情地说："姑父和姑妈待我很好，如同儿子。姑父既是我的长辈亲人，又是我的老师，有很深的提携之恩。没有姑父送我入县学，就没有我的今天！这点儿小事，我马上就做。"他叫李氏给表弟泡了一杯茶，等喝过两杯茶，像赞已经写成。明代五世府学教授夏存省府君像赞：丰姿俊雅经史陶熔首，膺乡书四领儒宋木舌。清好优优乎海陵经义，活事之风。并题上自已的职位姓名。

中秋时节，庞泮见天气好，不冷不热，出去会亲访友了几天。回到家里，他忽然见到当年台州进士同年范柏轩告老还乡后写的诗歌《归田乐》，庞泮读后深有感触，于是立刻和了一首《和范柏轩归田乐》。

归田乐，归田乐，崎岖兮经丘，窈窕兮寻壑。池鱼纵江湖，鞲鹰脱条索。有亲戚聚欢，无离别作恶。或看山楼头，或挂书牛角。或躬畚栽花，或课童编箔。棋子闲中敲，诗句兴来作。朗诵倚松荫，高韵震林薄。三径为谁开，一竿随意著。天空不暗头，地阔可伸脚。落花借茸茵，飞香粘蜡屐。浩哥直忘形，散步不受缚。白日岂无心，丹术非所学。语言任率真，行藏自参酌。有时抱孙嬉，眷言与渠谑。自古称英雄，多才亦流落。君不闻采石骑鲸，赤壁梦鹤。鲸沉沉兮何之，鹤翔翔兮焉泊。我今所得亦已多，乘兴同和归田乐。

## 三、仙逝于五凤楼中

完成了编书的宏愿，了却多年的一桩心愿，庞泮老人觉得浑身轻松，从此他游山玩水。在一个桃花盛开的春天，他来到天宫桃源坑。这里峡谷深峻，桃源溪两岸峭壁参差，如一道道彩屏。游人众多，许多男人去幽深的洞窟，听说是去寻觅仙女的踪迹。尤其是看到不少富贵男女，齐聚桃花坞——相传是刘晨、阮肇升天的地方，对天虔诚地叩拜，口里念念有词："玉皇大帝保佑，让我早登仙界。"庞泮不禁哑然失笑，吟出一首诗：

一溪流水落平川，人说桃源隐异仙。

若有神仙尚不死，如何今日也茫然？

听说在"桃源春晓"路边，山头戴村口，有天台将领齐汪的古墓，还有新修的"忠节祠"，庞泮立刻来到这里瞻仰。

齐汪，天台城关人，正统元年（1436 年）中进士，历任兵部主事、郎中、奏议大夫。正统十四年（1449 年），瓦剌贵族也先率军攻明。宦官王振挟持英宗率五十万大军亲征，齐汪随驾。

明军到大同，闻前方小败就惊慌撤退，后来又要御驾"临幸"他的故乡蔚州，行军路线屡变。八月十五日，到离怀来县城二十里的土木堡，被敌军追上袭击。饥渴疲劳的明军仓促应战，死伤过半。有人劝齐汪快走，他激昂地说："我只听说护驾而出，没听说丢下皇帝逃走。臣子只能为国捐躯疆场，怎能做可耻的逃兵？"他与尚书邝野、少保王佐、侍郎丁鋐等，持刀血战，最后壮烈殉国，明军也全军覆没，英宗被俘。

听说大清官庞泮来到，村里人涌出来迎接，老人们纷纷提出要他为新建的祠堂题写柱联。"为英烈题词，是我的荣幸。"庞泮二话不说，欣然提笔，写下一副笔力豪放、流传至今的对联：

重创三箭不离君，当时血溅天衣黯。

抵死一刀犹骂虏，身后魂随日御回。

众人齐声叫好。

白鹊寺遗址的山上，是庞泮幼时放牛砍柴的地方。还乡后，他常到白鹊寺遗址、花墅山冈、石凤山等地游嬉采风，感受童年的乐趣。最多的还是到赤城山脚墙头曹，跟表弟曹琪一起上赤城山，登高望远。

他对供奉着“直声动天下”金匾的五凤楼，怀有特殊的感情，散步时总要前去看看，还常到五凤楼前的和合塘去钓鱼。

时光如天台始丰溪奔流不息，很快，庞泮还乡已经十一年。

正德十一年（1516 年）腊月十九日。

庞泮老人重新走进五凤楼，顺着台阶，他脚步蹒跚地走上楼。他放轻脚步，来到楼房正中，那是供奉着“直声动天下”双龙金匾的地方。

弘治皇帝钦赐“直声动天下”双龙金匾和敕造五凤楼之事，差不多已有二十年。历经二十年风霜雨雪的洗礼，五凤楼已经陈旧，金匾也已经积满尘垢，甚至结了好几个蜘蛛网。老人拿起扫帚，拂去蜘蛛网，取出丝绢手帕，仔细地擦拭掉金匾上的灰尘，然后坐在那把自己常坐的太师椅上。

隆冬腊月，手接触到椅子，他觉得有点儿冷。于是把两只手塞进大衣的袖筒里，便觉得暖烘烘的。这大衣是儿媳潘氏从山西那边带来的，是特地从皮货市场上买来送给自己的春节礼物，还有一张虎皮，给自己垫在床上当褥子。这大衣真暖和。他坐在太师椅上，看着金匾，看着五凤楼。

彤云密布的天空，开始下起了雪花。他从大衣口袋里，摸出一个陶瓷做的酒瓶。这是儿媳潘氏和儿子从山西探亲回来带来的汾酒。老人以前为官时，办完公事回到家里总要喝两口，以消除疲劳。特别是冬天睡觉前，更是要喝几盅暖和暖和。

雪越下越密，越下越大。他打开盖子，一闻简直香落鼻头。他喝了几口，觉得五凤楼里温暖如春。他看着楼外的雪，如同飞鹅毛一般，忽然，他眼前不禁闪过人生的一幕幕情景：

放牛娃，进士，给事中，都谏，布政使。尤其是想起在京为谏官时，仗义执言，写下掷地有声的十七篇奏疏，力谏皇上，斗权贵，匡正义，殚精竭虑为朝廷，得到皇帝钦赐“直声动天下”金匾的崇高荣誉；做地方官时，呕心沥血为百姓，受到万民爱戴，实现了北宋名相范仲淹所说的“居庙堂之高则忧其君，处江湖之远则忧其民”的抱负。而且还编辑出版了《谏垣稿》《名臣论略》《宠嘉录》《尚书大义》《归田乐》五部书。自己今生已经无憾！现在可以心安理得地去天堂了，他在心里说。

他越喝越惬意，最后，竟把这瓶酒喝完了。

他，终于醉倒在梦乡里……

晚饭时分，家里找不到庞泮老人。十一岁的小孙子告诉大家：“爷爷带了一瓶酒，说是要出去走走。”如此风雪天出去，大家预感不妙，于是全家老少出去找。一路找一路打听，来到董家殿，果然有人说庞老在五凤楼前站过。走进五凤楼一看，只见老人坐在太师椅上睡着了。

“老爷，老爷，你醒醒！”李氏呼唤。

“爹爹，爹爹，你快睁开眼睛看看！”庞栎、潘氏和小妹妹纷纷呼喊。

“爷爷，爷爷，你快醒过来！”孙子庞荪和庞苇也连声呼叫。

可是大家千呼万唤，老人就是不应。家人将庞泮抱起来，一摸胸口，已经无声无息，大家这才知道，他已经仙逝。

顿时，家人一齐哭号起来。

一听到庞老去世的消息，庞家亲友、庞氏族人以及仰慕他的人，纷纷从天台各地，从浙江各地，从河南、福建、广西，从京师，从四面八方，一齐涌来，在五凤楼前举行了足有上万人之多、隆重盛大的出殡仪式。

南京大理寺左评事，文名满浙江的夏鍭，冒着风雪，特地赶到花墅来悼念。他的挽联道出了众人的心声：笔无乾毫，纸不留素；事来不畏，勇于击强。横批是：直声动天下。

## 四、名人评价传后世

正德十二年（1517 年）闰十二月初一，庞泮灵柩归葬于灵芝山石马坟。

庞泮进士同年，明朝资政大夫、南京礼部尚书、漕运总督无锡邵宝，在神道碑铭中写道：公历任中外二十余年，风采凛凛，多所建白。盖才性敏达坦易，遇事敢为，为之不计利害，与人知有礼法，不知有权势。

最后铭文写道：

你的气节如同天台山一样宏大。公向来抱负远大，终亦不缺。天台山如果有灵，让公的墓穴永远安静！

碑文，由国子监祭酒兼吏部左侍郎、前翰林学士，许昌贾咏亲自书写。

同乡后人，清朝著名地理学家、礼部侍郎齐召南，在《重刻庞石壁谏垣稿序》中写道：“明孝宗时，台郡名臣磊落辈出，而吾邑石壁庞公，以刚正敢言久居谏职，遇事言无不尽，争是非不顾利害，忠谠为台垣首推。后官止广西布政。因病告归，所学未得全展，然当时士大夫不问相识与否，言及公，必曰：古之遗直，倘大用，魏郑公复见矣。”

后洋山村庞泮故居前的大门口，有一棵数人合抱的古樟树。树冠撑天覆地，巨干虬枝，古朴遒劲。传说是庞泮中举时亲手种植，至今已有五百多年历史。后来庞泮成为著名清官，乡民就把这棵香樟树叫作“石壁樟”“清官树”，把它视为清官庞泮刚正不阿的象征。

这棵香樟树，虽历尽艰辛，饱经沧桑，但仍傲然挺立于天地之间，把悠悠清香撒向四方……

# 后　记

庞泮（1450—1516），字原化，号石壁，别号芹斋，里人昵称庞矮，浙江省天台县平桥花墅人。系《明史》有记载的清官，得到后人的赞颂，所以民间流传的故事甚多。或许我是平桥人的缘故，从小就喜爱听大人们讲述“庞矮的传说”，尽管是茶余饭后聊天，或是道听途说，总有点儿模模糊糊的印象。我成年后因为工作较忙，只停留在知道“庞矮传说”，但是没时间去追根究底了。

斗转星移，在退休前又调回平桥工作，由于客观环境的改变，又常能听到民间流传的“庞矮传说”了。我退休以后，在领导和同志们的重视、关怀和支持下，创办了天台县平桥镇石壁文化研究社。在第一届代表大会上，大家一致推选我为石壁文化研究社社长。我与石壁社领导班子同志们同心同德，以庞泮精神办社，在连续五届的工作中共办了十一件事：

1. 依法成立了石壁文化研究社。根据天台县1994年6月15日天政字〔94〕8号文件，发给天字71017号社团登记证，于1994年9月30日（农历八月十五日庞泮诞辰544周年之日），在花市办事处会场隆重举行了石壁社成立大会，对开展石壁文化研究，有着深远的历史意义和深刻的现实意义。

2. 举行学术研究活动28次，收到八篇学术性文章。自办石壁简报二十五期，有19篇文章登上报刊，为研究庞泮文化走出了可喜的一步。

3. 经过五年的查找，走访了60余个地方和单位，在1994年7月找到了《谏垣稿》这本古书后，补齐缺损之页，请庞中华题写书名，请县纪委书记张宇作序。我为该书写了《内容提要》和《后记》，使之成为今天这样完整的书稿，于2009年8月正式出版发行。这本书是珍贵的历史文献，是廉政文化的传世之宝，使庞泮的清官精神美名远播。

2007年，我被抽调到平桥镇政府“非遗办公室”工作。因为对庞泮文化有深厚的感情，尽管由于“非遗”工作时间紧、任务重，于是我自觉地放弃午休和双休日、节假日，加班加点地赶任务。我在这时搜集到11个“庞泮故事”，因此产生了写书的欲望。平桥镇“非遗办”共五人，搜集整理文本共138份，其中我上交文本65份，受到领导的赞赏，被县政府和省文化厅授予“非物质文化遗产普查工作先进个人”的荣誉。经过几年的努力，于2012年11月出版了汇集29个故事的《清官庞泮的故事》一书，缅怀庞泮精神、弘扬优秀文化。

4. 继承和延续民族优秀文化，新增添书画墨宝11件，有《庞石壁谏垣稿》以外的庞泮诗词，陈曾豹作的庞泮画像，庞中华、范春梅、曹鸣云、叶宗兵的书法，庞学钱的《庞石壁谏垣稿》手抄本，王建炉的插画，夏云城的诗词，进一步丰富了石壁文化的内容。

5. 在庞泮故里搜集挖掘到珍贵的古迹文物19处18种43件（其中有8种16件送交给县博物馆收藏），为“古为今用”产生了深远的影响。

6. 修复了明弘治皇帝敕封的“直声动天下”双龙金匾，悬挂回五凤楼二楼窗前正中处，供人们瞻仰，以庞泮的清官精神激励后人，为精神文明建设服务。

7. 申报庞泮五凤楼为文物保护单位。平桥镇人民政府和石壁文化研究社议定由我撰稿，由镇党委宣传委员丁小江审稿，于1999年1月29日撰写的五千余字的联合申请报告被天台县人民政府发文批准，并于2001年1月10日刊登于《天台报》。2001年10月由天台县人民政府署名，用花岗岩雕刻成的“庞泮五凤楼”“天台县重点文物保护单位”的保护碑竖立在庞泮五凤楼前，将平桥镇这笔历史文化遗产载入史册。

8. 整修了庞泮古墓。在县文管会领导的关心和指导下，按照“原真”的要求整修后，同时把由新屋下村保存的明代庞泮古墓碑（即神道碑）于1998年运回到庞泮墓前原处。天台县政府根据镇社的联合报告，于2002年4月批准公布为县文物保护点。在2010年的第三次全国文物普查中，庞泮墓被定为“不可移动文物”。从此，庞泮墓受到国家法律的保护。

9. 保护古树名木。古树名木蕴含着许多动人的故事，庞泮幼年时亲手栽种的古樟树就是历史的佐证。我社于1995年8月请县林业部门技术专家谷昌瑾同志至实地查看鉴定后批文给石壁社，并将“石壁樟”等共三株明代古树登记入册，编号建档，由天台县人民政府发给古树名木铁质保护标牌，使这三株古树得到国法的保护。

10. 经过调查研究，发现庞泮故里蕴藏着独特的人文景观和自然景观的旅游资源——明《天台山方外志》记载的天台山十六景区中的第四景“花墅松声”。经调研论证，庞泮故里的“花墅松声”景区有大景点八处，小景点二十八处。拍摄“庞泮故里风光”照片五十余张。天台县委“台岳风情”摄制组，专程到平桥拍摄了名为“直声动天下的庞泮”的专题片。在天台电视台播放以后，反响强烈。古老的“花墅松声”景区正在庞泮的影响力下枯木逢春，以它独有的魅力出现在世人面前，为天台山增光添彩。

11. 以庞泮精神为榜样勤俭办社，健全制度，理清账目。石壁文化研究社16年共收入经费13338.71元，用于成立大会开支，修复双龙匾额开支，印古书开支，周年纪念会开支，修复庞泮墓开支，其他费用开支。到2000年5月全部用完。2000年5月以后十年中的费用开支，均由庞培芝个人支付。换届审计工作由平桥镇党委宣传办公室主任陈照华主办，在审计后，陈主任肯定我们财务管理很好，账目清楚，签字同意审批换届。

综上所述，庞泮的清官人生与廉政精神，深深吸引着后人怀念、研究与弘扬。这也是对《联合国反腐败公约》的响应，是对每年的12月9日“反腐败日”的纪念之举。我在石壁社的研究工作和全国“非遗”普查工作中积累了一批珍贵资料，才有了创作《大明谏官庞泮》的基础。在本书付梓之际，我感慨万千，若没有领导和同志们的关爱和支持，凭我个人的水平是很难成书的。特别是余云安、余云叶、叶国麟、姚宝岳、孙明辉、张仁长、丁式林、庞菊瑛等师友的关爱、指导和帮助，在此表示衷心的感谢。

庞培芝

2017年5月